11/22/2019

Para Martha con
tu cariño

Primera edición / Miami 2019

Editora
María Elena Lavaud
Corrección
Alberto Márquez
Diseño de portada
Nahomy Rodríguez
Diseño interior
Daniela Alcalá
Producción Editorial
MEL Projects Publishing & Entertainment

ISBN: 9781082723827

EL ESCUDO DE DAVID

LIYAM MARTINÓ

A mi hermana Esperanza,
con todo mi amor…

A Andrés Octavio, por haberme recordado
la grandeza de ser niño...

A todos los Nicolás y David,
presentes y ausentes...

A mi amiga y coach María Elena Lavaud,
por su invaluable apoyo profesional
y certeras críticas...

No hay peor tiranía
que la que se ejerce a la sombra de las leyes
y bajo el calor de la justicia.

MONTESQUIEU

La democracia debe guardarse de dos excesos:
el espíritu de desigualdad, que la conduce a la aristocracia,
y el espíritu de igualdad extrema, que la conduce al despotismo.

MONTESQUIEU

ÍNDICE

UNA BATALLA DISPAREJA

Ocurrió un día de abril caluroso y seco en Ciudad Mariana; un día más en aquella pequeña ciudad que en el pasado se iluminó de vida en cada una de sus calles y avenidas, acicalada con ocurrentes y curiosos nombres ante el regocijo de sus pobladores. Ahora llora por su abandono y miseria, y ante el desconcierto quedó sumida en la penumbra. Pasaron los buenos tiempos, esos que solo se disfrutan en libertad y donde al compás de la alegría la ciudad palpitaba de emoción. Hoy ella es testigo silente de lo ocurrido esa tarde de ese día...

—¿Qué siento? ¡Dolor! ¡No puedo creer que así haya sucedido! ¿Es que acaso tengo una pesadilla? —se preguntó David—. Rubén, ¡mi hermano de alma! ¡Pana! Te estoy viendo. ¡Mírame, por favor! ¡No cierres los ojos! ¡Resiste! ¡Resiste! ¡Eres un guerrero! ¡Tienes que seguir adelante! ¿Por qué no me escuchas? ¡Mírame!

Incrédulos ante lo ocurrido, llenos de impotencia y angustia, un grupo de jóvenes gritaban desesperados pidiendo ayuda. A primera hora de la tarde habían acudido al lugar convenido para su encuentro, la autopista Francisco Limardo, la misma que en el pasado fue escenario de protestas contra el régimen de Nicanor Mudor. En el sitio esperaba un joven alto, moreno claro, con mirada reflexiva, profunda y la espalda erguida reflejando su temple y coraje. Con nostalgia miró Sierra Grande, su lugar favorito, recordando tantos hermosos momentos. Luego dirigió su vista a la ciudad, ese valle ávido de esperanzas, y reflexionó sobre su familia, sus aspiraciones y sus visitas renuentes al Palacio Presidencial, al tiempo que repasaba su plan de acción.

—¡Todo está listo! ¡Nadie nos detendrá! Lucharemos contra estos bastardos que nos han sometido a la desgracia y por nuestros muertos. Esta es nuestra realidad —pensó David—. Soy el que he querido ser. Me enfrentaré nuevamente a aquellos que jamás imaginaron de lo que soy capaz. ¡Me hierve la sangre por lo que está ocurriendo y siento vergüenza e indignación! ¡Si supieras cuánto desprecio lo que haces! ¿Alguna vez habrás sentido remordimiento? —Una palmada lo sacó de su abstracción.

—¡Épale, David! ¿Cómo estás? ¿Trajiste todo lo necesario? —preguntaron sus compañeros de lucha, jóvenes impetuosos que sin pensarlo se abalanzaron hacia él para demostrarle su afecto y respeto.

—Sí, tengo todo, dejé la cocina de mi casa sin coladores, guantes y pipotes de basura. Aquí están los escudos de cartón y plástico, y les traje pintura para que le pongan color y escriban lo que sienten y quieren. Sean efusivos, descarguen su ira, pero también reflejemos que hay una razón para esta lucha, un futuro mejor. ¡Carajo! El mío es muy sugestivo, ya lo verán —dijo entusiasmado—. Jorge, ¿te acordaste de cargar tu celular? Mira que siempre andas sin batería y se necesita que estemos comunicados.

—Chamo, no te preocupes, también me llevé el celular de la abuela.

—¡Cómo! ¿La dejaste incomunicada? ¡Qué animal eres!

—No, le dije que iba con ustedes a protestar en contra de estos bastardos que nos tienen muertos de hambre, le pedí su celular y sin replicar me lo dio, me persignó y me puso un dinerito en el bolsillo.

—¡Ja, ja, ja! Ella es de las nuestras, viejita pero guerrera. Hay muchas personas que nos apoyan, las que están aquí y las que no pueden. Luis, ¿trajiste bicarbonato, pañuelos y los demás implementos para evitar el efecto de los gases lacrimógenos? —preguntó David.

—Sí, tengo casi todo, recuerda que hace tiempo no se consigue pasta dental, ni Malox.

—¿Y tú, Rubén?

—¡Pana!, hice varias chinas, tengo botellas y sobre todo ¡sendas ganas de luchar, vale!

—Está bien, está bien. ¡Así me gusta, mis panas! Recuerden, es otro día de lucha, uno más, y continuaremos otro y otro y otro hasta lograrlo —afirmó David—. Hoy es el día perfecto para alzar con fuerza nuestras voces, luchando por la libertad, por nuestras familias y amigos, los que están y no están, porque queremos ser felices y vivir en paz. Así hacemos la diferencia. Recuerden que estamos peleando por todos, somos un equipo. Nada de protagonismo o de dárselas de héroes ¿ok, Rubén?

—Ya sé, David, ¡qué vaina!, es que tengo tanta rabia; pasamos hambre, injusticias, nos quitan el futuro y la muerte nos espera en cada esquina. Todo se ve de peor en peor. En las noches cuando mi papá llega cansado de trabajar por una miseria de dinero que no alcanza para nada, me entristezco y me jode la paciencia —manifestó consternado Rubén.

—Lo sé, lo sé y por eso es nuestra lucha, en este lugar, para enfrentar nuevamente nuestros miedos, sintiendo la adrenalina que corre por nuestras venas y cruzando esa línea que separa nuestras esperanzas. Qué vaina, no puedo contener mis deseos de acabar con este infierno —expresó David—, no me importa arriesgarme las veces que sean necesarias con tal de remediar el daño que han causado esos monstruos, hacer justicia y encontrar una ilusión, una esperanza.

—Y nosotros también. ¡No tenemos miedo! —contestó Victoria, una joven alta, buenamoza, blanca, de abundante cabellera negra y ojos azules—. ¡Hola, muchachos! Les traje los sándwiches de doña Elvira de queso con mortadela y un jugo de naranja. No podemos estar con hambre cuando enfrentemos a los esbirros del régimen.

—Siempre pendiente de todos los detalles importantes. Gracias, Victoria. ¿Qué traes en esa bolsa? —preguntó David.

—Mis zapatos deportivos porque con estos tacones tan altos no creo que pueda llegar muy lejos —respondió con gracia—. Por cierto, Juan, te traje unos zapatos que mi hermano no usa y a lo mejor te pueden servir, para que los cambies por esos que están todos rotos. ¡Pruébatelos!

—¡Gracias, Victoria, eres un hermoso ángel! —dijo babeado por su belleza—. Me quedaron perfectos. Ahora, además de ir a bailar contigo, los usaré para que los malnacidos no me atrapen.

—Recuerda que mi corazón tiene dueño —expresó ella y luego se dirigió a David—. Te he notado triste y distante de las personas que te amamos. Sé que es duro lo que has pasado, pero recuerda que a tu abuelo no le hubiera gustado verte así.

—¡Nunca! Es algo que está en lo más profundo de mi corazón, jamás podré olvidar lo que le hicieron. No me resigno, eso ¡jamás! Sé lo buena que has sido conmigo y por eso te pido que me entiendas —manifestó con disgusto, separándose de ella.

—Pero te estás haciendo daño. Ese dolor te está arrancando el corazón y no te das cuenta de que te necesitamos. La seguridad en ti mismo debe ser lo primero, nos estamos jugando la vida —insistió cariñosamente ella.

—Sé que todo va a cambiar y yo también —respondió con nostalgia.

Poco a poco llegaron los demás compañeros, y antes de avanzar, David volvió a inyectarles otra dosis de adrenalina.

—Oigan todos, gracias por estar aquí. No han podido acabar con nuestro espíritu, con nuestro deseo de mejorar las cosas y terminar con el poder de esos desgraciados que nos han aterrorizado, que nos han robado nuestra paz, nuestra felicidad, nos han arrebatado nuestros seres queridos, han separado a nuestras familias y todavía quieren jodernos. Nuestra lucha es entre el poder de ellos y lo que queremos nosotros. Amamos demasiado esta tierra, en la que nacimos sintiendo el rojo de la destrucción, de la maldad, y deseamos vivir mirando el azul de la libertad. ¡Vamos! ¡Juntos lo lograremos! ¡Viva Venedicta!

En poco tiempo la autopista Francisco Limardo se convirtió en una alfombra de ilusiones. Cientos de miles de personas cubrían toda la arteria vial, con sus caras pintadas con los colores de la esperanza, ondeando banderas, cantando consignas, mostrando pancartas con un abanico de mensajes, manifestando al propio tiempo su alegría e ira, clamando por justicia, haciéndose eco de los gritos de libertad. A la par, hacían acto de presencia el grupo de jóvenes liderados por David, todos uniformados con sus improvisados cascos, guantes y escudos a la semblanza de los guerreros de la serie de TV *Games of Thrones* que, con su ingenuidad y pureza de alma, expresaron lo que sentían, lo que querían. Las personas les abrieron paso para encabezar la concentración, los aplaudieron, los alabaron y hasta los hicieron héroes de una batalla dispareja.

Al correr la tarde, en el momento menos pensado, ese acto de euforia de la población hacia un grupo de jóvenes que apenas se asomaban a la vida, se convirtió en un dantesco escenario de horror y pena. Helicópteros del régimen sobrevolaban el espacio, filmando la agresión y ferocidad que desplegaron contra personas inocentes, mientras que vehículos blindados con cañones lanzaagua y comandos de oficiales, se aproximaron a la concentración agrediéndolos sin misericordia. El cielo se convirtió en una nube gris de gases lacrimógenos debido a las bombas que caían una tras otra, y otra más, y más, mientras simultáneamente se escuchaba el sonido de los fusiles disparando perdigones, metras y balas. A pesar de todo, los jóvenes continuaron en la protesta exclamando sus consignas.

—¡Por la libertad! ¡Por la dignidad! ¡Por nuestro futuro!

—¡Contra el abuso del poder y la opresión del pueblo! ¡No a la sumisión!

—¡Por la democracia! ¡Por nuestra Venedicta querida!

—¡Bastardos!

—Formemos una barrera con los escudos. ¡Vamos! ¡Defendámonos con las chinas, piedras y bombas molotov! —gritó David.

Mientras los jóvenes se enfrentaban a los militares, Irina, la hermana de David, se enteró del peligro que corrían. El miedo la paralizó sin saber qué hacer, pero reaccionó y trató de comunicarse con él. El celular repicó una y otra vez, la señal era débil.

—David, por favor responde —clamó angustiosamente.

Su voz se quebró, sin poder contenerse. Sus lágrimas brotaron de sus ojos como manantiales, presintiendo lo que pasaría y surgió nuevamente el miedo a lo inevitable.

—Tengo que advertirle —pensó, corrió a su habitación y sin perder tiempo, tomó las llaves de su carro y bajó rápidamente las escaleras.

—Irina, ¿qué te pasa? ¿Por qué estás en ese estado? ¿Qué tienes? —preguntó su madre, María del Pilar, al tropezarse con ella.

—¡Déjame! ¡Tengo que salir! —respondió con toda la prudencia que pudo.

—¡No vas a salir! ¡Te quedas aquí! Hay una cuerda de delincuentes en la calle tratando de causar caos en la ciudad para tumbar el gobierno. ¡Así que no sales!

—¡No me lo vas a impedir! ¡No te atrevas! ¡Quítame las manos de encima! —gritó enfurecida—. ¿Sabes, mamá? Uno de esos que tú llamas delincuentes es tu hijo David.

—¡No! ¡No! Me estás mintiendo ¡No puede ser! ¡Eso no es verdad! —se paralizó ante la sorpresiva respuesta de su hija.

—Sí es verdad. Ustedes serán culpables de lo que hoy pase —dijo al zafarse de ella.

Irina corrió hacia su carro y sin pensarlo mucho, aceleró todo lo que pudo. Su intento de llegar a la protesta resultó infructuoso, las calles estaban congestionadas, no había paso vehicular. Abandonó el carro, corrió sin parar hasta que sus piernas comenzaron a flaquearle, las sentía como gelatinas, chocaba con la gente, caía al suelo, y cada vez que se levantaba sentía que se ahogaba. Los latidos de su corazón parecían unos tambores sonando sin parar, lo que la hacía detenerse de cuando en cuando, pero su voluntad y amor le imprimieron la energía que necesitaba.

Al propio tiempo, el teniente coronel a cargo de la represión se dirigió a sus soldados.

—Este es un acto más de terrorismo creado por un grupo pequeño de la población que pretende derrocar al presidente y nuestro deber, consagrado en las leyes, es preservar las instituciones democráticas del país, restituir el orden y garantizar la seguridad nacional. ¡Avancemos para acabar con esta cuerda de delincuentes de una vez por todas!

La represión fue brutal, cada vez más violenta. Sin piedad eran lanzadas las bombas lacrimógenas, sin importar dónde cayeran. Las personas quedaban abatidas en el piso con heridas de perdigones, metras, balas, ahogadas y con lesiones causadas por el impacto en sus cuerpos.

—David, muchos se han lanzado al río para protegerse de las bombas y huir de los oficiales, y otros han sido capturados. Están llegando los motorizados de los batallones revolucionarios. ¡Retrocedamos! Estamos en desventaja —clamó Rubén desesperadamente—. ¡Nos están acorralando! Hay muchas personas heridas. ¡Nos tienen rodeados! ¡Coño! ¡Están disparando!

—¡Hay que dispersarse! —respondió David segundos antes de que un poderoso chorro de agua los tumbara al suelo y el ruido de los fusiles accionando se hiciera más ensordecedor.

—¡Levántate, Rubén! ¡Levántate! —exclamó David tratando de rescatar a su compañero caído.

Rubén estaba herido. Se acercó a él, lo levantó y cargó sobre sus hombros, dando la espalda a la fuerza represora para tratar de reunirse con sus compañeros. El corazón le bombeaba con tanta fuerza que era capaz de sentir el poder de sus propias palpitaciones por todo el cuerpo, tanto, que las confundió con el estruendo de una serie de detonaciones y cayó, con todo y el cuerpo de su compañero Rubén a cuestas.

Irina llegó al lugar de la protesta. Sin embargo, solo logró ver caer en el pavimento a su hermano.

—¡David! ¡David! —gritó una y otra vez. Su cuerpo tambaleaba, sintió que el piso se movía como las olas del mar. No pudo sostenerse, cayó de rodillas sin poder respirar mientras que la sensación de atragantamiento le impidió hablar, quedó aturdida. Unos jóvenes la alzaron, se la llevaron del lugar y le prestaron auxilio. Al reaccionar, corrió nuevamente hacia su hermano.

—Déjenme pasar, necesito ayudarlo. ¡Es mi hermano! ¡David! ¡David! —exclamó angustiada haciéndose paso entre los jóvenes, pero el impacto de una bomba lacrimógena hizo que cayera al piso asfixiada por el efecto del gas. Nuevamente fue rescatada y esta vez trasladada al hospital, mientras que otro grupo de jóvenes gritaban angustiados.

—¡Hirieron a David!, ¡hirieron a David!

—¡Muérganos! ¿Por qué lo hicieron? ¡Ayuda! ¡Ayuda!

—¡Corran! ¡Corran! Hay que rescatarlos —Se activaron impactados sus compañeros.

Los gritos de dolor y pánico entre la asfixia por el efecto de los gases lacrimógenos y la desesperación retumbaron en el lugar. Entre gestos de sufrimiento y odio, los jóvenes se enfrentaron a los oficiales para que otro grupo acudiera al auxilio de Rubén y David.

—¡Cuidado! Vamos a sacarlos de aquí y a trasladarlos al hospital.

—¡No es posible que haya ocurrido esto! ¡Salvajes! ¡No tienen familia!

—¡Hay que sostenerles la cabeza! ¡Cárguenlos por los brazos y piernas! ¡Vamos!

Jóvenes estudiantes de medicina, actuando de paramédicos intentaron prestarles ayuda con sus escasos insumos médicos y luego se los llevaron en moto, huyendo a toda velocidad.

—¡Apúrense! No hay tiempo que perder.

Llegaron a la clínica en cuestión de minutos. Enseguida los pasaron a la sala de emergencia al cuidado de los médicos de guardia.

—Rubén, ¡mírame, por favor! ¡Pana, no te rindas! ¡Lucha! ¡Por favor! Sigue adelante. ¡No te rindas! ¿Por qué no me escuchas?

—Hijo, todo está bien, estás en un lugar seguro donde no te podrán hacer daño —dijo la enfermera al mirarlo con ternura después de evaluar sus signos vitales, mientras que el equipo de médicos acudía a su auxilio para aplicar los tratamientos de emergencia y frenar la hemorragia.

Consternado y confundido David la miró y quiso decirle que no era así, pero en el fondo sabía que sí. Ahora era diferente, todo sucedió tan rápido. Ahí estaba Rubén, su amigo, su compañero de lucha por años.

—Su respiración es débil. ¡Procedan a intubarlo! —exclamó otro de los médicos—. El paciente presenta rápido deterioro hemodinámico y disminución de la presión del pulso, hipotensión, disminución de la perfusión tisular, acidosis y taquipnea. —Aturdido, Rubén apenas podía abrir los ojos.

—Enfermera, necesitamos una radiografía anterior posterior del tórax con marcas radio opacas de entrada y salida del proyectil —indicó el especialista—. ¡No hay tiempo que perder!

—Rubén, mi hermano de alma. ¡Pana! Te estoy viendo. ¡Mírame, por favor! No cierres los ojos; ¡Resiste! ¡Resiste! ¡Eres un guerrero! ¡Tienes que seguir adelante! ¿Por qué no me escuchas? ¡Mírame! —expresó afligido David—, hemos estado juntos desde hace tanto tiempo.

Pero Rubén no podía escucharlo. En realidad, nadie podía... Ambos fueron llevados presurosamente a la sala de operaciones. Después de largas horas, apenas conscientes de lo sucedido, sus compañeros alcanzaron a escuchar la voz del cirujano frente a la estación de enfermería del piso 4 de la clínica.

—Tome nota, por favor. Hora de la defunción, cinco de la tarde en punto. ¡Tan joven! ¡Qué impotencia! —dijo, sensiblemente conmovido—. Él pudo haber sido mi hijo. ¿Cuántos más serán?

VEINTE AÑOS ANTES

Eran tiempos difíciles de pesadumbre y protestas. El descontento popular estuvo presente en cada rincón del país. La población se encontró sometida a privaciones derivadas de políticas económicas tardías. No entendió de macroeconomía, ni de milagrosas recetas económicas, solo de sus necesidades. Hambre, desempleo, inflación, fueron elementos desencadenantes de la angustia de un pueblo que mermó sus esperanzas, en tanto rondaban en sus oídos mensajes de un falso Mesías que estimulaba su importancia como fuerza y poder, incitando al odio, acentuando la división de clases, prometiendo el bienestar económico y el rescate del país.

Desde la primera asonada militar, la población comenzó a creer en el Comandante. Su mensaje llegaba a todos los lugares de Venedicta, mientras que cierta parte de la sociedad se hizo cómplice de la traición e incluso en las más altas esferas el apetito de fortuna tocó las puertas. Más y más convencían a la población sobre el fracaso del capitalismo, la corrupción, la miseria, la entrega del país con acuerdos firmados con organismos internacionales y la hegemonía del imperio yanqui en tierra de libertadores. El disgusto se evidenció en las caras de las personas, quienes gritaban por un cambio.

Venedicta había iniciado un cambio político, económico y social de trascendencia, del cual la población ni siquiera tenía idea. Lo que sí estaba claro era su ilusión quimérica, esa de que con la bota militar conspiradora de la patria cambiaría el destino de sus vidas, acabaría con la corrupción y las libraría de la cadena de la opresión. Todo estaba preparado desde hace muchos años y ante el declive económico, la desmoralización y quiebre de las fuerzas políticas tradicionales, surgió el Partido Revolucionario Republicano (PRR) fundado por el Comandante, de corte socialista e integrado por militares y civiles, con la oportunidad cierta de lograr sueños de grandeza. El «por ahora» se hacía realidad, aquellas palabras que pronunció el Comandante al momento de su captura, en la primera asonada golpista en la que participó. Cada miembro del equipo militar y civil tenía una función que cumplir incluyendo a Argenis Manrique, quien, sintiéndose otro libertador, aspiraba a la cima.

Manrique era militar de carrera, joven, alto, de piel morena; su rostro reflejaba la dureza de su alma, su porte la autoridad y su uniforme el poder. Aparentaba no tener miedo y escondía su inseguridad. Procedía de una familia de clase baja que carecía de los recursos económicos para sufragar los deseos y apetencias que desde muy joven ansiaba. Por eso, tomó la decisión de incorporarse a la Academia Militar y forjarse como oficial activo del ejército. Su padre era un hombre sin aspiraciones que solo esperaba los fines de semana para gastarse lo que tenía en juegos y bebidas con sus amigos. Su madre, una mujer que sufría día a día la falta de un compañero que le brindara el amor que necesitaba. Trabajó como doméstica y los fines de semana limpiando oficinas, todo para proveer a su hijo de alimentos y otras pocas necesidades.

Creció en ese ambiente, despreciando todo lo que le rodeaba, incluso a su familia. Era un estudiante regular deseoso de alcanzar todo aquello que no tenía, envidiando lo que otros poseían y queriendo conquistar aquello que para él representara un reto o un rechazo. En la Academia Militar conoció al Comandante y sin pensarlo se unió a su movimiento. Pensar que todo a lo que había aspirado en su vida lo tendría al alcance, despertaba su ambición más allá de lo racional, más allá del poder sobre el poder.

Esa noche de aquel día lluvioso en el valle de *Ciudad Mariana*, Argenis Manrique salió de una reunión en el *Cuartel La Cima*, cercano a Sierra Grande, donde a su impetuoso y soberbio Comandante le gustaba reunirse para debatir el futuro de país que él quería.

—La Victoria está cerca. Me prometo que todo lo que he querido lo tendré a mis pies. He recorrido un largo camino en donde la pobreza y el desprecio se mezclaron en mi vida, pero ¡ya no más! Quizás sea injusto y deba agradecerle a mi padre, en definitiva, fue inspiración para salir de ese antro de pobreza en el que viví, viéndolo borracho y jugador; y mi madre, sometida a sus caprichos. Pero ¡ya no más! —reflexionó Argenis.

Contempló el valle de *Ciudad Mariana* y el *Palacio Presidencial* que divisaba desde las alturas del cuartel.

—Me convertí en un oficial del ejército, me instruí y ahora voy a alcanzar todo aquello de lo que fui privado en mi vida. ¡Me espera el triunfo! Este país comenzará a sentir nuestra voz, es el momento para afinar nuestras apetencias y con sable en mano, conquistar esta tierra. Tenemos al pueblo con nosotros, nos conocen, hemos hecho una buena labor. Tenemos que revertir lo hecho para controlarlo todo. El llanto del pobre será nuestra principal arma. No podemos descuidar nada. Lo primero, como lo dijo mi Comandante, es neutralizar al opositor y después la toma del poder. ¡No hay tiempo que perder!

Su codicia y apetencia por el poder era desmedida. Estudió cada paso que tenía que dar, lo que se había hecho y lo que faltaba por hacer. La transformación debía ser perfecta. Todo debía estar en su justo lugar, en el momento oportuno.

—¿Qué hora es? —se preguntó—. Tengo que asistir a la celebración del grado de Roxana, la hija de don Julián Cárdenas, nuestro principal colaborador. Será una buena forma de cubrir las apariencias y beberme unos buenos tragos en celebración de mi destino.

En un pequeño restaurante italiano al otro lado de la ciudad, se celebraba el grado de Bachiller de María del Pilar González, una joven de 18 años que apenas se asomaba a la vida. Alta, de tez blanca, ojos verdes y cabellera rubia. Su traje rojo y largo moldeaba su cuerpo esbelto, se sabía bella, atractiva, era alegre, risueña, y con el deseo natural de vivir intensamente todo aquello que todavía le era desconocido.

Era la consentida de su padre, Nicolás González. Cuando nació, su padre la bautizó como su razón de vida. Creció en un ambiente en el cual se respiró calor de hogar y amor, aquel que se siente, que se palpa en todo, hasta en las más mínimas cosas. Su infancia transcurrió entre consentimientos y enseñanzas. Con la muerte de su madre, María del Pilar fue el soporte espiritual de su padre, era su niña querida, su princesa. Al terminar la secundaria, su meta era la actuación y el modelaje y como siempre, su padre la consentiría en eso y en todos sus caprichos; pensaba que su hija estaba destinada a alcanzar el éxito.

Su padre exteriorizó su alegría, su emoción trascendió su corazón y su orgullo traspasó la barrera de lo real a lo ideal. Su hija, su confidente amiga, su por qué, se había graduado y ahora emprendería una nueva etapa en su vida, así lo soñó.

Con ellos se encontraban sus amigos. Era un momento especial en la vida de María del Pilar y su padre. Todos rieron, contaron anécdotas, brindaron una y otra vez. Nicolás, orgulloso de su hija, pidió silencio para pronunciar unas palabras.

—María del Pilar, cuando naciste el cielo se iluminó de estrellas y la noche se hizo día. Ese fue el momento más feliz de mi vida, tan intenso y maravilloso que simplemente no existen palabras para describir la emoción y el susto que conllevó tu llegada, mi ángel.

Mientras pronunció su discurso lleno de un profundo amor, todos los presentes escucharon atentamente. Ella, sentada a su lado, cerró los ojos y rememoró con cada palabra, todos los momentos felices de su vida.

—Te cargué sintiendo tu cuerpecito delicado, inocente y ávido de calor, en tanto que mi corazón palpitaba como un tambor que se paraliza de cuando en cuando ante ese milagro de la vida —expresó emocionado—. Desde el fallecimiento de tu madre eres mi soporte espiritual y hemos vivido ¡unidos por siempre! ¿Recuerdas? Nuestro lema, nuestro todo. Creciste sorprendiéndome con tu alegría natural, tu espontaneidad, y te convertiste en mi soporte. Cambiaste mi vida, me diste una razón y ahora te veo, hecha mujer, relevándome de tu camino.

—No es así, papá, estarás conmigo metiendo tu nariz en mis cosas —manifestó María del Pilar con lágrimas en los ojos.

—Espero que sepas escoger a un buen hombre. Si las circunstancias te son adversas, recuerda que aquí estaré y sin necesidad de palabras, extenderé mis brazos para abrazarte y darte mi protección.

Inmediatamente Nicolás alzó su copa y brindó por su hija. La alegría era espontánea. Al terminar de cenar, un pequeño grupo musical comenzó a tocar. Cantaron y bailaron al compás de la música. Así pasaron las horas entre risas, alegrías, llantos y abrazos.

—Papá, nos vamos a la fiesta del grado de Roxana.

—Pero es tarde, hija. ¿Con quién vas?

—Es mi grado y el de mis compañeros. Es mi noche. Ya no soy una niña. Sé cuidarme y queremos disfrutar hasta que no tengamos más fuerzas. Vamos los que estamos aquí. Felipe tiene carro e iremos con él. No te preocupes.

—Está bien, hija. Cuídense y disfruten.

Nicolás se despidió de su hija con un beso, advirtiéndole a Felipe que se cuidaran, dándole todas las indicaciones posibles. Él lo escuchó con paciencia, asentía con la cabeza, queriendo liberarse de sus insistentes cuidados y recomendaciones.

El grupo de jóvenes se dirigió a la casa de Roxana, equidistante del restaurante, en una de las zonas más exquisitas y ricas de la ciudad. Era una casa a la que se llegaba por un sendero estrecho entre la majestuosidad de los árboles que servían de anfitriones naturales a los invitados, vestidos de luces blancas para ese importante acontecimiento.

El sendero abría paso a un inmenso jardín de flores de diferentes tipos, colocadas de lado a lado de un camino empedrado que llevaba a una inmensa y moderna casa construida con madera de roble, mármol, piedra y vidrios templados, alumbrada con antorchas e inmensas briseras con velas blancas.

La casa estaba rodeada de espejos de agua con piedras, fuentes, luces de diferentes colores puestas estratégicamente para dar la sensación de paz, todo conectado por pequeños puentes de madera, dando la impresión de estar en un ambiente natural y abierto. En el *hall* de la casa unas escaleras de mármol blanco conducían a una majestuosa puerta doble de roble pulido con unas inmensas bisagras doradas. Al entrar se daba paso a otras escaleras que comunicaban a un inmenso salón abierto rodeado de espejos de agua y jardines internos. Más allá se llegaba a un extraordinario jardín con una gigantesca piscina que seguía al vacío, una cocina y área de *barbecue*, pero lo más impresionante era la vista hacia ese hermoso paisaje que era la ciudad de la luz, Ciudad *Mariana*.

—Bienvenidos, muchachos. María del Pilar, qué linda estás —expresaron los padres de Roxana, quienes los llevaron a donde se encontraba su hija.

—María del Pilar, me siento como si estuviera en el firmamento con este toldo transparente y esas lámparas de cristal que parecen estrellas —dijo Felipe

—No te pierdas la decoración de las mesas y las sillas de acrílico. ¡Qué belleza!, parecen de cristal —describió la joven.

—Hola, Roxana ¡Felicitaciones! ¡Lo logramos! —manifestaron con alegría los jóvenes.

—Hola, muchachos, hola, María del Pilar, estás espectacular como siempre —dijo Roxana.

El momento no se hizo esperar y de inmediato se dispusieron a bailar. María del Pilar atrajo la mirada de todos los jóvenes, quienes buscaron desesperadamente bailar con ella. Jugaba con su donaire, mientras que su vestido ondeaba con cada movimiento de su cuerpo.

El derroche de dinero era evidente en todos los detalles. Había una tarima cuyo fondo era una pared de agua danzante iluminada con luces blancas. En ese sitio estaban ubicados el Dj, animadores, y un grupo musical. Con cada canción, el agua y las luces bailaban al compás de la música. En las esquinas de la pista de baile se instalaron cornetas con bases negras y cubos largos de cristal que internamente tenían fuentes de agua iluminadas, las cuales animaron el evento confundiéndose con verdaderas bailarinas.

Era una fiesta muy animada que transcurría entre baile, brindis y comida. Los invitados se deleitaron bebiendo champagne Dom Pérignon o whisky Johnnie Walker Green Label y comiendo en diferentes estaciones exquisitos platos, un sinnúmero de exquisiteces en quesos, sin que pudiera faltar la sopa de cebolla y el consomé de pollo.

Los jóvenes estaban felices de haber alcanzado esa meta en su vida. La alegría estuvo presente en ellos y con su inocencia particular hablaron de su futuro, de sus nuevos retos. María del Pilar bailó con todos sus compañeros y no hizo falta la luz de la pista, ella brilló por sí sola.

A cierta distancia se encontraba don Julián Cárdenas y su invitado especial, el mayor del Ejército, Argenis Manrique, quienes conversaban de los cambios que vendrían en el país y su mutua participación en asuntos de interés particular. Pero el bullicio de los jóvenes interrumpió la conversación. Argenis volteó la mirada hacia la pista de baile, sus ojos no dejaban de verla. Contempló cada uno de sus movimientos y en un instante se aisló de todo, solo existía ella. Don Julián Cárdenas lo sacó de su embelesamiento.

—Argenis, parece que hubieras visto un fantasma. ¿Qué te pasa?

—No es un fantasma, es la mujer que he esperado, ¡es mi reina! Quiero conocer a esa joven que está bailando en la pista, don Julián.

—¿No cree que es muy joven para usted? Apenas tiene 18 y usted 36 años.

—¡Como se le ocurre!, usted debe saber que a la mujer hay que moldearla a nuestros gustos, dominarla, y eso se consigue cuando uno tiene experiencia y ella inocencia —respondió con prepotencia Argenis—. Hábleme de su familia.

—Ella es hija única de un destacado abogado y articulista, el Dr. Nicolás González, opositor de nuestra Revolución —dijo con cierta sonrisa—. Venga conmigo que se la presento.

—No, no hace falta. ¡Yo mismo me presentaré!

Los jóvenes hicieron un círculo en el cual bailaron alegremente. María del Pilar comenzó a contornear su cuerpo con movimientos sensuales, de tanto en tanto dando vueltas mientras que cerraba sus ojos y extendía sus brazos y, con sus manos delicadas, pretendía alcanzar el firmamento. Argenis se abrió paso entre las personas contemplándola, su corazón se aceleraba cada vez más. Para cuando terminó la música, ella estaba en medio de la pista en sus brazos.

—Disculpe, parece que el baile me llevó a soñar en tantas cosas que me olvidé incluso de dónde estaba —expresó María del Pilar, en tanto que Argenis la mantenía sujetada a su cuerpo, sintiendo su calor, oliendo su perfume y mirando en sus ojos su pureza. Tenía ante él lo que quería como mujer.

—No se disculpe, es una cuestión del destino que estemos juntos, en este momento, el uno y el otro —respondió Argenis.

—¡Que dice!, ¿es que cree que estábamos destinados a encontrarnos?

—Por supuesto que sí, mi dama. Permítame este baile.

Argenis no esperó su consentimiento y comenzó a bailar con ella. Sabía cómo conquistarla, solo sería cuestión de tiempo. Con cada movimiento Argenis sintió que su presión arterial se disparaba; su cuerpo se embriagó con la euforia y el deseo al mismo tiempo. No dejó de mirarla y hablarle. La joven hacía lo mismo, sintiendo por primera vez algo que no entendía, que le producía miedo pero que le atraía. Quería descubrir quién era él. Bailaron una y otra pieza y comenzaron a sentir sus cuerpos juntos, sudorosos, dando rienda suelta a la imaginación.

Luego de cierto tiempo, los fuegos artificiales iluminaron el cielo con diferentes colores y formas. María del Pilar y Argenis interrumpieron el baile para observarlos. Él posó su brazo sobre su cintura, haciéndola sentir su fuerza, su hombría, mientras que el nerviosismo se apoderó de ella. No respiraba, su cuerpo temblaba queriendo controlarse, pero sus rodillas se aflojaban cada vez que la tocaba. Argenis se acercó más, le dio un beso muy cerca de sus labios, se apartó y se fue. La joven quedó extasiada sintiendo una mágica conexión, como si se tratara de una fantasía, de una ilusión.

—¿Qué te pasa, María Pilar? —preguntó Felipe, al interrumpir su éxtasis—. Pareciera que estás alucinando. ¿Quién es ese hombre que te apartó de nosotros?

—Es alguien a quien estaba destinada a conocer.

—¿No crees que es muy viejo para ti?

—No lo sé, solo sé que por primera vez sentí algo desconocido que despertó en mí el deseo, la pasión, la necesidad de estar con él.

—Menos mal que ya se fue. No te conviene. Es un militar prepotente que se cree capaz de conquistar jovencitas.

—No te disgustes, Felipe. Creo que solo fue un momento, una fantasía en mi vida.

—Tenemos que irnos.

Al amanecer un nuevo día en la vida de María del Pilar, la joven despertó pensando en Argenis, reviviendo el rato que pasó con él y la huella que dejó en su corazón. Tenía curiosidad de descubrir eso nuevo que avivó sus sentidos.

—Vamos, María del Pilar, solo fue una noche y nada más. Deja de estar soñando tantas estupideces ¿Cómo pude imaginarme estar con ese hombre? —pensó—. Tengo mucho que hacer, el día está precioso. Aprovecharé para ir con mis amigos a la playa a pasar un buen rato.

Argenis era un estratega en materia de mujeres, conquistaba, tomaba y dejaba, pero esta vez era diferente. María del Pilar era la mujer de sus sueños, quería conquistarla y exhibirla como su musa, todo servía para sus propósitos. En las semanas siguientes, planificó al detalle su seducción. Luchó entre su deseo de tenerla una vez o tenerla siempre, y aunque se lo negó, sentía que su corazón había sido tocado por esa joven.

—Tengo que ser muy cauto, quiero conseguirla y mi mayor obstáculo es Nicolás.

Dedicó tiempo a indagar sobre la vida del padre, lo que hacía, con quién se reunía, cuáles eran sus fortalezas y debilidades. Nicolás era lo contrario a él; era un enemigo de cuidado.

—El carajo de su padre tendrá que aceptar esta relación, tengo mis medios, todos tienen un precio y él no será la excepción. Todo a su debido tiempo. Será un triunfo por partida doble.

Era el primer día de agosto de 1997, cuando Argenis decidió iniciar su plan de conquista.

—Señorita María del Pilar, la buscan en la puerta —expresó Luz—. Es un joven que trae un encargo para usted.

—Yo lo atiendo, Luz.

—¿Es la señorita María del Pilar? —dijo el empleado de la agencia floral.

—Sí, soy yo.

—Vengo de la floristería El Rosal a entregarle esta caja y varios ramos de flores rojas.

—Pase.

—Por favor, tome la caja. La verdad es que la persona que le envió todos estos ramos la ama. Mire cuántos arreglos, uno más bello que el otro, y todos son rosas rojas.

La joven mantuvo la caja en sus manos rogando que fuera Argenis. Su corazón comenzó a latir con fuerza. Después se dedicó a leer cada tarjeta que había en cada uno de los ramos: «Te siento», «Solo los dos», «Eres para mí», «Te haré llegar a las estrellas», «¡Mi reina!». La emoción de María del Pilar no se hizo esperar. Rio, lloró, saltó y gritó. Luego abrió la caja y encontró un teléfono móvil y una carta: «Después de aquella noche, no he dejado de pensar en ti. Eres mi razón y mi locura. No puedo dejarte ir porque naciste para ser mía. Te extraño».

Al poco tiempo el móvil repicó. Ella estaba tan nerviosa que se sentía en su voz, sus manos estaban sudorosas y sus mejillas coloradas.

—Deseo verte, María del Pilar, no puedo más. He tratado de olvidar, pero mi corazón me lo impide —comentó Argenis—. Nuestra cita es en el *Restaurant Petit Coin Du Monde*, pasarán a buscarte a la una de la tarde. Te espero con ansias —dijo.

Petit Coin Du Monde era un pequeño restaurante francés a las afueras de la ciudad, especial para reuniones muy particulares o íntimas. Ella sintió que todo su cuerpo temblaba. Su cara resplandeció de alegría, deseo y pasión. Sin perder tiempo recogió todas las tarjetas, el teléfono y la carta, y se fue a preparar para su primer encuentro. Se cambió tantas veces de ropa que prácticamente el clóset quedó vacío. Se arregló por largo tiempo hasta que tocaron la puerta de su casa.

—Señorita María del Pilar, tengo la misión de llevarla donde mi mayor Argenis Manrique. ¿Puede acompañarme, por favor? —preguntó el soldado.

María del Pilar asintió con la cabeza, sin saber que a partir de ese instante cambiaría el rumbo de su destino a lo impredecible, a lo incierto.

Llegó al restaurante pensando qué le diría, cómo debería actuar, pero no había tiempo, ahí estaba Argenis esperando por ella, imponente, impecablemente vestido con su uniforme militar, evidenciando el don de mando con el que la sometería. Al verse, sintieron el impulso de abrazarse. Permanecieron así por un rato sin querer separarse. Él le dio un beso en la mejilla y la invitó a sentarse. No quería apresurar las cosas, sabía que podía tenerla, pero no era el plan. Vio en ella a la mujer de su futuro inmediato. Con su porte y elegancia cautivaría a todos, sería admirada, deseada y adorada hasta por su propio Comandante. La sedujo inteligentemente. No le fue difícil, supo cómo acariciarla y qué palabras decir. Indagó todo su pasado, sus gustos, placeres, su vida amorosa y la vida de su padre.

La cita transcurrió entre palabras y caricias. Argenis, al final cautivado por la juventud y pureza de la joven, decidió avanzar un poco más y sin rodeos la tomó en sus brazos y la besó, con una mezcla de pasión y ternura. Sabía qué parte de su cuerpo tocar para que ella enloqueciera de pasión. María del Pilar se dejó llevar por sus impulsos, no quería límites, se había enamorado de ese hombre.

Pero el encuentro amoroso fue interrumpido por el continuo repicar del celular de la joven.

—Contesta el teléfono —dijo Argenis, mientras la seguía besando.

—Sí, estoy bien, papá. No te preocupes. Voy a la casa dentro de un rato.

Argenis decidió terminar el encuentro pensando que había sido mucho para ese día y tenía que ir con más cuidado. Ella, por el contrario, estaba totalmente seducida por ese hombre que apenas conocía.

—Seguiremos viéndonos en este lugar y hablaremos todos los días —expresó Argenis y nuevamente la besó y apretó contra su cuerpo. Luego la dejó ir.

La joven estaba viviendo un sueño del que no quería despertar. Durante todo el camino hasta llegar a la casa, solo recordaba su encuentro con Argenis, sus caricias y sus besos, ya no existía otro mundo que no fuera con él.

—¿Dónde has estado? ¿Quién te envió todas estas flores? —expresó visiblemente molesto Nicolás.

—Papá, se trata de una conquista, no estoy interesada en esa persona, no insistas, por favor, estoy cansada —y sin dar mayor explicación se fue a su cuarto.

Nicolás quedó intrigado, un instinto en su interior le alertaba de un peligro. Sintió que su hija le mintió y se propuso averiguar qué era lo que estaba pasando.

Esa noche María del Pilar recordaba su cita con Argenis, deseaba sus caricias y sus besos, estaba embriagada de amor por él, era el hombre de su vida, el hombre perfecto, no podía apartarlo de la mente, hasta que el repique del celular la volvió a la realidad.

—Mi amor, no ha pasado mucho tiempo y ya te extraño, deseo estar contigo. Creo que no podré dormir pensando en ti —manifestó emocionada María del Pilar.

—Tenemos que contenernos, eres demasiado seductora y tu cuerpo me enloquece. Nos volveremos a ver en el mismo lugar muy pronto. Adiós, amor —Argenis se rio a carcajadas y pensó—: La tengo en mis manos, fue una cacería rápida y cuando me dé la gana será mía.

Durante los meses siguientes, sus citas se hicieron cotidianas y sus amores más intensos. Argenis podía hacer con ella lo que quisiera y ella sin dominio de su vida se obsesionó con él.

Durante ese tiempo, Nicolás conversó con los compañeros de su hija buscando entender su comportamiento. María del Pilar se distanció de él, algo pasaba y todos callaban. Un día encontró a Felipe y le preguntó sobre los amores de María del Pilar. Felipe estaba en una disyuntiva entre el padre y su amiga. Quería decirle, pero había jurado callar hasta que ellos directamente se lo comunicaran, alegando que necesitaban un tiempo para conocerse mejor. Felipe esquivó la pregunta de Nicolás sin señalar detalle alguno de la relación.

Nicolás intuyó tiempos de dolor para su hija. Presentía que algo malo estaba por ocurrir, algo que cambiaría sus vidas. Mientras, en el país cada vez se profundizaba más la crisis política. El Comandante conquistaba más y más seguidores con mensajes de nacionalismo, la resurrección del pueblo, la transformación del poder, todo con el único objetivo de justificar su propia existencia política con poder hegemónico.

Argenis era su principal colaborador, soñaba con el poder, cómo alcanzarlo y perpetuarlo en el tiempo. La fuerza jugaría un papel estelar.

—Ha llegado la hora de enfrentar al padre de María del Pilar —reflexionó Argenis—. Es mi rival, mi obstáculo, mi piedra en el camino, pero no habrá nada que detenga mis planes, será por las buenas o por las malas. —Con una sonrisa sarcástica especuló—. Le conviene que sea por las buenas porque mi triunfo está asegurado; la llamaré para informarle mi decisión.

—Argenis, amor, no puedo esperar más —dijo ella.

—Tranquila, mi reina, que primero vamos a formalizar nuestro noviazgo con tu padre.

—¿Qué? ¿Estás seguro de que quieres hacerlo?

—Por supuesto, ahora más que nunca.

—Tengo miedo por su reacción.

—No te preocupes, que a ese viejo lo convenzo y tendrá que aceptarme.

María del Pilar veía por los ojos de Argenis. Dominado su corazón, su cerebro no pensó en otra cosa que no fuera él. Incluso, había apartado de su vida sus estudios y su ilusión de ingresar a la Academia de cine de New York para cursar para la licenciatura de actuación en Bellas Artes.

—Papá, ¿te interrumpo? Necesito hablar contigo.

—No, ¿de qué se trata?

—Tengo que confesarte que he estado saliendo con el mejor hombre del mundo, estoy locamente enamorada de él. Se llama Argenis. Es un profesional, un hombre bueno que me adora y queremos que nos des tu bendición.

—¿Por qué no me dijiste nada? He estado tan preocupado por ti, sin saber qué pasaba y el peligro que corrías. Me mentiste. ¿Quién es él? ¿Dónde vive? ¿Qué hace? ¿Por qué ocultó la relación entre ustedes?

—Papá, me enamoré perdidamente de un hombre encantador, que me adora y quiere hacerme feliz. Nos amamos y queremos vivir juntos.

—¿Qué? ¿Estás loca? Un noviazgo oculto encierra perversión, mezquindad y dolor. ¿Qué ha hecho él contigo?

—Te pido perdón por haber ocultado la relación, pero necesito que le des una oportunidad, sé que se llevarán bien —dijo—. Mañana a las 8:00 de la noche vendrá Argenis a conocerte. Se acabaron las citas ocultas, ya no más, te lo prometo.

—Aquí lo espero, quiero saber qué tiene que decirme. —Estaba perturbado, tratando de controlar sus emociones y mantener la calma.

Argenis se preparó con suficiente antelación para ese encuentro. Estaba deseoso de enfrentarlo. Se imaginó la escena entre ambos, como una guerra entre oponentes que se repelen mutuamente. El trofeo era María del Pilar, por lo tanto, un motivo de competencia ineludible.

La noche del encuentro llovió a raudales. Los rayos y truenos iluminaban el cielo presagiando tiempos tormentosos. Argenis llegó a la casa de Nicolás González vestido con su uniforme militar, un ramo de flores y una botella de whisky. Al tocar la puerta se encontró con el padre de María del Pilar. Su sonrisa denotaba su triunfo, mientras que Nicolás quedó paralizado, como si hubiera visto el mismo diablo. Ella se abalanzó sobre Argenis, que no perdió la oportunidad de besarla frente al padre.

Fue un momento doloroso en la vida de Nicolás. No sabía qué hacer. Su mente rememoraba una pesadilla de tristes recuerdos. Argenis no esperó que lo invitaran a pasar, él dominó el lugar de inmediato.

—Te traje estas flores que ni siquiera se acercan a tu belleza. Por favor, trae unos vasos y hielo para celebrar con Nicolás —le dijo y luego se dirigió a él directamente—. He venido a presentarle mis respetos, soy el mayor Argenis Manrique.

—Sé quién es y sus conexiones con el Partido Revolucionario Republicano.

—Entonces, ¡nos entenderemos bien!

—¿A qué se refiere?

—Es sencillo, pronto seremos ¡familia! ¡Una familia próspera!

—¡Está muy equivocado! ¡Nunca ligaré mi familia con usted!

—¡Déjese de estupideces! Usted es un abogado exitoso, honesto e incluso tiene una columna en un periódico interesante. Usted tendrá que ser uno de los nuestros, brillará, estará saboreando el poder, la riqueza y todos seremos felices.

—Se equivoca, usted ofende ese uniforme. No me vendo y menos vendo a mi hija.

—Ella ya no es suya. Ella, su hija, ¡es mi mujer! ¡Entiéndalo!

—Aquí están los vasos y el hielo —dijo emocionada María del Pilar.

—Gracias, amor, le serviré el whisky a tu padre, parece que lo necesita.

Nicolás tomó el vaso y en un acto de coraje y rabia, se lo derramó en la cara.

—¡Papá! ¡Qué has hecho!

—¡Tranquila, mi amor! No ha pasado nada. Solo es un arranque de celos de tu padre, eso es todo —sonriendo maliciosamente se limpió la cara—. Comprendo su molestia, su hija ya no es una niña, creció y ahora está conmigo. La amo intensamente.

—¡Fuera de mi casa! —grito Nicolás

—Entonces yo me voy con él —dijo la joven.

—No puedes hacer eso, mi vida. Entiende que es una situación difícil para tu padre, déjalo que razone, mejor me voy —manifestó sarcásticamente saboreando un triunfo a medias ya que no pudo doblegar la voluntad de Nicolás.

—Hija, ¡cómo pudiste relacionarte con ese patán!

—Él es el hombre que amo —gritó la joven mientras que corría a su habitación y su celular repicaba sin parar.

—No te preocupes, mi amor, nadie nos separará, ni siquiera tu padre. Tengo tanto deseo de estar contigo que no puedo esperar más. Estoy en el carro esperando por ti.

María del Pilar no lo pensó ni un instante y cautelosamente salió de la casa, corriendo a los brazos de Argenis. Fueron al sitio de sus citas, pero esta vez en el espacio más íntimo.

Argenis había decidido hacerla su mujer de una vez por todas y así acabar con el orgullo del padre. En ese momento, Nicolás buscaba a su hija para hablar con ella y hacerla reflexionar, pero no la encontró; estaba con Argenis, quien le ofreció hacerla su reina y poner a sus pies todo lo que ella deseara.

—No hay fronteras que se nos opongan —comenzó a besarla y desnudarla, tocando cada parte de su cuerpo, en tanto que ella no opuso resistencia al torbellino de emociones que la envolvían y se apoderaban de ella hasta perder el control. Él le susurró al oído—: mis labios besarán los tuyos y recorreré tu cuerpo, llegarás al clímax y me pedirás más.

María del Pilar se dejó llevar por el amor y la pasión. Esa noche se convirtió en su mujer.

La joven regresó a su casa para enfrentar a su padre y defender su amor. Nicolás la había esperado toda la noche entre la angustia, el dolor y la decepción. Estaba dispuesto a desafiar a Argenis para librar a su hija de su influencia. Sabía que él era un hombre inescrupuloso, capaz de causar daño, codicioso y conocido como mujeriego.

—Papá, no existe otra vida que no sea vivir con Argenis, ¡entiéndelo! Me enamoré de un hombre muy diferente al que tú hubieras querido, pero no escogemos de quién enamorarnos. Quiero ser feliz a su lado, no entorpezcas nuestra relación. ¡Te lo pido!

—Tú no tienes idea de quién es ese hombre. Te ha manipulado, alejado de mí y de todos tus amigos. ¿Dónde quedaron tus deseos de estudiar actuación y modelaje? Apenas falta un mes para que comiencen las clases. Todo está listo para tu partida y ahora lo desechas sin pensar en el daño que te causas. ¡No, María del Pilar! Lucharé por defenderte de las fauces de ese hombre y te irás a ver otro mundo, a conocer nuevas personas, a mirar la vida desde otra perspectiva, hija. ¡Por Dios! ¡Vámonos ya!

María del Pilar subió a su cuarto desesperada. Su alma se debatía entre dos hombres que amaba profundamente, pero la huella que dejó Argenis era más fuerte.

—Llamaré a Argenis y me iré con él —pensó ella.

El celular repicó y repicó; caía la contestadora, hasta que por fin Argenis respondió.

—Mi papá quiere enviarme a Estados Unidos. No me iré, soy tuya, no dejaré que nadie se meta en nuestra relación, soy una mujer y yo decido. ¿Me escuchas, Argenis? ¿Estás ahí?

—Sí, estoy escuchando, sé lo dura que es para ti esta situación, pero como tú dices, eres una mujer y tienes que actuar como tal. Llevar la contraria es lo peor, aprender a seguir el juego, es lo mejor.

—¿Qué quieres decirme con eso?

—Vete, María del Pilar, vete.

—¿Tú quieres que me vaya a Estados Unidos?

—No entiendes, pero no importa. Quiero que te vayas ya, no esperes mucho tiempo. Voy a estar ocupado estos días con asuntos muy importantes que requieren mi atención, así que no podemos vernos, te repito ¡vete y disfruta tu viaje! —Sin esperar la reacción de ella cortó la llamada.

María del Pilar no salió de su asombro, estaba en *shock* ante las palabras de Argenis. Se sintió morir. Su padre la escuchó llorar y entró a su habitación.

—Me quiero ir papá, no esperemos más. Por favor, no me preguntes nada.

Nicolás actuó con rapidez y preparó el viaje de inmediato. Al llegar al aeropuerto, ella lo llamó. El celular repicó varias veces hasta que cayó la contestadora. Su tristeza maquillaba su rostro, estaba desarreglada y sin ánimo. Abordaron el avión rumbo a Nueva York.

Argenis decidió reunirse con don Julián para poner en ejecución su plan de acción en contra de Nicolás.

—Don Julián, necesito que me haga un favor.

—¿De qué se trata, mayor?

—Busque estos documentos y proceda a hacer los trámites requeridos para que se cumpla con este objetivo tal y como se lo indico en este papel.

—¡Argenis! ¿Está usted seguro de que quiere hacer eso?

—¿Lo pone en duda, don Julián?

—No, en absoluto. Sé que usted es capaz de hacer muchas cosas, pero no pensé que esto fuera su prioridad.

LA PROPUESTA

La navidad se aproximaba con su particular significado, llamando a la reflexión, a romper las cadenas que oprimen el espíritu, a poner de un lado los temores, las desilusiones, los rencores y las tristezas y del otro, la confianza, la esperanza, el perdón y la expectativa de mejores tiempos, aunque fuera inevitable la nostalgia y la evocación de aquellos que dejaron una huella en la vida de cada uno.

A su llegada a Nueva York la tristeza de María del Pilar ahogaba con lágrimas su corazón. Destruidas sus ilusiones no encontraba refugio para sanar su dolor. A sus pies estaba la ciudad que nunca duerme, que asombra, inspira y reta; la más importante e influyente del mundo cultural, cuya magia es capaz de combinar, inventar y reinventar entre el pasado y el presente, lo histórico y lo moderno, lo nuevo, lo exuberante, lo magistral. Era el lugar perfecto para dejar atrás el pasado, reencontrarse a sí misma y recorrer un nuevo camino.

—Quiero estar sola, perdóname —comentó mientras miraba por la ventana del hotel donde se hospedó con su padre. Decidió salir a caminar sin rumbo fijo. Luego de recorrer distintos lugares llegó a Central Park. Necesitaba estar consigo misma dejando que fluyera ese sentimiento de frustración, tratando de entender qué pasó, mientras que iban y venían los recuerdos, aquellos que la ahogaban.

En su andar sintió el frío que anticipaba la llegada del invierno; su cuerpo titiritaba con el rozar del viento. Metió sus manos frías en su abrigo y siguió caminando por una pradera llamada Great Lawn hasta llegar a la laguna Reservoir. Ya cansada, lloró desconsoladamente, se echó al piso, con la cabeza entre sus rodillas y sus brazos abrazando sus piernas, hasta que sus fuerzas se desvanecieron por completo. Su padre la siguió todo el camino, preocupado y sintiendo su dolor. Sin poder hacer nada, se acercó a ella. Ambos se miraron y de inmediato se abrazaron con una intensidad de sentimientos que solo ellos podían expresar. Al volver al hotel, María del Pilar se recostó en la cama y sucumbió a un sueño profundo. Su padre se quedó a su lado, dándole el amor y la fuerza que requería para afrontar la pena. Sufría en silencio, pero sin dejar de pensar en Argenis.

—Eres un hombre peligroso, pero no te temo, estoy dispuesto a encararte bajo cualquier circunstancia personal y política —pensó Nicolás—. Mañana asistiremos a la Academia, para que ella valore la oportunidad que tiene de labrarse un camino que le abra las puertas al éxito.

Al día siguiente, se trasladaron a la Academia de Cine de Nueva York, donde fueron recibidos por estudiantes, quienes sirvieron de anfitriones y los llevaron a conocer las instalaciones de la casa de estudios. Ella lo observó todo con desgano, pensando que su futuro fue destruido por Argenis, por ese sentimiento que permanecía incólume en su interior.

Los días decembrinos transcurrieron y con ellos el conformismo. La joven buscó arrancarse del alma ese amor obsesivo, desquiciante. Decidió salir con unos amigos que estaban de visita en Nueva York. Era una ocasión para descubrir lo nuevo que le esperaba en esa ciudad.

—Perdóname, papá, por todo el daño que te he causado. Mi dolor ha sido el tuyo, he sido una egoísta, solo pensé en mí —reflexionó ella—. Trataré de superar esta pesadilla, pero no podré relegar de mi vida lo que se aferró a mi corazón, no podré olvidarlo, espero que comprendas.

Su padre la escuchó serenamente sin pronunciar palabra, le dolía en el alma y al mismo tiempo, revoloteaba en su mente el resentimiento contra Argenis.

—¿Qué piensas hacer en mi ausencia? —preguntó la joven.

—Voy a aprovechar para preparar la última columna del año para el periódico.

—Escribe algo que sea para el recuerdo de tus seguidores.

—¡Así lo haré, hija!

Nicolás se tomó su tiempo para ordenar sus ideas sobre el objeto de su artículo. Al terminar de escribirlo, lo envió por fax al diario *La Capital*, bajo el título «Un futuro incierto».

¿Hasta cuándo negamos las amenazas de un cambio democrático a un populismo opresor? Estamos dejando que surja la oportunidad de un liderazgo militar que quebrantará las bases democráticas del país y se consolidará como un régimen absolutista, ajeno a los principios de justicia y libertad consagrados en nuestra Carta Constitucional. Para ello, tenderá a atraer a las masas populares ofreciéndoles el sol y dándoles después la miseria, esa que más tarde todos nosotros sufriremos. Esa miseria será no solo material, tangible, sino también intangible, y socavará los cerebros de las personas para convertirlas en presa fácil de sus pretensiones.

Unión cívico-militar es el lema para confundir sobre el contenido real del programa del Comandante y su séquito, que están ávidos de poder, gloria y riqueza, ¡claro!, ¡indebidamente! Los que miramos al país con deseo de vivir en él, en armonía y progreso, no podemos estar conformes con el comportamiento de los líderes de los partidos políticos, quienes siguen practicando una vieja política, olvidando al pueblo, al país en general. Venedicta llora su futuro.

Quizás el daño está hecho y tengamos que sufrir las consecuencias del autismo político. Siempre se pensó que no nos faltaría nada si tenemos los recursos petroleros y mineros y con eso, suficiente para resolver nuestros problemas económicos y sociales. El continuo y acelerado movimiento de las economías a nivel mundial indican lo contrario. No hemos estado a la altura de las circunstancias que imponen el progreso en su sentido más amplio posible.

Necesitamos avanzar conscientemente ante los nuevos retos que el futuro impone. Ese futuro es incierto, pero más incierto será el destino si no somos capaces de enfrentar nuestras limitaciones para resurgir como nación.

No podemos regalarle el país a un grupo de traidores a la patria, a esos que ofendieron el estamento militar. Nada bueno traerá ese lema populista «El poder es del pueblo», puesto que el pueblo será ¡el Comandante! Solo se trata de un engaño. Otros, que se creen poderosos, piensan cómo perpetuarse en el poder «In saecula saeculorum». No nos confundamos.

Es obligación de los líderes políticos dejar atrás sus aspiraciones, mirar con atención lo que está ocurriendo y actuar en bloque en defensa de la democracia conjuntamente con la sociedad civil. Venedicta pide a gritos la unión de todos para defenderla y resguardarla del mismo demonio.

—¡Que vaina es esta! —reaccionó Argenis con violencia, gritando, insultando, golpeando su escritorio y tirando objetos contra las paredes que caían al piso a leer el artículo.

—Señor Argenis, ¿qué pasa? —dijo Rosa, asustada, al tocar la puerta.

—¡Lárguese de aquí! ¡Nadie la ha llamado! —respondió disgustado; su cara mostraba su furia. De inmediato repicó su celular:

—Argenis, ¿leíste el artículo de Nicolás González? —preguntó don Julián.

—Sí, lo leí. ¡Carajo! ¡Qué se ha creído ese malnacido!

—¿Todavía piensa continuar con su plan?

—¡Por supuesto que sí!, ese será un golpe mortal para él. ¡Se lo aseguro!

—Pero ¿qué pensará el Comandante?

—Yo me encargo. No tiene nada de qué preocuparse, don Julián. Nosotros vamos como un tren, avanzando sin que nadie nos detenga, eso es un hecho. ¡Se lo aseguro!

Las críticas del artículo no se hicieron esperar entre aquellos que se sintieron ofendidos por las afirmaciones hechas y los que aprovecharon la oportunidad para ganarse al Comandante.

María del Pilar y su padre pasaron juntos la navidad y recibieron el nuevo año, aunque esta vez fue diferente. No había la alegría de otros tiempos.

Con el nuevo año llegó el comienzo de las clases de ella y el retorno de su padre. La separación era una realidad, más allá de lo que siquiera imaginaron. Se trasladaron en taxi al Aeropuerto John F. Kennedy. Era un trayecto largo con las principales arterias viales congestionadas.

Durante el camino, el silencio se hizo presente, ninguno de los dos pronunció palabras, la tristeza se los impedía. Al llegar, Nicolás efectuó los trámites de chequeo e inmigración; la hora de la despedida había llegado:

—Hora de partir, hija, te pido que te cuides y trata de superar esta situación. Tienes lo que necesitas para salir adelante y me tienes a mí siempre, por siempre a tu lado. ¡Recuérdalo!

—Lo sé, papá. Te quiero mucho. Dejemos que el tiempo pase, quizás encuentre aquí la felicidad, no hablemos más, no puedo. ¡Abrázame!

Ambos se abrazaron y besaron mientras que un torrente de lágrimas les impidió hablar. Después de un par de minutos, se separaron y Nicolás se dirigió a la puerta N.º 18 para abordar el avión con siglas de Venedicta que lo trasladaría al país.

María del Pilar tomó un taxi rumbo a la Academia de Cine de Nueva York. Se sintió más sola y más vulnerable que antes. Sus pensamientos se atropellaban en su mente, unos y otros, pero terminaba siempre recordando a Argenis.

—Me dijiste que actuara como mujer y así lo haré. Estoy por realizar mis sueños de antes de conocerte, pero lo cambiaría todo por estar contigo.

En Ciudad Mariana, don Julián se apresuró a terminar con el encargo de Argenis.

—Estos favores son como un búmeran, me retornarán en buenos negocios. Es hora de llamar a Argenis, espero no haya cambiado de opinión. ¿Quién toca la puerta a esta hora?

—¡Caramba! ¿Es usted brujo? —preguntó don Julián.

—¿Por qué esa pregunta, don Julián?

—Estaba pensando llamarlo para informarle de los preparativos de su plan.

—A eso vine, don Julián, necesito que lo apresure todo.

—Eso no es problema, dígame cuándo quiere comenzar.

—Estoy terminando algunos asuntos de la campaña electoral del Comandante. Estamos a un paso de lograr nuestro sueño. Además, tengo que reunirme con mis colegas que están emocionados con nuestro próximo destino. Prepare todo para el lunes de la semana entrante.

—¡Claro! Cuente con que así será.

—Perfecto. Tengo que ir a una reunión con el Comandante. Estaré aquí el próximo domingo para que me entregue lo necesario.

Ciudad Mariana apenas estaba despertando de las festividades navideñas y ya se sentía el calor electoral. Mientras que los partidos políticos y sus líderes discutían sobre las encuestas y sus probabilidades, descuidaban al mismo tiempo su liderazgo. La muerte del tradicional modelo partidista era solo cuestión de tiempo.

Durante los últimos cuatro años, el Comandante había recorrido Venedicta de norte a sur, de este a oeste, llevando su mensaje emancipador, divulgando su proyecto de transición para una alternativa posible, anunciando la era de la «Revolución Militar» y con ella, el nacimiento de una nueva república. El camino le era fácil.

Había llegado el día esperado por Argenis. Su emoción era incontenible, estaba muy cerca de alcanzar sus planes.

—Argenis, ¡te caíste de la cama! —expresó sorprendido don Julián al encontrarse con él esperando en la puerta de su casa.

—Sí, don Julián, así es, la emoción no me dejó dormir.

—¡Caramba! ¡Estoy sorprendido! ¡No sé qué decir!

—No diga nada. Invíteme a desayunar y hablemos de nuestro asunto.

—Aquí tiene la información, dinero en efectivo para todos sus gastos y cuide muy bien esta pequeña cajita roja. El hotel está reservado y pagado y mañana a las 9:00 saldrá en mi avión privado. Quisiera advertirle...

—¡No me advierta nada! Sé lo que hago, esto es un conflicto en mi vida, me debato entre dos situaciones y las dos las dominaré.

—Pero debe pensar en su futuro.

—Por supuesto que estoy pensando en mi futuro. ¡Ya lo verá! Encárguese del resto.

—¡Perfecto! Todo estará listo.

A la mañana siguiente, Argenis estaba sentado en el avión, decidido a hacer lo que planeó.

—¿Cómo debo hacerlo? ¿Dónde? —pensó al abrir la caja y mirar su contenido.

Con el transcurrir de los días María del Pilar fue adaptándose al ambiente estudiantil. Hizo nuevos amigos y se animó con sus estudios. En las mañanas caminaba por las calles de la ciudad, coexistiendo con esa vida neoyorquina llena de cultura, paisajes y personas de diferentes países e idiomas, mientras que sentía el retumbar de las calles por el paso del tren en el subterráneo. Le gustaba esa vida bulliciosa, los museos, la música en la calle, los parques y todo aquello que le hiciera olvidar el pasado y volver a soñar con ser una gran artista y modelo. Nueva York era el escenario y la Academia el trampolín para alcanzarlo. Pero su futuro estaba marcado por lo inadvertido. Incapaz de rebelarse y escapar, sucumbiría al juego de sus emociones.

Era un día frío y gris. El viento soplaba fuertemente, como anunciando su llegada. Ahí estaba Argenis, esperando por ella. Esta vez, impecablemente vestido sin uniforme militar, traicionado por sus sentimientos. Su corazón latía más rápido con cada minuto que pasaba.

—Falta poco para tenerla conmigo, para sentirla nuevamente en mis brazos y hacerla mía, esta vez sin retorno. —En un acto instintivo reaccionó de inmediato— ¡Cuidado Argenis!, no te puedes equivocar, tienes que actuar según tu conveniencia, el equilibrio es necesario, pero es que María del Pilar ¡me desquicia! ¡La deseo! Será como yo quiera y punto.

Argenis aguardó por ella en la entrada de la Academia. A la distancia la divisó, su emoción lo embriagó y sin poder contenerse salió a su encuentro. María del Pilar caminaba despacio, creía que era un espejismo, quedó paralizada y comenzó a llorar. Él apresuró el paso y al tenerla en frente, la abrazó con fuerza, sintiéndola temblar. Eran solo ellos, olvidando todo lo que los rodeaba.

—¿Qué haces aquí? ¿Has venido a hacerme más daño?

—Estoy aquí para hacerte feliz, ¡mi reina! —dijo mientras la tenía en sus brazos y la besaba.

—¿Cómo? Si tú lo que me has causado es dolor.

—No digas eso. No sabes lo difícil que ha sido no tenerte.

—Pero, no entiendo. Después que fui tuya, me abandonaste y ahora ¿qué quieres?

—Sé muy bien lo que te dije y también lo que quiero. ¡Claro! No entendiste, apenas despiertas para ser mujer.

—¿De qué estás hablando?

—Te hablé muy claro. Tú misma me expresaste que eras una mujer y entonces te dije actúa como tal, no lleves la contraria, sigue el juego.

—Pero me dijiste que me fuera. ¿No te recuerdas?

—Te dije disfruta tu viaje, tus vacaciones y nada más. Un paréntesis entre tu padre y nosotros. No era saludable para ti un conflicto entre los dos.

—Entonces, ¿por qué no respondiste tu celular cuando te llamé?

—Eres una niña, tienes mucho que aprender. Solo sé que ¡te amo con locura! Quiero estar contigo. Lo dejé todo para buscarte sin importar las consecuencias de mi acto de amor —dijo Argenis abrazándola y besándola hasta doblegar sus fuerzas.

—He esperado este momento. Algo me decía que volverías y ahora solo quiero ser tuya.

—Así será, ¡mi reina! —le respondió Argenis con cierta sonrisa irónica.

Sin perder tiempo, la llevó a la habitación del Hotel HLM y sin preámbulos, hicieron el amor tantas veces como sus cuerpos resistieron, hasta quedar exhaustos. Se desconectaron del mundo, se miraron, tocaron sus cuerpos, juguetearon entre abrazos y caricias, sintiéndose uno solo.

Fueron días de intenso amor. Ella vivía como una fantasía, se sentía amada y él un triunfador.

—Tengo que llamar a la Academia.

—Hazlo, pero no digas dónde estas; dile que decidiste pasar unos días con unos parientes.

—¿Me vas a volver a engañar? —preguntó con extrañeza—. ¡No otra vez!

—No podemos permitir que tu padre nos separe nuevamente. Entiende. Nos toca tomar muchas decisiones y tú tienes que apresurarte a ser mujer.

—Ya soy mujer —respondió con disgusto.

—Solo en la cama —pensó él—, lo sé y por eso mismo tienes que actuar como tal. ¿Tú quieres que me aleje de ti?

—Tú eres mi vida y te seguiré a donde vayas.

—Así me gusta verte, ¡mi reina! —luego pensó—: ¡Sometida a mí!

—Vamos disfrutar de la vida neoyorkina.

—¡Claro! Para eso estamos aquí. Por cierto, tengo el bolsillo lleno de dinero para complacerte en todos tus gustos, te voy hacer sentir única.

—Conmigo tendrás todo lo que se te antoje, no habrá límites, todos nos rendirán honores.

Ella se impresionaba más y más con sus palabras, le había despertado ese deseo de sentirse superior a los demás, de tenerlo todo. La Quinta Avenida con las fascinantes vidrieras de las mejores tiendas del mundo, eran objeto de fascinación por parte de ambos. Aprovecharon para comprar las más importantes marcas en vestidos, carteras, zapatos, el perfume más exquisito.

Argenis aparentó ser un hombre culto, lo cual distaba mucho de ser verdad. Solamente estuvo en Estados Unidos en esa ocasión, pero leyó sobre la ciudad y lo que ofrecía. Nueva York era la ciudad ideal para alcanzar sus objetivos. Planificó los lugares que visitarían y, lo más importante, dónde y cuándo sería el momento ideal para su más glorioso acto de amor y venganza.

Era una de esas noches neoyorkinas en donde a pesar del frío del invierno, la calidez de la ciudad avivaba los espíritus. Caminaban por la avenida Broadway cuando comenzó a nevar. Ella se alegró, dio vueltas jugando con las escarchas. Argenis la observó y se asombró de semejante espectáculo. Luego se abrazaron y corrieron entre risas y besos hasta llegar al Hotel THE VIEW, donde en sus pisos 47 y 48 se encontraba el restaurante The Sky, considerado uno de los mejores de la ciudad, con una vista de 360 grados que permitía visualizar toda la ciudad. Estaban emocionados ante lo paradisíaco del lugar. Se sintieron volar entre las nubes viendo desde lo alto la ciudad. Luego de una hermosa velada, Argenis se acercó a ella:

—María del Pilar, ¡mi reina! Quiero que seas mi compañera de vida, mi mujer, mi todo, mi esposa. Con este anillo te pido matrimonio. ¿Aceptas? —preguntó Argenis.

—¡Sííííí! ¡Sííííí! ¡Acepto ser tu esposa! Te amo con locura y no puedo imaginarme estar sin ti —respondió ella mirando el anillo de diamantes de dos quilates que él colocó en su dedo. Estaba extasiada de la emoción; sus manos sudaban, no podía respirar, lloraba y reía al mismo tiempo y su corazón latía con fuerza; se estaba cumpliendo su sueño de princesa.

Los visitantes del lugar aplaudieron y los mesoneros se apresuraron a traer champagne para celebrar la ocasión.

Esa noche ambos se entregaron a una mezcla de seducción, amor y erotismo. Argenis conocía su sensibilidad y deseo sexual y con cada acto, más la poseía física y espiritualmente, haciendo que su mundo girara en torno a él. Después de unos días María del Pilar le juró seguirlo y estar con él por siempre. Se obsesionó de manera compulsiva, enfermiza.

—Nos casaremos al llegar a Ciudad Mariana —dijo Argenis.

—¿Y mi padre?

—¿Qué pasa con tu padre?

—¿Asistirá al matrimonio?

—Tu padre es historia para ti. Yo soy tu mundo de ahora en adelante, sabes bien que él no permitiría nuestro matrimonio, me detesta y ¡tú no quieres que eso ocurra!

—Eso nunca. Tú eres mi vida.

—Así me gusta que me hables. Tengo que llamar a don Julián. Mientras tanto ponte hermosa para mí que vamos a cenar, o como dicen los yanquis, a dinar.

—No se dice así, Argenis, se dice *dinner*.

—Bueno, como sea que se diga —salió presuroso a hacer la llamada—: don Julián, mi amigo, prepárelo todo para dentro de cuatro días.

—Lo felicito, Argenis, logró su objetivo.

—No, don Julián, todavía no. Mi objetivo es Nicolás González, ella es ¡mi as!

—Pero ¿qué piensa hacer ahora?

—Todo a su debido tiempo, don Julián. Por cierto, el anillo le encantó.

—Argenis, estamos en el mismo barco y nos ayudamos mutuamente. ¡Viva la Revolución!

—Sí, don Julián, la Revolución Militar. Por cierto, estaremos disfrutando los últimos días. Al llegar a Ciudad Mariana, sin mucha espera procederemos con el matrimonio.

—¿Qué dijo ella sobre lo apresurado del matrimonio?

—¿Qué va a decir, don Julián? A ella no le importa eso, ni la fiesta de matrimonio o un casamiento por la iglesia, solo ve por mis ojos. He hecho un buen trabajo. ¿No le parece?

—Claro que sí, Argenis. Es usted terrible.

—Que me quieran por las buenas porque por las malas soy el propio diablo.

Don Julián preparó una pequeña reunión para celebrar el matrimonio e invitó a un grupo de amigos de Argenis, quienes no perdieron la oportunidad para hablar de las actividades cumplidas en su ausencia. Al cabo de un rato, él tomó por las manos a María del Pilar y dirigió unas palabras.

—Estos son mis camaradas, mis amigos y ahora serán los tuyos. Es hora de irnos, mi reina, a tu nuevo hogar. ¡Vámonos! Mañana es un día muy importante.

Argenis no podía dormir, solo pensaba en la reunión con Nicolás. Estudiaba sus palabras, lo que diría, lo que haría.

—He soñado tanto con ese momento en el que doblegaré el honor de Nicolás. Su niña adorada es mi trofeo, buena para todos los fines, especialmente para destruir el alma de su padre. Es la hora de mi venganza. ¡Por fin! A mí nadie me ofende, nadie se me alza. ¡Yo mando!

¿REALIDAD O SUEÑO?

David podía escuchar perfectamente la lectura de los latidos de su corazón en el monitor del quirófano. Miraba con asombro al cirujano haciendo una incisión en su pecho y a uno de sus asistentes aplicando técnicas de succión para el drenaje de la sangre, mientras que el anestesiólogo controlaba sus signos vitales y las enfermeras estaban prestas a cualquier requerimiento. Le causaba pavor el sonido de los instrumentos quirúrgicos al caer en la bandeja y la cantidad de gasas impregnadas con su sangre. Se sentía incómodo de estar en ese lugar frío donde nunca había estado; apenas si recordaba haber ingresado alguna vez en una sala de emergencias por pequeñas heridas causadas debido a su atrevimiento infantil, suturadas con dos o tres puntos, quizás cuatro.

Luego, un cúmulo de pensamientos comenzó a revolotear en su mente. Todo sucedió tan rápido que se resistió a creer lo que había sucedido ese día de la gran protesta. Agobiado por la pena, los recuerdos iban y venían en secuencias, uno tras otro, sin poder encontrar alivio para calmar la rabia y el dolor que sentía.

Ahora estaba enfrentado a su realidad. Evocó su pasado y se ubicó en su presente y el motivo de su lucha, protestar contra el régimen Nicanor Mudor, el sucesor del Comandante.

Con la incertidumbre e incluso malestar de la población sobre el resultado electoral, Nicanor Mudor asumió el cargo de presidente de la República, amparado por un grupo de militares corruptos que ostentaban el poder. La corrupción antes, durante y después del gobierno del Comandante y de su sucesor sobrepasaron todos los límites de lo creíble; miles de millones de dólares de militares y civiles afectos al régimen eran depositados a través de testaferros o empresas en cuentas en el exterior. El negocio del narcotráfico se convirtió en una actividad tan productiva que llegó a ser la prioridad de miembros de la familia presidencial.

Abandonados a su suerte, la miseria, el hambre, las enfermedades y la muerte acechaban a los pobladores de Venedicta. Les habían arrebatado las esperanzas, el derecho a vivir en paz, el derecho a soñar con un país de progreso, de igualdad de oportunidades, libre, lo que causó que el régimen perdiera el dominio de la población, mientras que el sector opositor comenzaba a ganar espacios.

Nicanor Mudor y sus aliados militares necesitaban a toda costa mantener el control y dominio de todos los poderes públicos, por lo que continuaron restringiendo a su mínima expresión las libertades civiles. Los principios de justicia y libertad quedaron estampados como simples palabras escritas en la Constitución de la República de Venedicta. La violación de los derechos humanos fue una constante. Muchos murieron víctimas de las agresiones del régimen; otros, privados de su libertad por alzar su voz o ejercer su derecho a reclamar lo que consideraba injusto.

David estuvo convencido de que la lucha era necesaria y la obligación de los jóvenes era desafiar al régimen con valentía. El futuro les pertenecía a ellos y a sus familias, el país los necesitaba y la conciencia los apremiaba.

Recordó el daño que su padre había causado y lo consideró imperdonable. Sus objetivos de vida eran totalmente opuestos. Los de David eran luchar hasta lograr la victoria y hacer posible el sueño de una Venedicta libre en donde todos convivieran en libertad, con dignidad, en paz y con un futuro de esperanza y por eso se enfrentó al régimen, por eso se enfrentó a su padre.

Los párpados le pesaban. No sabía si tenía los ojos abiertos o cerrados cuando vino a su pensamiento Rubén: —¿Estará bien? ¿Lo habrán operado? —se preguntaba David.

Desde niños fueron muy unidos, se ayudaban mutuamente. Creyeron en un país ideal, ese que soñaron tantas veces y por el cual lucharon para vivir en paz, en armonía y con sentido de pertenencia.

Rubén era hijo de Manuel Felipe Rojas y Lali Prieto de Rojas, nieto de Luz, la encargada de la casa de Nicolás. Su familia vivía en una humilde casa ubicada a los pies de la montaña Sierra Grande, en un pintoresco barrio llamado La Fe, con sus calles estrechas y una historia que contar. Su padre trabajaba de plomero prestando servicio a domicilio y su madre vendiendo empanadas en el centro de Ciudad Mariana. Su familia era muy pobre, pero era rica en afectos.

Rubén fue el menor de tres hijos, inquieto, divertido y muy hablador. Era un joven esbelto, no muy alto, de tez morena. Tenía los ojos negros y el cabello encrespado y negro. De niño no tenía muchos juguetes, pero sí imaginación para inventarse juegos. Con su risa y alegría contagiaba a toda la familia y les hacía olvidar por un instante sus problemas. Nicolás conocía suficiente las necesidades de la familia por lo que decidió pagarle los estudios.

Su abuela Luz se encargó de él, ya que sus padres trabajaban todo el día hasta muy tarde. Lo buscaba en el colegio para traerlo a la casa de Nicolás y así cuidarlo, darle de comer y revisar sus tareas. Al final de la tarde su padre lo recogía y en el camino a su casa conversaban sobre su día en el colegio.

David y Rubén se convirtieron mutuamente en mejores amigos. Ambos se contaban sus historias y pronto comenzaron a crear su mundo ideal, ese que querían para el futuro. Así prepararon una lista de deseos, en principio fantasiosos, pero con el pasar del tiempo esa lista comenzó a sufrir modificaciones, a tener vida. Ya no eran simples deseos, era mucho más, era un manifiesto de objetivos a la luz de las circunstancias políticas que prevalecían en el país.

Al llegar la adolescencia, Rubén comenzó a trabajar haciendo cualquier oficio que le permitiera ganar algún dinero para su familia. No descuidó sus estudios y se esforzó por ser un alumno sobresaliente. Su mayor orgullo era entregar sus calificaciones a Nicolás, quien lo incentivó a alcanzar metas superiores a través de su esfuerzo y voluntad. De cuando en cuando se sentaba con él a hablar sobre cualquier tema de interés, lo escuchaba con atención, lo admiraba y estaba agradecido por su ayuda.

David y Rubén fueron a colegios diferentes, pero luego el destino los unió al estudiar en la misma universidad la carrera de Derecho, motivados por los principios y valores inculcados por Nicolás. Desde el inicio de sus estudios y por otras circunstancias comprendieron que tenían un deber moral con su país, que se transformaría con el tiempo en una lucha contra lo que consideraban un régimen opresor, usurpador del poder y violador de los derechos civiles de los ciudadanos.

Nuevamente, David recordó las heridas sufridas por Rubén y su angustia, sus gritos pidiendo que no se dejara abatir, que tenía que salir adelante, pero él no lo escuchó, en realidad nadie podía...

Seguía viéndose en la sala de operaciones, no quería estar ahí. Sin darse cuenta, su abuelo, su tata, estaba frente a él, como en otros tiempos en los que lo protegía, calmaba su dolor y consolaba su tristeza. Ahora más que nunca necesitaba de él. Nicolás le enseñó el valor del respeto, los valores morales, a razonar sobre el bien y el mal, a tomar decisiones y asumir las consecuencias de las mismas, y sembró en su corazón el amor por la patria, por la tierra donde nació.

—¡Tata estás aquí conmigo! ¡Tienes mi escudo! —dijo emocionado.

—Sí, David, tengo ese hermoso escudo que refleja tus sentimientos y valor.

—Me diste el amor que necesitaba, me enseñaste tantas cosas, y tu diario y artículos de prensa fueron mi inspiración para ir en contra de este régimen que usurpó el poder. Aún conservo en mi cartera uno de esos artículos que de tanto leerlo se me deshace en las manos. «Cuando un gobierno traspasa los límites de la justicia a la injusticia, abusa del poder, quebranta las normas constitucionales, viola flagrantemente los derechos humanos, se asocia al narcotráfico, no respeta las leyes y convenios internacionales, esconde su alianza con el terrorismo, instiga a la violencia, promueve la anarquía, usa subterfugios legales para maquillar su actuación ilegal, abusa del concepto de soberanía y autodeterminación de los pueblos como estandarte para declarar a viva voz la independencia del gobierno en la toma de decisiones y el pueblo es dominado por un líder que confunde intencionalmente lo moral con lo inmoral, la verdad con la mentira y la realidad con la ficción, entonces estamos en manos de un régimen de forajidos».

—Recuerdo muy bien cuando lo escribí, después de que se acabara la apariencia de legalidad de los actos del régimen y se presentaran tal como son, descarados. Ese fue el último de mis artículos.

—Tata, abuelo, ¡no puedo creer que te esté viendo!, pero ¿por qué estás aquí? ¿Por qué tienes mi escudo? ¿Será que estoy soñando? —se preguntó al escuchar la algarabía de los médicos y enfermeras y el pito intermitente que hacían los monitores.

LA VENGANZA

El sonido de los dedos tecleando en la computadora se sentía más y más, las ideas fluían rápidamente. Nicolás no podía dejar de escribir:

> ***¿Es el Comandante la respuesta a nuestros problemas? Se avecinan tiempos tormentosos. Abierta la oportunidad, no desperdicia la ocasión de escuchar la demanda de los sectores populares. Les ofrece soluciones idílicas usando un lenguaje agresivo que incita a la violencia de unos contra otros, en tanto que el sector castrense será su instrumento político. El pueblo ignora la incoherencia del Comandante al proclamar una democracia más profunda, en un absurdo de autoritarismo y concentración del poder. Creer que la bota militar solucionará los problemas del país será el error más grave que se cometa. Este proyecto del Comandante es un plan elaborado años atrás con el claro objetivo de permanencia revolucionaria...***

Pero en su pensamiento albergaba algo que no podía definir, que lo atormentaba.

—¿Qué me pasa? ¿Por qué tengo esta sensación desagradable que no logro identificar? ¿Por qué? Ha pasado una semana. ¿Cómo estará María del Pilar? No se ha comunicado conmigo, me preocupa. ¡Cálmate, Nicolás! ¡Cálmate! —Se levantó presuroso de su silla, caminó hacia el ventanal y miró el hermoso jardín de su casa—. Sé que me voy a enfrentar a muchas personas a quienes les disgusta la verdad, que prefieren vivir en la hipocresía y pensar que todo está bien. Pero mi reto es otro, el Comandante, Argenis y su Revolución Militar —respiró profundo—.

Mejor me voy a compartir con Alfredo y sus amigos una buena partida de dominó. Así olvidaré esto que tengo.

Sin embargo, al pasar las horas, sus pensamientos y preocupaciones iban y venían en un ciclo de repeticiones, por lo que decidió regresar a su casa, a esperar un nuevo amanecer.

Las críticas a su artículo no se hicieron esperar. Nicolás recibió llamadas de aquellos que lo felicitaban, de los que le advertían y de los que lo amenazaban. Era uno de esos días...

—Se acabó, Nicolás. ¡No más! Este será tu último artículo —gritó Argenis con rabia—. Mi reina, prepárate, vamos a la casa de tu padre, le informaremos de nuestro casamiento. Es hora.

—¿Crees que será una buena idea presentarnos así? Es mejor que hable primero con él.

—¿Qué estás diciendo? ¡No! Ahora eres mi esposa y tú vas a hacer lo que yo diga. Tu padre tendrá que aceptar esta relación y tú tendrás que escoger entre ser su hija o ser mi mujer. No hay vuelta atrás, ¿entendiste?

—No hables así, Argenis, me asustas.

—¡Disculpa, mi amor! No quiero separaciones entre nosotros y tampoco que alguien nos aleje. ¿Cómo era el lema que dijiste tenían tu padre y tú?

—«Unidos por siempre» —respondió con añoranza María del Pilar.

—¡Aja! Ahora nosotros estamos ¡unidos siempre! ¡Qué ridículo lema! —pensó Argenis

—Está bien. Haré lo que me dices.

—¡Mi reina! Todo saldrá muy bien, ya lo verás. Llevaré esta botella de whisky y el vaso para celebrar por nuestro matrimonio con tu papá —luego pensó: será para restregarle mi triunfo, mi gloria. Me llevaré por delante a todo aquel que se atraviese en mi camino.

Nicolás se encontraba en el estudio de casa trabajando. Desde ahí contemplaba su jardín y recordaba con melancolía los bellos momentos que vivió con su esposa. Sus libros eran su refugio y su computadora, su confidente. Luego de un rato escuchó el timbre de la casa sonar varias veces.

—¿Quién es, Luz? —preguntó mientras continuó leyendo—. Luz, ¿quién tocó la puerta?

Pasos fuertes retumbaron en el piso de madera. Al mirar a la puerta de su estudio, justo ahí estaba Argenis sintiéndose poderoso. Su altivez revelaba su vanidad.

—¿Qué hace aquí? —gritó Nicolás—. ¡Usted no es bienvenido!

—¿Cómo? Usted no puede tratarme así. ¡Ya no más, suegro! ¡Ahora somos familia!

—¿Qué coño está diciendo? ¡Está loco! ¡Lárguese de mi casa!

—Soy feliz, papá. Me casé con Argenis. Él es el hombre de mi vida. ¡Nos amamos! —dijo María del Pilar al entrar al estudio.

—¿Qué estás diciendo? ¿Cómo pudiste hacer esto? Él te manipula. ¿Dime por qué?

—¡Déjala, Nicolás! No te permito que la trates así, ella es mi esposa y tendrás que aceptar esta relación. Déjanos solos, amor, es hora de hablar con tu padre.

Dominada por sus sentimientos, ella salió llorando a buscar sus pertenencias y despedirse de lo que fue su hogar por tantos años.

—Recapitulemos, Nicolás. ¡Somos familia! —dijo sarcásticamente Argenis.

—¡Jamás! ¡Nunca aceptaré esa relación!

—Sabes, suegro, te metiste con quien no tenías que meterte —Argenis abrió la botella de whisky y se sirvió en el vaso—. Ahora no te invito un trago, es solo para mí, para celebrar mi triunfo. ¡Tendrás que aceptarlo todo! o ¡tendrás que aceptarlo todo! Así es esto, no hay negocio. Te di la oportunidad, pero me llevaste la contraria. Decidiste escribir mentiras para joder a la revolución, a mi Comandante, a nosotros. ¡Imperdonable!

—Tú eres un ignorante con complejo de superioridad.

—¡Cállate, Nicolás! No he terminado. Tú quieres a tu hija y yo también. Ahora ella está conmigo, en mis manos. ¿¡Está claro!? —Tomó a Nicolás por la camisa y lo lanzó con fuerza a la silla de su escritorio.

—¿Qué pretendes hacer con mi hija? ¡Desgraciado!

—¡Ahh! ¡Qué palabrotas son esas! Así no se le habla a tu yerno. Entonces, ¡no más artículos en contra de la revolución! Ahora serás uno de nuestros simpatizantes —Nicolás trató de interrumpirlo, pero nuevamente fue callado por Argenis.

—Nuestra revolución no admite rebeldes, opiniones contrarias o disidentes. Nosotros somos la verdad del pueblo. Nada ni nadie nos detendrá, es una victoria segura —se sirvió otro trago y continuó—, ya verás como todos, incluyendo los medios, se rendirán ante el Comandante. No necesitamos contratar publicidad, todos escuchan y difunden nuestros mensajes.

—Te crees vencedor, pobre de ti, eres nadie y todo el daño que vas a causar lo vas a pagar con dolor, con sangre, no tendrás consuelo y tampoco perdón —expresó Nicolás con coraje al tiempo que María del Pilar entraba al estudio.

—¡Basta! Tengo cosas más importantes que hacer. Te dejo el whisky. No, mejor me lo llevo. Mi reina, vámonos a tu nuevo hogar —gritó Argenis sintiéndose glorioso.

Nicolás apenas caminó unos pasos antes de caer al piso. Luz corrió para ayudarlo y sin poder hacer nada, pidió ayuda. Su vecino, el Dr. Meneses, acudió a socorrerlo, dándole los primeros auxilios. Al despertar no pudo contener las lágrimas. Argenis le clavó un puñal en lo más profundo de su corazón, comenzó su duelo, perdió a su hija.

—¿Por qué? Dios mío, no puede ser, esto es una pesadilla. Siento que me arrancaron el alma. ¿Cómo puedo vivir así? ¿Cómo pudo haber hecho esto? No entiendo. No encuentro explicación. Quizás el culpable fui yo, sí, confié demasiado en ella y sin darme cuenta se la entregué a ese miserable.

—Nicolás, cálmate, necesito examinarte —dijo el Dr. Meneses.

—¡Déjenme! ¡Váyanse! Quiero estar solo con mi pesar. Necesito pensar.

—Vamos, Nicolás, tienes una crisis nerviosa. Estoy contigo y no te dejaré solo.

El Dr. Meneses comprendió que Nicolás estaba pasando por un trauma emocional fuerte.

—¿Quieres hablar, Nicolás, de lo que pasó?

—¡No! ¡No puedo!

—¿María del Pilar está bien?

No respondió. Su mirada lo decía todo. Colocó su mano en el pecho, cerró sus ojos y sus lágrimas corrían por su cara. No sabía qué decir, no sabía qué hacer. El silencio se apoderó del ambiente. El Dr. Meneses observó su desconsuelo, logró sedarlo hasta que se desprendió emocionalmente. Era un cuerpo inerte; sus ojos miraban el vacío hasta que cayó en un sueño profundo.

El amanecer de un nuevo día trajo expectativas sobre decisiones futuras. Nicolás se levantó con su pesar, se dirigió al jardín y se sentó en la terraza a rememorar el pasado. Provenía de una familia trabajadora unida por el amor. Sus padres lo educaron con principios morales y éticos, donde privaba el respeto, el decoro y la dignidad.

Eran tiempos de amargura en Venedicta, dominada por un régimen militar. Su padre era albañil y un activista político que luchó por derrocar al régimen que había gobernado el país desde 1952. A la edad de 35 años fue detenido por los órganos de seguridad, por ser uno de los cabecillas de la resistencia. Fue torturado e incomunicado, sin contacto alguno con su familia. Durante su cautiverio solo le era permitido el envío de una carta mensual, que era leída y recortada por los censores del régimen.

Nicolás apenas tenía trece años cuando le tocó vivir esa cruel realidad donde la consigna era «el miedo». Estando su padre detenido, oficiales de la Seguridad Nacional, organismo represivo del régimen, irrumpió en su casa y destruyó todo lo que encontró a su paso. Buscaban documentos que lo vincularan con actividades conspirativas, armas, etc. Los militares golpearon al joven Nicolás, lo empujaron y tiraron al suelo, mientras que su madre fue vejada y manoseada, induciéndolos al pánico y a la desesperación al decirles que su padre, el detenido, solo muerto saldría de la cárcel.

Desde muy corta edad le tocó afrontar la vida. Le robaron su adolescencia, pero guiado por su convicción interior, en una lucha constante por sobrevivir, se dedicó a estudiar y trabajar en todo aquello que sus capacidades físicas le permitieran para ayudar a su madre, manteniendo presente las enseñanzas de su padre y su fuerza de voluntad y lucha.

Su padre estuvo tres años encarcelado en condiciones infrahumanas hasta el derrocamiento del régimen, en un lugar dominado por la suciedad y la fetidez, sin contacto alguno con el exterior, encerrado en una celda que solo se abría para su traslado a un baño colectivo o para recibir una comida maloliente. Fueron tiempos terribles, pero por encima del dolor privó en él y su familia una nueva forma de conceptualizar la vida, apreciándola de manera diferente, sintiendo y atesorando cada minuto de felicidad, de posibilidad cierta de vivir con dignidad, en paz, en libertad.

—Lo que viene es peor que el pasado. Estamos por escribir una historia en donde las ilusiones se convierten en pesadilla, la dignidad en deshonra y la libertad en cenizas. Ahora he de enfrentar mis temores —reflexionó con un sentimiento profundo de frustración.

Los días pasaron y con ellos las alegrías y los buenos tiempos. Nicolás decidió acudir a la cita con el director del diario *La Capital*. Tenía que pensar cómo actuar, había mucho en juego.

—Buenos días, Nicolás. Tiempo que no hablamos, desde que te fuiste a Nueva York.

—Es cierto, el tiempo pasa rápido y ni siquiera nos enteramos.

—¿Qué te trae por aquí?

—He decidido tomar unas vacaciones. Necesito espacio y tiempo para reflexionar sobre un nuevo proyecto que tengo en mente. Creo que es el más importante de mi vida.

—Eres mi amigo y un excelente profesional, no quisiera perderte. ¿Te ocurre algo? ¿Tienes algún problema? —preguntó Rodrigo—. Te conozco bien y tú no tomas decisiones apresuradas.

—No me pasa nada. He reflexionado mucho sobre lo que quiero hacer en estos cortos tiempos que quedan de libertad de expresión.

—Estamos en un nuevo giro político y quizás lo sensato sea la prudencia. Comprendo tu decisión. Recuerda siempre que este diario es tu casa y puedes regresar cuando así lo quieras.

—Gracias, Rodrigo, por tu comprensión.

Sin querer mirar atrás, Nicolás salió del diario sintiendo una tristeza profunda que le impedía hablar. Luego de un rato, pensó en las palabras de Rodrigo—. Comenzó el cambio y todavía no han llegado al poder.

En los meses siguientes empezó la batalla electoral. El Comandante inició su carrera vertiginosa a la silla presidencial con las preferencias del sector más pobre de la población que estaba harta de los políticos tradicionales y que con la ilusión de retornar al bienestar perdido, fijó sus esperanzas en el militar golpista.

En su gira por ciudades y pueblos impuso de manera reiterada un discurso que llegó a ese pueblo huérfano de ser escuchado, el gran cambio en Venedicta estaba por ocurrir. La revolución militar era indetenible, apoyada por los partidos políticos que emergieron en una fuente de su propia destrucción, entre traiciones, pérdidas de apoyo a sus candidatos y las aspiraciones ilusorias de otros ofuscados por ser presidentes.

A la semblanza de un vengador del pueblo como en los cuentos de héroes de comiquita, prometió venganza contra todos aquellos que causaron miseria, desigualdades sociales y corrupción. Hizo uso del resentimiento, el odio entre clases, la exaltación de las emociones y los impulsos, y con su agresión verbal logró atraer a un sector marginal de la población que lo veía y amaba más allá, de lo real a lo imaginario y divino. Se aproximaba su victoria...

—Dicen que con el tiempo sanan las heridas. Yo todavía las siento en mi corazón. He pasado estos meses estudiando y planeando. No puedo quedarme callado ante la catástrofe que se avecina. Sé a lo que me arriesgo y lo asumo —reflexionó Nicolás mientras llegaba al matrimonio de Armando Goldman, el hijo de su mejor amigo.

—Bienvenido, Nicolás. Es un placer recibirte en mi casa —dijo John Goldman.

—Gracias, John. Felicitaciones a toda la familia por este acontecimiento especial.

—Hola, Nicolás —exclamó Don Julián al sorprenderlo por la espalda—. Cuánto tiempo ha pasado sin saber de usted. ¿Dónde ha estado? ¿Y su columna?

—Está haciendo preguntas cuyas respuestas usted sabe.

—No sé a qué se refiere. Por cierto, debe estar muy contento, preparándose para las nuevas labores familiares. Aprovecho la oportunidad para felicitarlo.

—No entiendo de qué está hablando —respondió con duda Nicolás.

—Del embarazo de María del Pilar. Vas a ser abuelo, tu hija está esperando un varoncito. ¿No estabas enterado?

—Eso no es asunto que te concierne.

—Disculpa, Nicolás, pero te reitero mis felicitaciones.

Me encuentro confundido. ¿Qué debo hacer? Seré abuelo y mi corazón se quiebra en pedazos. ¿Por qué no me lo dijo? Se apartó de mi vida de manera vergonzosa —pensó Nicolás al retirarse del salón de fiestas y salir hacia el jardín de la casa, aparentando estar tranquilo—. Nuevamente ocurre un giro en mi vida, esta vez con una camisa de fuerza. ¡Caramba! Parece que Argenis tuviera pacto con el diablo. Pero qué digo, ¡claro que lo tiene! Todos ellos están protegidos por la brujería. ¿Cuántos meses tendrá? Qué duro resulta saberlo y no poder vivir esa emoción. Lidio con una mezcla de felicidad, angustia, preocupación y el no saber qué hacer ante esta realidad: el nacimiento de mi nieto en tiempos de revolución.

⁘ NACIÓ CON LA REVOLUCIÓN ⁘

Los meses siguientes fueron de intensa campaña electoral. El Comandante se dio paso entre sus contendientes y consideró que no eran rivales de fuerza. Aprovechó todas las oportunidades para transmitir al pueblo su mensaje en pro de los pobres. Los medios de comunicación lo entrevistaban y entre mentiras y verdades mostró lo que estaría por ocurrir. Cual guerra de soldados, atacó a los políticos, a los dueños de la prensa, radio y televisión, a quienes tildó de vendidos; habló de la guerra sucia en su contra y anunció la creación de frentes sociales constituyentes. Con sagacidad conquistó a la población. Hizo público el número de su teléfono celular; tal gesto causó una influencia determinante en las clases populares, que lo sentían suyo.

En cada oportunidad vociferó llamando a salvar la patria. El Comandante exigía una transición pacífica, la cual consideró solo posible a través de una Asamblea Constituyente. No aceptó imposiciones y anunció guerra contra la corrupción, disminución del gasto burocrático y recortes presupuestarios.

La actitud narcisista asociada a su paranoia, producto de su desconfianza, sensación de amenaza en su contra, preocupación por la fidelidad ligada a su delirio de grandeza y necesidad constante de atención y admiración, lo estimuló a pronunciar un discurso violento con el cual advertía sobre planes desestabilizadores para evitar su victoria electoral.

—Quieren frenar mi candidatura y no podrán hacerlo. No me dejaré robar las elecciones. Pido a mis seguidores, que es todo el pueblo de Venedicta, que se declaren en alerta para evitar el desconocimiento de la voluntad popular —dijo mirando al frente, erguido y sintiéndose héroe de una batalla, la electoral—. El triunfo es nuestro y nadie no los podrá arrebatar. Los cambios serán un hecho. El pueblo gobernará y yo seré su humilde servidor.

El avance de su candidatura de izquierda causó pánico en los partidos políticos, los cuales, a semejanza de un barco a la deriva, accionaron virando el timón con tal fuerza que terminaron hundiéndose en sus propias mezquindades, traiciones, desesperaciones y la carencia de un discurso capaz de llegar al pueblo.

—Estoy cerca de alcanzar la silla presidencial, nadie podrá arrebatármela —manifestó el Comandante sintiéndose victorioso—. No podrán paralizar este movimiento maravilloso de las masas populares que me adulan y me ven como su salvador.

—Así es, Comandante. Su triunfo es cuestión de tiempo. Falta poco para que el movimiento revolucionario militar sea una realidad —respondió Argenis

—Eres mi hombre de confianza. Has trabajado incansablemente por este movimiento, sintiéndolo en tu alma, palpitando en tu corazón, corriendo en tu sangre. Estarás a mi lado dirigiendo las riendas de Venedicta, poniendo en su lugar a todos mis enemigos y cuidarás mis espaldas de aquellos que no perderán oportunidad de atentar contra mi vida. Esta revolución será la esperanza del mundo, su salvación. Júrame por esta cruz, a mi ilustre padre, a tu pueblo y a mí como soldado al servicio de todos ellos, tu lealtad —expresó el Comandante al ponerle su mano en el hombro y mirarlo firmemente.

—Juro ante esta cruz, a nuestro ilustre padre, a mi pueblo y por encima de todos a mi Comandante, mi lealtad incondicional. Velaré por proteger y mantener los principios de la revolución con mi propia vida, lo resguardaré de cualquier acto de insurrección o disidencia que pretenda acabar con su revolución y con su vida —expresó Argenis en posición firme con su mano derecha levantada y mirando fijamente al Comandante.

—Un abrazo, Argenis. Te invito a cenar y a compartir acerca de la historia de Venedicta y los pensamientos y contenidos ideológicos del padre de la patria, Martí, Rousseau y otros tantos. Por cierto, ¿cómo está tu mujer? ¿Está a punto de dar a luz?

—Sí, señor. Mi mujer está próxima a traer al mundo a mi primogénito. Esperamos su nacimiento para los primeros días del mes de diciembre.

—Espero que sea también el primer hijo de la revolución.

—¡Así será, Comandante!

—¿Qué ha pasado con Nicolás González? Recuerda que él forma parte de esa guerra mediática en mi contra.

—Lo tengo controlado, señor. Le recuerdo que sus enemigos son los míos.

—Vamos a cenar, Argenis. —Se sentaron cada uno de un lado del comedor. Una silla vacía presidiendo la reunión era siempre reservada para el espíritu del ilustre padre, libertador de Venedicta.

—Esta patria pide a gritos ayuda, yo soy la esperanza del pueblo y a mí, por mandato divino, me toca cumplir el ineludible deber de liberar esta tierra de los opresores, de todos aquellos que se oponen a la igualdad social, a la democracia revolucionaria, «la libertadora».

—Así es, Comandante, la patria solo será patria cuando la libere de las cadenas que la mantienen prisionera.

—El imperio norteamericano es el enemigo de esta revolución. No hay que temerle pero tampoco subestimarlo, ni perderlo de vista. Mi revolución es contra los intereses del capitalismo, es el «Proyecto País» y sé que tratarán de impedir su instauración a cualquier precio.

—Comandante, solo faltan días para hacer posible el triunfo de la revolución militar.

—¿Cómo? Te equivocas. ¡Es una realidad! Y lo fue desde el mismo acto de la rebelión militar. Venedicta alza su voz para revitalizar su pasado y recuperar el futuro.

—Usted salvará al país del yugo al cual ha sido sometido desde siempre.

—He andado todos los caminos, rincón por rincón de todos los pueblos de Venedicta, llevando mi mensaje. Ahora en esta extraordinaria campaña electoral, te digo, el día está próximo para asumir la Presidencia. ¡La historia hablará de mí!

En el último mitin de la campaña electoral, el Comandante abrazó a mujeres y niños, presumió de ser más demócrata que todos y transmitió su mensaje de pertenecer al pueblo, con lo que se convirtió en el foco de atención de los medios de comunicación social.

—¡Revivirá la patria! ¡Refundaremos el Estado! ¡No me callaré jamás! ¡Tampoco me callarán! ¡Yo soy la esperanza! Recuerden, el 6 de diciembre de 1998 será una fecha inolvidable porque a partir de ese día nacerá una nueva república.

Ese día amaneció marcando una nueva etapa, la revolucionaria. No había vuelta atrás. El triunfo del Comandante era un hecho. El pueblo ejerció su voto, «el voto castigo».

Creyéndose investido de atributos mesiánicos, se presentó ante miles de personas que se concentraron para celebrar su triunfo. Una inmensa bandera decoraba la tarima de aquel lugar del centro de Ciudad Mariana, mientras que fuegos artificiales alumbraban el cielo.

—¡Viva el Comandante! ¡Viva la revolución! —gritaban sus seguidores.

—Aquí estoy, con mi pueblo, ha llegado la hora de acabar con las mezquindades del pasado, con la miseria y las desigualdades. Cumpliré con el mandato que me otorgaron, porque yo les digo «el pueblo quiere constituyente y la tendrá» —expresó eufórico—. Yo encarno los deseos de la mayoría, nacerá una nueva sociedad más justa y el poder estará en manos del pueblo.

—Comienza una nueva historia en la vida republicana de Venedicta. Será un profundo y doloroso cambio socioeconómico del país —razonó Nicolás al escuchar el discurso del Comandante—. Mejor me voy a descansar, ya no resisto escuchar tantas mentiras, pero ¿quién llama a esta hora? Son las 11 de la noche —se preguntó—. Aló, aló, hija, ¿eres tú? Te siento, mi amor. Háblame —dijo Nicolás al escuchar el susurro de una mujer que al mismo tiempo gemía de dolor.

—Papá, te necesito, no puedo hablar. Estoy sola. Mi hijo va a nacer —dijo ella casi sin fuerzas, apenas podía pronunciar pocas palabras.

Había estado abandonada por meses. Argenis en su afán desmedido por el poder y su admiración por el Comandante, cuyos límites sobrepasaban fronteras, apenas se presentaba en la casa para recoger pertenencias personales y ropa. La luna de miel había pasado, ella despertó a su realidad.

Sin perder tiempo, Nicolás acudió en su ayuda acompañado del Dr. Meneses, no sin antes llamar a una ambulancia. Mantuvo la comunicación con su hija, le daba fuerzas y le pedía que luchara por su hijo. Ella lo escuchaba cada vez que el dolor se lo permitía.

—Hija, ¿recuerdas cuando cada vez que te pasaba algo, llorabas desconsoladamente y me abrazabas tanto que no podía separarte de mi cuerpo y ver lo que te había pasado? He estado contigo todos esos momentos y ahora, mi vida, también lo estaré —dijo él tratando de calmarla con uno y otro cuento, mientras que el camino se hizo interminable.

—¡Duele, duele mucho! ¡No puedo más!

—Claro que puedes. Vamos, eres valiente, tu hijo depende de ti, necesita que lo recibas con amor, con tu protección y tu alegría.

—No pensé que pasaría por una situación como esta. ¿Por qué tuvo que ocurrir así? ¿Por qué? ¿Por qué Argenis no está conmigo?

—Cálmate, deja de lamentarte. No es el momento. Estás por recibir a ese pequeñito ser que necesitará de ti.

—Pudo haber sido diferente y no lo es. Sabes, Argenis no se ha comunicado, lo necesito.

—Tienes que concentrarte en traer tu hijo a este mundo. Esa es tu prioridad, luego lo demás.

Nicolás continuó dándole apoyo moral a su hija, al propio tiempo sintiendo su emoción de estar presente en el nacimiento de su primer nieto. Al llegar solo encontraron a Rosa, la encargada de la casa.

—¡La ambulancia no ha llegado! —dijo Nicolás

—Tampoco podemos llevarla a la clínica, las contracciones son continuas, no hay tiempo que perder, el bebé está por nacer —manifestó el Dr. Meneses—. Después los trasladaremos para hacerle una evaluación completa.

—Te pido que no nos abandones y júrame que velarás por mi hijo —clamó con lágrimas ella.

—Toma mi mano, hija. ¡Vamos!, respira profundo y exhala. ¡Mírame!

—¡Puja! ¡Puja! Ya viene el bebé, le veo su cabecita, continúa pujando. ¡Ahí viene! ¡Es un hermoso varón! —expresó emocionado el Dr. Meneses.

Dejando la comodidad y el lugar seguro, el bebé se hizo sentir con su primer llanto, con su primera experiencia de enfrentarse a la vida y respirar por sí solo, de sentir ese otro mundo diferente, menos cálido, y ahora reclamando su derecho a vivir.

El Dr. Meneses cubrió al bebé y lo puso en el pecho de María del Pilar para que lo abrigara, sintiera su calor, su protección.

—Papá, ¡cárgalo! ¡Es tu nieto! —dijo ella con lágrimas en sus ojos.

Nicolás no pudo contener su emoción, tomó el bebé en sus brazos, lo miró con ternura, sintiendo su cuerpecito indefenso.

—Dime, ¿cómo quieres que se llame? —preguntó ella.

—¿Qué dices? Es tu hijo y son ustedes quienes deben decidir su nombre.

—¡No! Quiero que seas tú, papá. Te has ganado ese derecho. ¡Te lo ruego!

Nicolás se quedó pensativo recordando aquellos duros tiempos de su infancia, a su padre, su lucha, su dolor.

—¡David! Quiero que se llame ¡DAVID!

EUFORIA

Los medios de comunicación social se afanaban por tener la exclusiva, la entrevista con el Comandante, ahora presidente electo de Venedicta. Entre alegrías por el triunfo de unos y tristezas de otros, la población se enfrentaba a una nueva realidad, aquella que empezaría a asomarse más temprano que tarde.

Lejos de los que pensaron que solo sería cuestión de tiempo la caída del Comandante, cuya ideología *sui generis* no tendría espacio ni lugar en el país, su proyecto revolucionario estuvo forjado desde tiempo atrás, incluso antes de la intentona golpista. Se gestó en el ámbito militar y civil, con grupos de izquierda que simpatizaron con sus ideas. El proyecto país del Comandante existió, en principio, inspirado en el «socialismo del siglo XXI», ese que era antiimperialista, marxista, proteccionista.

Mantener una imagen de demócrata era necesario, usar y abusar de esa idea le permitiría avanzar hacia el autoritarismo y lograr formas de cooperación internacional con las cuales destacar y ser el centro de atención de las noticias a nivel mundial. Su objetivo era perpetuarse en el poder y mantener el control de la población en sus manos. Con su carismática personalidad y su imagen de justiciero del pueblo, logró llegar a las masas populares, quienes lo adoraron, consiguiendo incentivar en ellos «el odio de clases y el resentimiento social», sobre la idea de la existencia de enemigos que conspiraban en contra del pueblo sometiéndolo a la explotación y la pobreza.

—He logrado un triunfo electoral del cual hablarán por generaciones porque esta revolución ha nacido para quedarse —expresó el Comandante emocionado.

—¡Así es! Usted cambiará la orientación política del país y eso solo es posible manteniendo el control sobre todos los poderes públicos —dijo Argenis.

—Argenis, tú eres el hombre detrás de mí y necesito que trabajes en la ejecución del proyecto revolucionario republicano. La nueva república surgirá a partir de mi toma de posesión. Es importante que el pueblo sienta que es mi prioridad y que yo soy el único capaz de acabar con el elitismo y la burocracia.

—Ahora vendrán los aduladores y aquellos que no lo quieren y ansían su fracaso.

—Lo sé. Para eso estás tú, para vigilar cualquier movimiento sospechoso. Ahora todos me halagan y quieren entrevistarse conmigo y hay incluso unos cuantos que pretenden formar parte de mi gobierno o darme consejos. Me da risa verlos cómo se humillan. Yo, por el contrario, estoy concentrado en la instauración de la nueva república. Tengo en mi cabeza muchas ideas. ¡Hay que trabajar duro! No habrá reposo, ni fines de semana. El día y la noche no serán suficientes. No se diga más. ¿Habrá un dulcito de lechosa?

—Por cierto, Comandante, mi hijo nació el mismo día de su triunfo electoral.

—¡Oh! ¡Tú primer hijo! ¿Creo? ¡Te felicito! Pero ¿qué haces aquí, Argenis? Ve a conocerlo y dile que me encargaré de hacer la patria grande para él.

A pesar de carecer de respuestas certeras a la solución de los problemas que confrontaba el país, el Comandante acaparó la atención del pueblo con sus peroratas y sueños de una economía humanista, competitiva y autogestionaria, envolviendo de ilusión a las masas populares deseosas de ser atendidas. Su revolución popular combatiría el neoliberalismo salvaje y alcanzaría el más profundo cambio sociopolítico, supuestamente en aras del bienestar general de la población.

—Por fin llegué a la clínica, pero ¿a quién tengo aquí? —preguntó Argenis—. ¡Caramba, Nicolás! ¿Cumpliendo con tus obligaciones de padre? ¡Así tiene que ser!

—¿Y tú? ¿Dónde dejaste tu deber para con tu esposa e hijo?

—Mi obligación es primero con la patria y ella me impone sacrificios. Ahora estoy aquí, haciéndome presente. ¿No me felicitas? Debes sentirte aliviado del dolor que cargabas por dentro. Quizás ahora tengamos una relación por lo menos cordial. —Sin esperar respuesta caminó a la habitación donde fue hospitalizada María del Pilar luego de haber dado a luz en su casa y trasladada a la clínica para chequeos médicos de ella y su bebé.

—¡Mi amor! Aquí estoy. Siento no haber estado contigo en ese momento tan importante de nuestras vidas. Quiero que comprendas la exigencia que me ha impuesto esta campaña electoral. ¡Lo hemos logrado! ¡Vencimos!

—Tú solo piensas en la revolución, en el Comandante, en tu triunfo y nuevamente me abandonaste, incluso antes de que naciera David.

—¿David? ¿Ese es el nombre de nuestro hijo?

—Sí, David, así decidí llamarlo, ya que tú no estabas conmigo.

—David, David. ¿Sabes?, me gusta el nombre: David Argenis Manrique, porque espero que hayas puesto de segundo mi nombre.

—Sí, así lo hice.

—Entonces, David será un hombre de poder en este país, sabrá asumir los retos y conquistar las metas, ¡Te lo prometo! ¿Dónde está mi hijo? —preguntó—. ¡Quiero verlo!

—Está en el retén, lo van a traer dentro de poco. Ni siquiera fuiste capaz de llamarme, no te importo, no me amas. Te la pasas con otras y yo sola.

—¿Qué dices? He estado trabajando día y noche para labrarnos un futuro y tú conoces al Comandante, lo exigente que es, no hay descanso y ¿me sales con eso? ¿Dónde dejas mis sentimientos? ¿Qué mujeres? El embarazo te provocó alucinaciones. ¿Cómo es posible que digas semejante atropello? ¡No te lo admito! ¡Quiero ver a mi hijo! —gritó Argenis.

—La única que debe estar disgustada soy yo. Tuve a nuestro hijo en la casa, no estuviste a mi lado y ¡te disgusta! ¿Cómo crees que me siento?

—Debes sentirte feliz, tenemos a nuestro hijo y el mundo a nuestros pies. Tendrás, mi reina, todo lo que has soñado, no te faltará nada, incluso, tienes ahora a tu padre. ¿Por qué quieres amargar esta felicidad tan grande? ¡Basta! Tú sabes que te amo, pero debes controlar tus nervios. Te prometo que de ahora en adelante todo va a cambiar.

—No me abandones. Tú eres el centro de mi vida, mi porqué, mi todo.

—Entonces, mi reina, las reglas las pongo yo y tú debes seguirlas. Por cierto, te traje este regalito. Déjame ponértelo en el cuello para ver cómo te luce.

—¡Está bellísimo! ¡Son brillantes!

—¡Claro! Pero ellos brillan menos que tú, a pesar de tu estado. —Argenis aprovechó el momento para abrazarla, besarla y nuevamente tenerla en sus manos.

—Aquí está el bebé —dijo la enfermera

—¡Mi hijo! David, serás un varón fuerte y valiente como tu padre. Pronto saldrás de aquí a nuestro hogar. Mi reina busca una persona para que se encargue del cuidado de mi hijo. ¡Estoy feliz! ¡Mi primer hijo! ¡Te amo David, no lo olvides! Contesta el celular, mujer. ¿No lo escuchas? Está repicando.

—¡Aló! ¡Aló! ¿Quién es?

—María del Pilar ¡Felicitaciones! ¡En buena hora! Argenis no cabe de la emoción, tienes la dicha de tener un buen hombre a tu lado, recuérdalo siempre.

—¡Comandante! Perdón, ¡señor presidente! ¡Comandante señor presidente!

—¡Ja, ja, ja! No te enredes, puedes sencillamente decirme Comandante, al fin y al cabo soy ¡el Comandante! Cuéntame, ¿estás tan bella como la última vez que te vi?

—¿Qué dice? Son puros halagos. Gracias.

—No, no, no es así. Sé apreciar la belleza de una mujer como tú. Espero verte pronto.

—Gracias, Comandante. Hasta muy pronto.

—Fíjate lo que he logrado. Déjate de peleas, mujer, y aprovecha esta oportunidad para tener la gloria, que las personas te vean y te envidien. Escucha bien, quiero que me obedezcas y estés para mí sin condiciones, sin exigencias. Tengo mucho que hacer.

—Pero prométeme que no me dejarás.

—Otra vez con eso. Depende de ti. Estaré muy ocupado con todos los asuntos del Comandante y no puedo estar atendiendo tus necesidades todo el tiempo. Quiero que lo comprendas. Tienes que cuidar tu apariencia, perder esos kilitos de más que ganaste con el embarazo y volver a ser la mujer que mueve mi piso y muchos desearían, ese es tu rol en mi vida.

—Me siento como un objeto, humillada y utilizada.

—No, te equivocas, mi amor, lo que no quiero es que sigas obsesionada con infidelidades y descuides tu persona. Quiero que seas feliz. Te prometí poner a tus pies todo lo que deseas y lo voy a cumplir. ¡Te amo, mi reina! Déjate llevar y percibe el fuego que me provocas.

—Sabes conquistarme, no puedo resistirme a tus caricias, estoy locamente enamorada de ti, tú eres mi mundo, mi todo.

En los meses siguientes, el Comandante aceptó entrevistas y se reunió con su equipo de trabajo, la mayoría, personas de pensamiento arcaico, de una izquierda que había quedado atrás en la historia, hasta que llegó el día esperado, la toma de posesión de la Presidencia de la República por parte del Comandante y el comienzo de la más profunda transformación política, social y económica de Venedicta. Ese día dictó un decreto para llevar a cabo un referéndum a fin de consultar al pueblo sobre la convocatoria a una Asamblea Constituyente.

—¡Vamos! Tengo que salir al aire. Tengo que hablar para que el pueblo me escuche y sienta que soy el único capaz de proporcionar la paz y la felicidad que quieren.

—Al aire, presidente —exclamo el productor de Venedicta TV.

—Saludos, pueblo de Venedicta, este ha sido un arduo trabajo. Me están atacando de no hacer nada en apenas unos cuantos días de mi gobierno. He encontrado tantos vicios y ahora me toca resolver tantos años de destrucción. Esta casa tan grande para alojarme, saben, no la necesito, perfectamente puedo trabajar desde una tienda de campaña. ¡No más derroches! Hay que apretar el cinturón. Por cierto, señores del Congreso, necesito poderes especiales. ¡Tráiganme un cafecito!

—¿A quién le mientes? A mí no. Sé lo que buscas. Eres un artífice del engaño y la mentira. ¡Qué desgracia! —vociferó Nicolás a solas mientras continuó escuchando la alocución. Seré un crítico de la política de este gobierno y llamaré la atención a la ciudadanía sobre la verdadera intención del Comandante. ¡Es mi deber!

Con el tiempo, el Comandante creó su programa radio-televisivo, «Con el Presidente». Durante interminables horas hablaba de múltiples temas: historia, geografía, política, recurría a los pensamientos de próceres de la historia, a sentimientos religiosos y todo lo que se le ocurriera. No perdió la oportunidad para cantar, recitar o bailar y con esa forma campechana de ser, lo siguieron los sectores sociales más pobres, a quienes les hizo sentir que eran una fuerza con poder de decisión, a través de su persona, el único capaz de entender y resolver sus necesidades.

A pesar de que muchos consideraron que no tenía rumbo y era errático en asuntos económicos y sociales del país, su orientación se enfocó hacia el populismo que le permitió consolidarse como líder de las masas.

—Estamos trabajando en el Plan Revolucionario 2000. No estamos improvisando planes. Pues bien, estoy para responderles a quienes dicen que no tenemos un programa económico, que no tengo idea de lo que debo hacer, que no sé adónde voy. El mayor Argenis Manrique, mi hombre de confianza, lo está coordinando en conjunto con el general Alirio Torres, quien se encargará de su ejecución. Habla, Argenis, de lo que vamos a hacer para la reconstrucción del país.

—Sí, Comandante, los militares y el pueblo unidos por vez primera, haciendo patria. Estamos listos para comenzar con los programas sociales a favor del pueblo. Construiremos y reconstruiremos escuelas y repararemos carreteras. Todo gracias a usted, Comandante, que está claro sobre lo que hay que hacer para conducir a puerto seguro el destino de este país.

—¡Muy bien! Sobre tus hombros encargo esta importante labor de rescate a los más necesitados. Es una guerra que debemos librar en contra del hambre. Estamos en un extraordinario momento de la historia de este país, es la consolidación del movimiento revolucionario republicano que no tendrá límites, solo los impuestos por Dios. ¡Viva esta unión cívico-militar!

El Comandante continuó con su programa televisivo, en tanto que Argenis discutía lo relativo al Plan Revolucionario 2000.

—Tenemos que hacernos visibles ante la gente. No hay tiempo que perder. Tramiten los recursos que necesitamos. —Argenis evaluó las metas que había alcanzado y aquellas que le faltaban—. Tanto lo deseé y ahora lo logré, yo por encima de todos, manejando dinero, teniendo el poder, quién coño lo diría. —Su pensamiento fue interrumpido por el repicar de su celular

—Hola, mi amor. ¡Qué sorpresa! Estoy aquí en el Palacio Presidencial. Cansado pero feliz. ¿Cómo está mi hijo?

—Me alegra. Llevé a David al pediatra, dijo que estaba muy bien y como no puedo amamantarlo, me dio instrucciones sobre su alimentación.

—Hoy es la celebración en honor del Comandante. En un rato salgo para la casa.

—Sí, me estoy arreglando y dejé a David con la nana en la casa de mi papá.

—Me imagino cómo estará tu padre. Así lo mantengo distraído en otras actividades.

—Estaré bella para ti, te sentirás orgulloso de mí.

—Cuidado, no me provoques porque soy capaz de...

—Eso es lo que quiero.

—Tengo que terminar, pronto llegaré.

María del Pilar no perdió tiempo y comenzó a arreglarse. Escogió el vestido que mejor le quedase a su cuerpo, largo, de satén dorado, ceñido al cuerpo, sin mangas, con la espalda descubierta hasta la cintura y un sugestivo escote en v que dejaba asomar sus senos. Estaba decidida a conquistar a su marido.

—¡Estoy feliz! Todo vuelve a ser como antes. ¡No! Me equivoco. ¡Ahora es mejor!, estoy empezando a disfrutar de tantas cosas. Debo ser inteligente y saber aprovechar el momento, sé que él me necesita —ella sintió la presencia de Argenis—. Mi amor, llegaste rápido.

—¡Guau! ¿Quién eres? ¿Estoy soñando? Eres tú, mujer, mi mujer. Me vuelves loco con tu belleza. Así me gusta verte. —Argenis se acercó a ella para besarla, tocarla, pero ella jugando con su picardía y sensualidad lo alejó.

—Contrólate, mi amor, tenemos que asistir a la reunión. Después tendremos tiempo.

—Sabes cómo excitarme con tu cuerpo, tu olor, esa voz sensual al hablar, ahora tendré que aguantarme las ganas. Mejor me voy a bañar y a vestirme, esta vez no usaré el uniforme militar.

Era un agasajo en honor al Comandante en una importante Casa de Festejos de Ciudad Mariana. El color rojo privó en la decoración con paneles de tela en las paredes y el techo. Al frente de las mesas estaba la mesa principal para el Comandante y sus principales colaboradores. Al llegar, María del Pilar y Argenis fueron recibidos por don Julián y su esposa.

—¡Qué bella mujer! Eres como un cuento de hadas. ¡Bienvenida! —expresó don Julián.

—Gracias. ¿Cómo está, señora Alejandra? Usted siempre elegante.

—Pasen adelante. Ustedes se sentarán con el Comandante.

—Gracias. Al rato hablamos, don Julián —comentó Argenis.

—Te fijas, mi amor. Ahora estamos por encima de toda esta gente —sonrió Argenis—. Te lo dije, somos el centro de todo. Las mujeres te envidian, quisieran estar en tu lugar y los hombres te desean. Por cierto, nos vamos a mudar a una casa más grande.

—¿Dónde? —preguntó ella—. Quiero que tenga un jardín grande y con vista a la ciudad.

—¡Así será, mi reina! Viviremos en la mejor zona de la ciudad.

Al rato hizo acto de presencia el Comandante con su esposa. Entre aplausos y gritos de alegría, se hacía paso saludando a los invitados hasta llegar a la mesa donde lo esperaba Argenis.

—¡Por Dios! ¡Opacas al sol! Argenis, qué mujer tienes. Una dama, joven, hermosa, atractiva. ¡Qué más quieres! —expresó con admiración el Comandante.

—Usted no se queda atrás, Comandante. Tiene una mujer bella a su lado —le replicó María del Pilar con cierta sonrisa.

—Pido su atención, alcemos las copas y brindemos por el triunfo del Comandante. ¡Que viva el Comandante! —exclamó don Julián mientras pensaba en su futuro promisorio.

El Comandante bailó con su esposa y luego aprovechó para bailar con María del Pilar.

—El embarazo te sentó bien. Eres una sirena. Cuando quieras puedes visitarme. ¿Y tu bebé?

—Está bien, creciendo. Ahora se encuentra con su abuelo.

—¡Ahhh! Con Nicolás González —dijo con molestia—. Recuerda, para lo que necesites, estoy como un soldado a tu orden.

—Gracias, Comandante, es bueno saberlo.

El Comandante le cedió el baile a Argenis y luego fue a conversar con don Julián.

—Necesito que nos reunamos mañana para hablar del Plan Revolucionario 2000. Recuerde que usted juega un papel importante y hay que hacerlo bien para no tener problemas.

—¡Claro! Es cuestión de sentarnos. Mañana le presento un programa para ejecutar los próximos meses, los recursos que se necesitan y los demás asunticos —contesto don Julián.

—Entonces, no se diga más, recuerde que las paredes hablan, lo espero mañana. El general Alirio Torres estará en la reunión. Por cierto, necesito una casa grande, en la mejor zona.

—Déjemelo a mí. Me encargaré personalmente de complacerlo.

Argenis decidió irse temprano de la fiesta. Deseaba estar con María del Pilar. Al llegar, destapó una botella de champagne y la llevó a la habitación, donde ella lo esperaba.

—Déjate llevar, amor. Esta noche será única. —La desvistió y llevó a la cama. Fue tocando cada parte de su cuerpo. Ella desesperada por llegar, él tomándose su tiempo, contemplándola mientras la acariciaba y besaba; le gustaba escuchar sus gemidos. Sus cuerpos se unieron en uno solo, sintiendo su calor, satisfaciendo sus deseos.

Mientras, en casa de Nicolás, la inocencia del nieto lo llenaba de alegría.

—David, dime qué hago con nana Josefa. Me regaña porque te tengo en mis brazos, pero no me importa, te seguiré cargando y hablando contigo —le dijo—. Tú también quieres que te hable, ¿verdad? ¡Mira cómo me haces gracias! —En ese instante Nicolás reflexionó sobre el futuro de su nieto y mirándolo a los ojos dijo: Te has convertido en mi motivo, en mi razón de lucha, David. ¡Te lo prometo!

ENTRE LA VIDA Y LA MUERTE

Rubén entró a la sala de emergencias bañado en sangre y apenas pudo abrir los ojos por un momento. Los médicos trataron de estabilizarlo, pero su condición era crítica, lo que ameritó su traslado al quirófano. El cirujano y sus ayudantes actuaron de inmediato tratando de curar las heridas de bala sufridas. Tenía daños en tejidos y órganos. Corrían contra reloj.

—¿Qué pasa? —preguntó el cirujano, al escuchar de pronto el sonido de un pito agudo e intermitente en el monitor de signos vitales.

—Es un paro cardíaco —dijo el anestesiólogo—.

—Procedan con la reanimación cardiopulmonar (RCP), apliquen una jeringa de epinefrina y preparen el desfibrilador —ordenó el cirujano.

—No reacciona con la epinefrina —indicó el anestesiólogo.

—Apártense —exclamó el cirujano—. Las paletas, carguen el desfibrilador. ¡Descarga!

—¿Dónde estoy? Es el hospital cercano al barrio, puedo ver a mis padres y yo estoy ahí, pero eso fue hace tanto tiempo...

—¿Por qué lloras, ma'? Estoy bien, solo fue un susto. ¡Perdóname! Creía que podía saltar con la patineta al otro lado.

—Hijo, no eres Supermán, ni tienes superpoderes. Te pudiste haber matado. ¿Cómo te atreviste a lanzarte? Eso es lo que pasa cuando los niños ven tanta televisión. Cuando lleguemos a la casa te impondré un castigo. Hemos sufrido mucho por tu fantasía de superhéroe. ¡No lo vuelvas a hacer!

—Lo siento, siento pa'.

—Tremendo chichón que tienes en la frente y mira tu rodilla toda golpeada.

—Abuela, como me van a castigar tú me tienes que consentir.

Sí, recuerdo que así fue. Mi abuela me hizo un helado de esos que ella sabía hacer tan bien, con leche, bastante azúcar y vainilla. David y yo nos peleábamos por sus helados.

—No reacciona —dijo el anestesiólogo al ver que el monitor mostraba una línea recta y seguía emitiendo ese sonido agudo e intermitente.

—¡Carguen! —exclamó el cirujano—. Vamos, quédate con nosotros, hijo. ¡Descarga, ahora!

Rubén abrió una puerta. Estaba ahí, en su humilde casa, apenas lo suficientemente grande para acobijar a la familia, era un día importante...

—Te presento a mis amigos: él es Juan, alias «Romeo» porque vive enamorado; Luis, alias «Flecha Veloz» por ser el más rápido de todos; Jorge, alias «Cráter» porque vive en la luna; Carlos, alias «Ciclón» porque arrasa con la comida; Pedro, alias «Perico» porque no se cansa de hablar. Muchachos, él es mi brother, David.

Rubén rememoró su amistad incondicional con David, sus secretos, alegrías, aceptándose mutuamente, siendo comprensivos, sin reclamos.

Él ejerció una influencia importante en la vida de David. Le mostró de cerca la pobreza, el día a día de la gente de su barrio, lo bueno y lo malo, sus dificultades y sus aspiraciones. Conoció las necesidades de una población sometida a sacrificios y comprendió que existen personas pobres que a pesar de las circunstancias adversas luchan por superarse y otras que, por el contrario, la misma situación de marginalidad los lleva por senderos oscuros.

Desde adolescentes sintieron la obligación de hacer algo para ayudar a las personas del barrio, despertando el interés de los jóvenes acerca de los problemas del país, incentivando su deseo de lucha, de sentirse que son personas dignas con derecho de existir, de ser alguien, sin exclusiones ni diferencias entre unos y otros. Los amigos de Rubén fueron amigos de David y todos compartieron tanto juegos como esperanzas.

Rubén fue el apoyo necesario para que David comenzara a liderar grupos de jóvenes con inquietudes, necesidades y ganas de salir adelante por esfuerzo propio, convirtiéndose en un joven respetado y querido en el barrio La Fe. No ocultó que era el nieto de Nicolás González. Les enseñó que a través del esfuerzo de todos y de la unión sin mezquindades podrían soñar con un país de oportunidades y, sobre todo, vivir en paz, disfrutando de cosas simples, respetándose mutuamente y comprendiendo que la lucha es por el bienestar de todos sin distinción.

Rubén era un joven apasionado, luchador, pero también impulsivo y a veces sin mirar las consecuencias. Como si fuera una película revivió aquel día de protesta en el barrio…

—¿Qué haces, Rubén? ¿Para qué te pones al descubierto? ¿Quieres que te maten o te metan preso? Vamos a un sitio seguro.

—David mira cómo la guardia, los policías y los batallones revolucionarios agreden a la gente del barrio por protestar, por reclamar que no hay agua desde hace una semana, que tienen hambre y no les alcanza el dinero para un coño. ¡Desgraciados! ¡Muéranse!

—Entiendo, pero con tu rabia e imprudencia no vas a resolver nada. Vámonos ya, las personas se dispersaron y no queda mucha gente.

—Estoy harto de tanta injusticia. ¿Hasta cuándo? Nacimos en esa mierda de la revolución y lo que tenemos es desgracia, sufrimiento.

—Hay que seguir con nuestros objetivos. ¿De qué sirve que te enfrentes solo? No vas a lograr nada. Continuemos con lo que hemos planificado, crear grupos de jóvenes en toda la ciudad y luego en todo el país, para que podamos juntos enfrentar a esos desgraciados.

—¿Sabes cuánta gente está padeciendo hambre? ¿Cuánta se está muriendo por falta de medicinas o porque no tienen plata para ir a una clínica?

—¿Tú crees que vas a resolver algo hoy? Rubén, pana, tienes que pensar, así no logramos nada. Estamos trabajando en cosas importantes, muchos se están uniendo a nuestra causa. Tu rabia no nos ayuda. Tenemos que prepararnos para la gran protesta. Cálmate, hermano.

—Tienes razón, brother. Actué impulsivamente, discúlpame, vámonos de aquí.

El ruido de los monitores lo estremeció de nuevo. El equipo médico luchaba por salvar su vida.

—Sin cambios —volvió a decir el anestesiólogo.

—¡Carguen!—dijo de nuevo el cirujano—. Hijo, no te rindas. ¡Descarga!

Luego de ese tercer intento, se volvió a escuchar aquel agudo e intermitente sonido del monitor…

A COSTA DE LO QUE SEA

Ciudad Mariana se convirtió en el epicentro político del país a raíz de la convocatoria a referéndum para la elaboración de una nueva Constitución. Los pro y contras se hicieron sentir, pero la fuerza política del Comandante avanzó y arrasó.

Luego de intensos debates y decisiones judiciales, se llevó a cabo el referéndum y posteriormente, la elección de los miembros de la Asamblea Constituyente, quienes casi en su totalidad pertenecían al movimiento político del Comandante y partidos simpatizantes, siendo apenas visible la presencia de la oposición. La Asamblea Constituyente actuó como un «poder originario sin límites», atribuyéndose amplios poderes por encima de los Poderes Públicos, más allá de la Constitución y las leyes.

Dejándole el camino libre a la revolución, los magistrados del máximo tribunal de la república votaron por su autodisolución ante el inminente cese de sus actividades. La Asamblea Constituyente decretó la emergencia judicial y así se erigieron con potestad para inspeccionar el poder judicial y la actividad desempeñada por los magistrados, creando un órgano con facultad para nombrar y destituir a todos los jueces del país. Igualmente limitaron las actividades legislativas, las cuales quedaron relegadas al olvido. Así comenzó la toma del poder, con una Asamblea Constituyente que, investida con la representación del pueblo, actuó libremente, sin contrapesos ni obstáculos.

—¡Váyanse al diablo! ¿Qué es lo que pretenden? ¿Una Asamblea Constituyente sin poder? Ellos están no solo para hacer una Constitución, sino que les toca hacer los cambios que exige el pueblo. ¡Entiéndase así!

—vociferaba el Comandante en su programa televisivo. Luego de una pausa, se dirigió al general Alirio Torres—: ¿Cómo va la ejecución del Plan Revolucionario 2000?

—Estamos avanzando. Tenemos prevista la construcción de viviendas en áreas populares y en el Fuerte Carapacai. Será un importante impacto dentro de la comunidad —dijo el general.

—Recuerde, general, que doy mi vida por este Plan. ¿Dónde está Argenis?

—Recibió una llamada y salió corriendo —le informaron.

—¿Qué le habrá pasado? ¿Será que está enferma? —pensó Argenis mientras se desplazaba en su carro a alta velocidad por la autopista. A pesar de sus intenciones, María del Pilar había despertado su interés—. Tal vez solo es un desmayo. No puede ser otra cosa. ¡Qué vaina! Déjame en la entrada a la sala de emergencias, Matías.

—Mi amor, ¿qué pasó? Dígame, doctor, ¿qué tiene? —preguntó al llegar a la clínica.

—Se desmayó, tenía la tensión muy baja. Manifestó síntomas de debilidad y cansancio. Le hicimos unos exámenes —informó el médico tratante.

—Estás muy pálida. ¿Será que no estás comiendo bien?

—No, amor. Me desmayé, Rosa se alarmó y llamó a la ambulancia.

—Hizo bien. Será que has estado ocupándote demasiado con el arreglo de la casa. Contrataremos el personal que necesites y tú te ocuparás de estar siempre bella y a mi disposición.

—¡Qué forma de hablar tienes!

—La que te gusta, mi reina.

—Eres un tesoro, pendiente de mí. Estoy muy contenta con la casa. Es todo lo que quería, grande, con un jardín inmenso, piscina y una vista única.

—¡Claro! ¡Como tiene que ser! Todo es poco para nosotros. Ahí viene el médico.

—Bueno, ya tengo los resultados de los exámenes. Está usted embarazada. ¡Los felicito!

—¿Qué? ¿Embarazada? ¿No te estabas cuidando?

—Su esposa presenta una serie de síntomas que tendremos que controlar. Deberá alimentarse mejor. La voy a dar de alta. Nuevamente felicidades.

—Te dije que este era un momento importante en nuestras vidas y quería que te ocuparas de tu presencia física, de embellecerte. ¿Cómo pudiste haberme hecho esto?

—¿Por qué tomas esa actitud? Tú has sido incontrolable conmigo y he estado para ti. ¡Lo siento!

—¡No llores! ¡Cállate! Justo ahora que necesito presentarme contigo y ahora ¿cómo?, ¿con una barriga? —expresó disgustado Argenis—. Te llevaré a la casa y luego me iré a la oficina.

—Me voy a cuidar mucho y no se notará el embarazo.

—Siempre se te verá la barriga. No hablemos más —gritó Argenis enfurecido por la noticia, incapaz de aguantar su ira.

—¡Qué vaina con esta mujer! Ahora precisamente, en el momento estelar. ¿Qué pretende? ¿Que esté contento? ¡Se acabó! Puedo tener las mujeres que quiera, al fin y cabo todas se me ofrecen; aunque la verdad ninguna es como ella, cálida, sensual. —Argenis se debatía entre su codicia y su pasión por ella.

—Argenis, te están esperando algunos de los asambleístas, es importante —dijo su secretaria.

—Sí, lo sé. No hay que perder tiempo. —Camino a la reunión se detuvo un momento a pensar: Nuestro objetivo será el control institucional y militar. ¡Vamos a paso de triunfadores!

En otra parte de la ciudad se encontraba Nicolás reunido con el decano de Derecho de su alma máter, la Universidad Católica «Ciudad Mariana», en la cual durante muchos años dictó la cátedra de Derechos Humanos.

—Qué placer y honor volver a tenerte por aquí, Nicolás.

—Gracias, Jesús. El honor es para mí.

—Espero que vengas con una respuesta afirmativa a nuestra solicitud.

—Han sido muchos los motivos y factores que han incidido en mi decisión, pero sobre todo influyó mi nieto, David. Por eso, antes de darte una respuesta, quiero que me garanticen autonomía de cátedra y me permitan instruir a nuestros jóvenes sobre lo que debe ser una sociedad justa, con valores morales y éticos, en donde prive la libertad, la dignidad y el respecto.

—Comprendo, tienes un deber que cumplir, pero nosotros somos un centro de enseñanza y no podemos traspasar los límites. A través de nuestra función educativa, día a día formamos jóvenes que están lo suficientemente preparados para entender su realidad. Eres libre de expresarte en tu cátedra, pero tu principal deber será su formación intelectual.

—Lo sé, pero recuerda que no puedo quedarme callado ante las inquietudes de nuestros jóvenes. Ellos siempre buscarán respuestas, independientemente de sus intereses políticos.

—Entonces, ¿qué decidiste?

—Acepto la cátedra de Derecho Constitucional.

—¡Bienvenido! Estamos orgullosos de tenerte con nosotros. Amigo mío, estos jóvenes necesitan de personas como tú que los guíen y aclaren sus dudas y temores. Vamos, caminenos por los jardines para que sientas el calor de tu alma máter.

En los tres meses siguientes, se elaboró la nueva Constitución y se pusieron en práctica las reformas y depuración del Poder Judicial que permitieron el control de las decisiones judiciales de interés del Comandante.

Nicolás había comenzado su cátedra en un momento histórico del país. Los jóvenes bachilleres manifestaban sus inquietudes, buscaban respuestas sobre el presente y dudaban del futuro, ese que los desconcertaba, que los perturbaba. Encontró en la docencia una forma de lucha contra el autoritarismo, el abuso de poder y la defensa de los valores democráticos.

María del Pilar sufrió el maltrato emocional de Argenis, que se había convertido en un hombre mujeriego. Disfrutaba su gloria, el dinero y el poder. No existía impedimento alguno para lograr lo que se había prometido. Apenas le hablaba, solo para manifestarle su desagrado. La rechazó, ignoró sus sentimientos e incluso la humilló, en tanto que ella, subordinada a él, buscó incansablemente la manera de complacerlo, lo cual afectó su salud física y su autoestima.

—¿Qué coño quieres que te diga? Has roto nuestro pacto. Te lo dije una y otra vez. Tú tenías que cumplir con tu papel de mujer deseada por todos. Ahora estás embarazada, gorda, fea.

—¡No seas injusto!

—¿Injusto? Te dije claramente cuáles eran las reglas de este juego y tú las rompiste.

—¿De qué reglas me hablas?

—Ahora también perdiste la memoria, esto es lo que me faltaba.

—No me insultes más, por favor. Me siento mal, tengo cinco meses de embarazo y han sido muy difíciles, con problemas de salud.

—¿Qué quieres que haga? ¿Quedarme contigo compadeciéndote? Eres tú la injusta, una niña malcriada que solo llora, eres débil. No me voy a ocupar de ti. ¡Déjame en paz!

—¡No te vayas, por favor!

—¡Suéltame! —gritó—. Déjame ver a mi hijo. Aquí estás, muchachote, has crecido mucho. Te estás pareciendo a mí. Vas a cumplir tu primer año, aún eres pequeño para saberlo, así que no necesitas de celebraciones. Además, hijo, tu padre tiene que trabajar mucho por esta familia. ¡Te amo! —Luego se dirigió a María del Pilar—: Quiero que sepas que estoy muy ocupado, no tengo descanso, todo para satisfacer tus caprichos y tú solo me das molestias.

—Sabes que tú eres todo para mí y te lo he demostrado. Te prometo que seré la mujer que esperas que sea.

—Bueno, ahora es el momento. Estaré ausente durante estos días y no voy a atender tus quejas y lamentos. Lo tienes todo. ¡No me atormentes!

—Sí, lo tengo todo menos a ti. ¿Me llamarás? ¡Por favor!

—Está bien. Te llamaré, pero espero que sepas cómo hablar conmigo. Estoy demasiado estresado y lo que deseo es tener un poco de paz.

Los días por venir fueron de intensa campaña electoral por parte del Comandante y su gobierno. Tenían a su disposición todo el aparato gubernamental y los fondos del Estado para incentivar el voto por la nueva constitución.

Diez días antes de las elecciones, comenzó a llover en varios estados de Venedicta, muy particularmente en el estado Villa del Sol, cuya historia resguardaba parte del acervo cultural del país. Estaba muy cerca de Ciudad Mariana, y sus habitantes disfrutaban de sus playas, restaurantes, hoteles y clubes, aparte de su importancia histórica y comercial. No había nada más sabroso que comerse un pescado frito a la orilla de sus playas.

Sin embargo, todo cambió. La naturaleza reclamó lo que le pertenecía y se hizo sentir durante días. Una primera alerta advirtió de lluvias torrenciales. Comenzaron los primeros derrumbes y la destrucción de casas. Cinco días después se emitió otra alerta; avanzó con furia la lluvia y se sintieron los primeros deslaves. Toneladas de lodo y escombros cayeron a las carreteras. Presuroso, el gobierno las removió luego del desastre.

—Argenis, no deja de llover; hay fuertes precipitaciones, particularmente en el estado Villa del Sol y son de tal magnitud que han superado hasta cinco veces el promedio normal para este mes del año. En Ciudad Mariana y otros ocho estados se han sentido los embates de las lluvias que han originado crecidas de ríos y quebradas. Amerita decretar el estado de emergencia.

—General, debemos continuar con el Plan de movilización del material electoral para el referéndum. No podemos parar esta actividad, esa es nuestra responsabilidad.

—Lo sé, pero estamos ante una situación muy delicada puesto que se pronostican 48 horas más de lluvias. No se han aplicado medidas para la evacuación de las personas en zonas de peligro, hay damnificados por los derrumbes y pueden ocurrir cosas realmente lamentables.

—Me comunicaré con el Comandante y le informaré lo que está aconteciendo. Mientras tanto, continúe con la distribución y resguardo del material electoral ¡Esa es su obligación! Matías, prepárese que vamos al Palacio Presidencial.

Al llegar, Argenis se dirigió presuroso al despacho del Comandante.

—Buenas tardes, Comandante. Tengo información sobre el fenómeno meteorológico que está sucediendo en el país y que está afectando principalmente al estado Villa del Sol.

—Estoy enterado de la situación y ya se están tomando las medidas oportunas. Así que sigue adelante con el referéndum. No voy a suspender estas elecciones. Gira instrucciones al general para que no distraiga su atención en otros asuntos que no son de su incumbencia.

—Sé que la situación es grave y deben tomarse acciones. Mejor pongo en resguardo a David. Llamaré a María del Pilar —pensó Argenis—. ¡Hola! ¿David cómo está?

—Estoy en casa de mi papá desde hace unos días. David está bien.

—Ha estado lloviendo mucho y de manera intermitente. Quédate con tu padre. Lo que necesites me lo comunicas.

—¿Qué ocurre? ¿Pasa algo grave?

—Solo hazme caso. Estaré en contacto contigo. Cuida de David.

La situación se tornó cada vez más peligrosa, al punto de considerar los bomberos la necesidad de decretar el estado de alarma. El Comandante le restó importancia, omitiendo intencionalmente su obligación de resguardar las vidas de miles de personas.

A tempranas horas de la mañana del 15 de diciembre de 1999, se dio inicio al evento electoral. El Comandante acudió tardíamente a votar, ante la inclemencia de las lluvias.

—No estoy preocupado por el referéndum porque no tengo duda sobre el éxito que tendremos, el pueblo aprobará la nueva constitución. Estoy preocupado por la situación de emergencia que se vive en algunos estados —dijo al ser abordado por los periodistas sobre las fuertes precipitaciones ocurridas desde hacía diez días—. Pido a Dios por que deje de llover, no por el referéndum sino por la situación de emergencia.

Las lluvias se hicieron más intensas, se sentía en el aire el miedo a lo desconocido, lo que era imposible de dominar. A las 4 p.m., hora establecida para el cierre de las mesas electorales, apenas había votado un porcentaje muy bajo de la población en todo el país. Los medios de comunicación social comenzaron a enterarse de la gravedad de la situación. Sin embargo, no faltaron los llamados a la extensión del horario de votación de parte de los partidarios del Comandante, entre ellos, el presidente de la Asamblea Constituyente, que así lo ordenó.

Sin la presencia de observadores internacionales debido al escaso margen de tiempo para la realización del referéndum, se anunció el resultado final. Había triunfado la propuesta para la aprobación de la nueva Constitución, en una votación donde estuvo ausente más de la mitad de la población. La nueva República era una realidad. Pero su celebración fue empañada por el peor desastre natural de la historia del país, que quebró el corazón de los venedictinos.

La fuerza de la naturaleza se había anunciado días antes con torrenciales aguaceros. Siguió y siguió, sin ser tomada en cuenta. Las elecciones eran primero. En el estado Villa del Sol persistentes vaguadas habían comenzado desde noviembre. En los primeros trece días del mes de diciembre, los niveles de precipitación alcanzaron 293 mm, lo cual conllevó una saturación de los suelos y de los mantos de roca alterada o regolito. Durante los tres días siguientes, cayeron en promedio 911,1 mm de lluvia, algo muy superior al promedio anual, de 530,5 mm.

Las precipitaciones fueron de una intensidad y fuerza nunca antes advertida. La naturaleza manifestó su disgusto, desatando toda su furia sin control alguno. Derramó inmensas cantidades de lluvia sobre Sierra Grande, y ella no lo pudo contener. Sus ríos y suelos cedieron y con un estridente ruido, avanzaron atropelladamente hacia el mar.

Extensos deslaves y derrumbes en la laderas montañosas de Sierra Grande causaron enormes crecidas del caudal de sus ríos, que por efecto de la pendiente de sus cuencas se convirtieron en una gigantesca avalancha que corrió a una velocidad de hasta 60 km/hora, arrastrando sedimentos, enormes rocas del tamaño de un autobús y árboles que quedaron desnudos como si hubieran sido talados, llevándose a su paso poblaciones enteras, a miles de personas que fueron sorprendidas por las aguas, viviendas, carreteras, puentes, vehículos, lo que encontró en su camino. Pueblos enteros quedaron devastados. Todo quedó sepultado en el lodo.

Los sobrevivientes aturdidos contaron sus experiencias y el miedo que sintieron al escuchar el sonido del alud que venía como un monstruo a arrebatarles la vida, su familia y sus propiedades.

Aproximadamente 1 millón 700 mil metros cúbicos de lodo, sedimentos, rocas, fueron arrastrados por la fuerza del agua de los ríos hasta llegar al mar y formar una nueva costa. Miles de personas quedaron sepultadas en el lodo o arrastradas hacia el mar; cientos de miles de damnificados, un sinnúmero de niños huérfanos, muchos de ellos con un destino desconocido. La impotencia, desesperanza y los gritos de dolor marcaron el corazón de la población. Quedaría por siempre en su conciencia la culpa de los que omitieron su deber de hacer lo necesario para evitar la pérdida de vidas humanas. Así fue como nació la **NUEVA REPÚBLICA**...por encima de todos.

QUE TODOS ME CONOZCAN

No hubo celebración, el luto se sintió en cada hogar que quedó envuelto en un manto de dolor e impotencia que permanecieron por siempre en el corazón de los pobladores de Venedicta.

Argenis se dedicó al rescate y ayuda de los damnificados. Fue su oportunidad de sobresalir y convertirse en héroe. En lo más profundo de su corazón sabía que se había cometido el peor acto de omisión que causó la muerte y la destrucción de miles de hogares.

—María del Pilar estoy harto de escuchar tus quejas, ¡carajo! Estoy cansado, ha sido un tiempo muy difícil —expresó Argenis

—No me estoy quejando. He estado pendiente de ti, preocupada por lo que te podía pasar.

—Tráeme la botella de whisky, necesito olvidar todo lo que he visto. Solo quiero sentarme en el sofá a descansar. Solo quiero olvidar.

—¿Qué te pasa? Te siento angustiado.

—¿Qué dices? Nada de eso. Estoy bien, simplemente cansado. Deja de inventar. Ve a traerme lo que te pedí —luego pensó—. He hecho un buen trabajo y ahora más que nunca me he convertido en un hombre con poder. De la calamidad viene la gloria. ¡Eso es! ¿Qué es ese estruendo? ¿Por qué gritas, Rosa? ¿Qué pasa?

—Señor, ¡venga rápido! Su esposa se desmayó, está en el piso.

—¡Oh, por Dios! Rosa, llame al chofer. ¡Corra! ¡Corra, carajo! Responde, por favor. ¡No me hagas esto, mi reina! ¡Vamos, despierta! —exclamó Argenis nervioso al verla con la botella de whisky y el vaso hechos pedazos—. Te llevaré a la clínica. ¡Vamos, Matías! Ayúdeme a subirla al carro. ¡Acelere!

Se dirigieron a toda velocidad. No había semáforos que los detuviera, además, los escoltas de Argenis les abrieron el paso hasta llegar a la clínica.

—Atiendan a mi mujer, que venga un doctor, ella está mal —gritó Argenis angustiado.

—Llévenla a la sala de emergencia. Quédese aquí, por favor, luego hablaré con usted —dijo el médico tratante.

—Ha pasado mucho tiempo. No me gusta esperar. ¿Qué tendrá? Por fin, ahí viene el médico.

—Su esposa tuvo un desprendimiento prematuro de la placenta. Se practicará una cesárea de emergencia. Su estado de salud es delicado. Además, presenta cierto grado de desnutrición. ¿Ella ha estado sometida a estrés o sufre depresión?

—¡Mi mujer! ¡No, doctor! Es posible que haya tenido problemas alimenticios pero es por querer lucir bien. Mi mujer lo tiene todo, somos una pareja feliz. ¿Está consciente?

—Sí. Se trata de un parto prematuro y le repito, la situación es de alto riesgo.

—Quiero que las salven a las dos. Quiero verla.

—Haremos todo lo que esté a nuestro alcance. Venga conmigo a la sala de operaciones.

—Vas a estar bien. Estás por dar a luz a nuestra hija. Quiero que sepas, carajita, que tú eres la única mujer que se me ha metido en el pecho —manifestó Argenis con verdadero pesar.

—Siento causarte esta angustia.

—Calla, mujer. Estoy aquí, contigo.

—Tiene que salir, señor, va a comenzar la operación —indicó la enfermera.

—Qué mal se ve, pero todo tiene que salir bien. Eso espero. Le di la dosis de fuerza que ella necesita, solo es un susto —reflexionó, mientras buscaba una taza de café—. ¡Que interesante! Ahora me tocó estar en el nacimiento de mi hija. ¡Caramba! ¿Por qué no pudo ser David? Bueno, será la princesita y espero que sea tan bella como su madre. Tengo que llamar a Nicolás, pero no ahora, no pienso aguantármelo.

El tiempo pasó lentamente hasta que Argenis vio llegar el médico tratante.

—Le informo que todo salió bien. Su esposa se mantendrá bajo estricto control médico, ya que todavía corre riesgo su vida. Tendremos que someterla a ciertos tratamientos. Le avisaremos cuando pueda verla.

—Gracias, doctor. Me siento feliz de que todo resultara exitoso.

—Su hija será sometida a terapia de oxígeno. Quiero aplicar una técnica llamada canguro que la ayudará a fortalecerse, pero como su esposa está delicada, vamos a necesitar de usted.

—¿Qué es eso de técnica canguro? —preguntó Argenis con cierta desconfianza.

—Cuando los bebés son prematuros, necesitan del hábitat natural donde han estado bajo el cobijo de la madre. Es un contacto piel a piel vital para el bebé, que le ayuda a mejorar su frecuencia respiratoria y cardíaca al sentir calma y seguridad, eso lo ayuda adaptarse a su medio ambiente. Además crea un vínculo emocional con la madre o con el padre muy importante para su desarrollo. Le toca cumplir ese rol, ya que su esposa presenta un delicado estado de salud.

—Por supuesto, doctor. ¡Así lo haré! Mi hija me necesita.

—Enfermera, explíquele el procedimiento, lo que tiene que hacer y llévelo a ver a su hija.

—Vaya susto que me he llevado. Bueno, ahora resulta que voy a hacer el papel de un canguro. ¡Humm! La vida de mi hija depende de mí. Será una buena imagen ante el público.

Los días siguientes María del Pilar y su hija estuvieron bajo observación médica. Por su parte, Argenis sintió el cuerpecito indefenso de la bebé, una nueva sensación que despertó en él un sentimiento especial, único. La bautizaron con el nombre de Irina, de origen griego y poco común, cuyo significado reflejaría su personalidad.

Mientras tanto en el país las personas expresaron su alivio respecto al contenido de la nueva Constitución, sin percatarse de su efecto presidencialista. Todo giró alrededor del control social e institucional, necesario para afianzar el poder del Comandante. Ahora contaría con amplias facultades para legislar, convocar a una Asamblea Constituyente, transformar el Estado, redactar otra Constitución. Además, logró la extensión del lapso previsto para el período presidencial.

Los diversos componentes militares se unificaron por ser el sector militar el foco del proyecto revolucionario. Ahora pasaba a llamarse

Fuerza Militar. Con el grado de Comandante en Jefe, él se convirtió en la máxima autoridad jerárquica castrense con facultades extraordinarias. Así consiguió su objetivo, hacer del sector militar un órgano vinculado a su proyecto político dirigido por él en forma hegemónica.

La Asamblea Constituyente siguió actuando aún después de la aprobación de la Constitución y a pesar de haber concluido el fin para el cual había sido creada. Se abrogó el poder por encima de la Constitución y de los poderes públicos. Decretó leyes sobre la transición del poder público, disolvió el Congreso y para suplir el vacío constitucional, actuó como mago de circo y sacó de su sombrero un órgano ideal para los fines de la revolución, al cual le transfirió el poder de legislar, nombrar a los funcionarios del poder electoral, los miembros de la Magistratura, el fiscal general, contralor general y defensor del pueblo. El control judicial era su prioridad, al igual que el sistema electoral. Integrado por solo veinte personas, todas simpatizantes del Comandante, este órgano se convirtió en un brazo de poder a disposición del Comandante.

Los actos de concentración de poder y vulneración de la Constitución ocurrieron antes, durante y después de la promulgación de la nueva Constitución.

—Comandante, todo está preparado para su discurso. Después del acto de condecoración, se efectuará un brindis y se llevará a cabo un almuerzo —informó Argenis.

—Me parece bien. Quiero mis botas lustrosas. Argenis, hay comentarios sobre el general Alirio Torres. ¿Qué has escuchado?

—Usted sabe que la revolución es víctima de aquellos que siempre pretenden destruirla.

—Hay que saber hacer las cosas. Averigua qué está pasando y si todo está en orden.

—Cumpliré sus órdenes. Aquí traen sus botas. Lo esperan en el Salón de los Escudos.

—Perfecto. Quiero que me vean vestido con mi uniforme militar. Pronunciaré un discurso que dejará una huella e indicará el rumbo de mi proyecto de país. No hagamos esperar más a los invitados.

—Está haciendo acto de presencia nuestro Comandante —señaló el jefe de Protocolo.

—Tengo el honor de imponer la medalla Estrella de Plata a la bandera Cubana por la valiosa colaboración de la brigada de médicos que participaron en las labores de rescate y atención a las víctimas de las inundaciones de diciembre pasado —luego de hacer una pausa continuó—. Con mi revolución, el pueblo navegará el mismo mar de igualdad, justicia y felicidad de Cuba.

El discurso del Comandante fue difundido por los medios televisivos. Argenis aprovechó la oportunidad para hablar con el general Alirio Torres.

—Se han filtrado datos sobre actividades ilícitas en el Plan Revolucionario 2000. ¿Qué está pasando? Eso no nos conviene —reclamó disgustado Argenis.

—Eso es puro ruido. Todo está bien —expresó el general Torres con cierta displicencia.

—¡No! ¡No está bien! Hay fuga de información y necesitamos controlar la situación.

—No te preocupes. Me encargaré de todo. Además, será muy difícil establecer responsabilidades. Todo lo tengo controlado.

—¡Eso espero, Alirio, porque el único que va a caer serás tú! ¿Entendido?

—¿Ya resolviste con el general Torres? —preguntó el Comandante al terminar su discurso

—Sí. Todo está en orden. Le hice una advertencia al general.

—Tenemos que ser precavidos, sigilosos con nuestros pasos. Por cierto, en el próximo programa atacaré a los medios de comunicación. ¡Ya basta! ¡No los aguanto!

—Entiendo, Comandante. Por cierto, quiero invitarlo al bautizo de mi hija Irina.

—¡No faltaba más! Claro que sí.

— ¿Cómo está tu mujer?

—Ya recuperada. Atendiendo programas sociales.

—Me encantará verla y distraer mis ojos en su belleza, quizás recitarle un poema.

—Mejor nos tomamos una taza de café. ¿No le parece?

La conquista del pueblo por el Comandante se hizo sentir en un nuevo evento electoral, la relegitimación de su cargo de presidente y demás cargos de elección popular.

—Aquí no hay ley que le ponga orden al gobierno que de manera ilegal distrae los recursos del Estado para su campaña electoral. Es un acto de corrupción descarado sin que se le imponga las sanciones —denunciaban los líderes de oposición.

Las denuncias quedaron en el olvido. El Comandante fue reelegido presidente con un importante respaldo electoral. Los partidos políticos se abstuvieron de presentar candidatos ante la ausencia de un líder carismático y de recursos. El partido de gobierno obtuvo un número importante de gobernaciones, pero no la mayoría de los diputados de la Asamblea Nacional. Sin embargo, eso no constituyó un obstáculo para que el gobierno manejara con destreza la situación.

En su programa televisivo, el Comandante manifestó su satisfacción por los resultados electorales.

—El pueblo está conmigo, con mi proyecto, no hay vuelta al pasado de miseria —dijo—. El proceso electoral fue transparente. ¡Ahora sí! con las riendas del poder, anuncio que me dedicaré a resolver los problemas económicos y sociales. ¿Dónde está la agenda revolucionaria?

—Aquí la tiene, mi Comandante —le entregó uno de sus asistentes.

—Por cierto, ¿Argenis está aquí?

—Sí, Comandante. A la orden.

—Argenis ha sido mi más leal amigo y compañero. Su trabajo en pro de las necesidades del pueblo y su dedicación absoluta a socorrer a los desamparados del deslave del estado Villa del Sol, lo hace merecedor a la medalla Estrella de Oro y lo ascenderé a general.

—Mi Comandante, qué honor me hace. Solo soy un militar cumpliendo con mi deber.

—Anuncio al pueblo el Plan de Desarrollo Económico y Social, así vamos a desarrollar una economía productiva y hacer realidad la justicia social. Mi prioridad será la soberanía nacional y la instauración de una democracia revolucionaria —luego de una pausa continuó—. He decidido solicitar poderes especiales para resolver los problemas del país y hacer posible los cambios. Estoy lanzándole un *strike* a todos aquellos que creen que voy a fracasar.

La situación política del país trascendió a todos los niveles. La confrontación era un hecho que llegó incluso al núcleo familiar, dividiendo y enfrentando a sus miembros en muchos casos.

En su cátedra, Nicolás trató de formar a sus estudiantes, proporcionándoles los elementos necesarios para su desarrollo profesional y humano, destacando vehementemente el derecho inalienable de ellos a expresar sus opiniones en libertad. Escuchó con atención a sus estudiantes, quienes confundidos con el presente, manifestaron su inquietud por su futuro, exigiendo explicaciones ante lo que ocurría en el país.

—Profesor, ¿para qué se estudia esta materia si la Constitución es usada para los intereses del gobierno?

—Profe, ¿por qué la Asamblea Constituyente hizo cambios a la Constitución después del referéndum?

—¡Usted habla de la importancia de la Constitución y lo que está pasando es un desastre!

—¿Por qué un grupo de partidarios del gobierno tiene el poder sobre nuestro país?

—¡Basta de hablar mal del Comandante! El pueblo ahora tiene el poder que le arrebató la oligarquía —dijo una estudiante simpatizante del gobierno

—¿De qué hablas? Desde que inició este gobierno son frecuentes los actos de corrupción a todos los niveles y además abusan del poder —señaló otro estudiante de postura independiente.

En ese instante se inició una algarabía en la clase. Nicolás controló a los jóvenes que de uno y otro bando defendían sus posiciones.

—Tomen asiento. Lo que se está viviendo hoy requiere de su atención. Es importante para su formación profesional. Busquen sus explicaciones en la historia de los pueblos. Aprender a interpretar el contenido de los principios constitucionales es su labor. No se trata de un conjunto de normas escritas para organizar el Estado, eso no es correcto. Aparte de los derechos y deberes de los ciudadanos, la limitación del poder es uno de los objetivos fundamentales. Durante estos meses les he enseñado lo que abarca la limitación y separación de los poderes.

—Pero ¿qué es lo que está ocurriendo? —preguntó un estudiante.

—Lo que ocurre ahora es lo que a ustedes como jóvenes dolientes les toca estudiar, evaluar y sacar sus propias conclusiones de este proceso; participar activamente en la defensa de sus derechos y más allá, en la defensa de los principios y valores constitucionales. Como profesor mi objetivo es formarlos profesionalmente, inculcar en ustedes el respeto por los derechos humanos y las libertades individuales, y proporcionarles las herramientas necesarias para su defensa. Ahora, el respeto a esos principios y valores, el respeto que se merecen como ciudadanos, como miembros de una sociedad, dependerá de ustedes.

—Usted está politizando la clase profesor, eso no es correcto —dijo otra estudiante.

—Eso es mentira. Hemos tenido que involucrarnos porque somos parte de esta sociedad. El gobierno nos pretende excluir o borrar del mapa. Nacimos en Venedicta, esta es nuestra tierra, la defenderemos y nuestra voz será escuchada —salió en defensa de Nicolás un joven, líder del Consejo de estudiantes de la Universidad.

—¡Así es! ¡Así se habla! —gritaron la mayoría de los estudiantes que se levantaron, aplaudieron y gritaron de emoción. En el lugar se dejó sentir el sonido de la esperanza, en las manos y voces de esos jóvenes, que buscaban algo más que una carrera profesional.

—Siéntense, por favor, y les pido silencio —señaló Nicolás—. Lamento que nuestro país se encuentre dividido. La radicalización se ha convertido en un elemento de generación de conflictos y quizás sea culpable como dijo la joven, pero no renunciaré a la formación de futuros profesionales con la capacidad suficiente para razonar sobre el destino de su país, sobre el «deber ser» de una sociedad, es ese mi objetivo como profesor. Asumo la responsabilidad, pueden irse.

En las diferentes casas de estudio el ambiente universitario se impregnó de política, envolviéndolos a todos. La polarización recrudecía, la violencia verbal del Comandante y el conflicto interno marcó un clima de tensión permanente mientras que el país seguía padeciendo las mismas necesidades y los programas sociales se transformaron en una suerte de populismo asistencial plagado de irregularidades y escándalos de corrupción.

El sentimiento de grandeza y afán de protagonismo del Comandante no tuvo límites, fue más allá y trascendió fronteras. Así decidió viajar a los países miembros del Comité Mundial Petrolero. Era una oportunidad para darse a conocer internacionalmente.

—Mi reina, vamos a viajar con el Comandante para los países del Medio Oriente, así que cómprate lo mejor para que luzcas hermosa —comentó alegre Argenis.

—¡Por fin apareciste! ¿Tú crees que soy tonta?

—Otra vez con lo mismo. Necesitas un psiquiatra, estás loca, ya no puedo contigo. ¿Qué pretendes? No quiero que me vuelvas a levantar la voz. Vas a acompañarme y punto.

—Sí, me gusta lo bueno porque también lo merezco. Me conoces muy bien.

—Entonces acepta las reglas de una vez por todas, mi amor. Tú estás para cuando yo quiera y lo que quiera. Eres bella, me gustas. Tu deber es hacerme sentir bien y a cambio lo tienes todo.

—¿Tú crees que es eso suficiente?

—Eres tonta. Te pensé más inteligente. Pero bueno, nosotros nos hemos entendido muy bien, así que no te preocupes. Sé cumplir con mi papel de esposo.

—Has cambiado tanto. No te entiendo. Hoy me quieres, mañana me odias y pasado me abandonas, luego vuelves y se repite el ciclo.

—Soy el mismo, pero ahora tengo mucho trabajo y preocupaciones y tú solo disfrutas. No se hable más, prepara todo para nuestro viaje. Piensa en lo que comprarás por tierras árabes.

—¿Qué quieres que haga con los niños?

—Ya están acostumbrados a quedarse con su abuelo, prácticamente viven con él, así que no hay problema. Habla con la niñera para que se quede con tu padre. Me tengo que ir.

—¿También vas a llevar a tu amante?

—¡Ja, ja, ja! No necesito una amante, puedo tener todas las mujeres y tú eres una más, entiéndelo de una vez. Así que no me fastidies más, disfruta lo que tienes —gritó Argenis.

María del Pilar se sintió aturdida ante sus palabras al percibir el desinterés de Argenis. El dolor y el miedo se apoderaron de ella; no lo aceptó y decidió conquistarlo nuevamente. Su amor hacia él se convirtió en una necesidad, una obsesión profunda y sin control.

En su programa radial, el Comandante anunció el motivo de su viaje: dar a conocer su política petrolera e invitar a los jefes de Estado de los países del Medio Oriente a la cumbre del Comité a celebrarse en

Ciudad Mariana. Autobautizándose como el «Comandante de Arabia», se despidió del pueblo. Su objetivo era aparecer con una imagen política de confrontación, para alimentar su delirio de grandeza, ser conocido internacionalmente y su mensaje revolucionario escuchado.

En fecha programada llevó a cabo la cumbre petrolera y logró la aprobación de los poderes especiales con los cuales decretó un sinnúmero de leyes. En sus manos tenía el poder para la transformación del Estado. Lo que había aspirado tiempo atrás era una realidad.

Sobre la marcha llevó a cabo la revolución cultural y despidió a las juntas directivas de museos, galerías, teatros, las orquestas sinfónicas y otros entes culturales, desacreditando la labor de importantes personalidades que contribuyeron con la expansión cultural.

La amenaza de una nueva orientación de la educación y el decreto de un conjunto de leyes dentro de los poderes especiales que involucraba la confiscación de tierras y empresas, el control de las actividades económicas, entre otros, marcó el despertar de la sociedad civil, de los partidos políticos, organizaciones patronales y sindicales. La confrontación con el Comandante y sus seguidores era una realidad, sus resultados un dilema.

ENFRENTANDO EL PODER

Un nuevo capítulo se escribía en la historia de Venedicta, cuando una mayoría significativa de la población despertó de su letargo, al percibir el efecto que tendría la revolución en todos los órdenes y particularmente en lo más preciado, la familia.

Atrás quedó la apatía, el «por ahora» y surgió el coraje de las personas para defender lo que consideraron un atropello a sus derechos y un peligro contra los principios básicos de la convivencia de un país. Salieron a protestar por la defensa en la educación de sus hijos y por el conjunto de leyes que decretó el Comandante empleando los poderes especiales.

—Ministro del Interior, ¿qué está pasando? —vociferó Argenis.

—Hay manifestaciones contra el decreto de educación y las leyes dictadas por el Comandante.

—Hay que controlar estos focos de disturbios. No podemos permitir que el país se alborote.

—Argenis, debemos ser cautos en las decisiones que tomemos.

—¡Qué coño está diciendo, ministro! ¿Qué le está pasando? Su comportamiento es inaceptable. Hay personas que pretenden joder al Comandante y ¡me habla de ser cautos! ¿Sabe lo que es eso? Debilidad, falta de hombría. Váyase de aquí, ministro, no puedo verlo más.

Manifiestamente disgustado, Argenis se reunió con el Comandante para analizar la situación y tomar acciones.

—¿Qué estarán creyendo? —exclamó enfurecido el Comandante—. ¿Qué se creen estos partidos políticos? ¿Qué son poderosos? Aquí hay revolución pa'rato. Se acabaron las complacencias. Si tengo que aplicar la fuerza, lo haré. Argenis, averigua quién es ese tal Arnaldo Hernández. Me dicen que es un nuevo líder opositor que anda calentándole las orejas a la gente.

—Averiguaré quién es ese tipo, Comandante, pero también es hora de apretar las tuercas, en especial a los medios de comunicación. En los programas de opinión hablan y hablan en contra de todo lo que se ha hecho, mienten descaradamente y son opositores a este proceso.

—Sí, Argenis, tienes razón. ¡Me joden la paciencia! Todo el tiempo intrigando. Fíjate cómo me criticaron por el viajecito que hice al Medio Oriente, Rusia y China. No solo eso, me critican también por la compra del avión Airbus. Pero ¿qué quieren? ¿Qué viaje en mula? Bueno, yo soy el presidente y compro lo que quiera. Les vamos enseñar quiénes somos. Ahí tú ves, Carlota Ran atendió el llamado que le dirigí contra ese periodicucho *La Capital*. ¡Cómo los intimidó! Te lo digo, muy pronto se les acabará la prepotencia. ¡Ya lo verás!

—Comandante, también hay que estar pendientes de algunos dirigentes del partido que me parece que andan flaqueando, incluso dentro del núcleo de los militares, pueden ser peligrosos.

—Tranquilo, Argenis. Todo a su debido momento. Me toca hacer cambio de gabinete y también estudiar los ascensos militares. Por cierto, el general Alirio Torres sigue dando que hacer. Son muchos los rumores de corrupción y sabes que eso es peligroso. Ahora hay una investigación en la Asamblea Nacional. Unas carajas periodistas andan como zamuros detrás de las noticias.

—Haga lo que considere conveniente. Se lo advertí al general. ¡Coño!

—Eso es correcto. Pero ahora me toca enfrentar a unos muertos que pretenden resucitar y acabar conmigo. Pero no podrán. ¡Te lo juro! No voy a rectificar sobre los decretos leyes; van como están y así serán ejecutados. Ni por la fuerza me sacarán, porque tomaré mi fusil y me enfrentaré a cualquiera.

—Comandante, el sector militar actuará ante actos desestabilizadores o algún atentado en su contra, eso se lo aseguro.

—Gracias, Argenis. Estoy dispuesto a sacar el Ejército a la calle e incluso a decretar un estado de excepción. ¡No tengo miedo! —exclamó con disgusto—. Por cierto, voy a hacer unos cambios importantes para tener el control de la empresa petrolera y necesito de ti.

—Actuaré según sus indicaciones en el momento que lo decida.

Con el pasar de los días, la conflictividad en el país se intensificó. El Comandante con sus episodios paranoicos mantuvo la tendencia a dar respuesta desproporcionada a los ataques que sufría. La indignación de la sociedad civil opositora a sus políticas y decisiones, aunada a la situación de caos del país, fue el detonante para un sinnúmero de protestas. El Comandante siguió con su intolerancia, mientras que la economía y los programas sociales cabalgaban hacia el desastre.

Arnaldo Hernández era un hombre de edad mediana, alto y seguro de sí mismo, un líder nato con profundas convicciones democráticas que ante la intransigencia del Comandante a los reclamos de la sociedad y su continuo plan de instaurar una revolución socialista, decidió levantar su voz y hacerle frente. Llamó a la sociedad civil, a los trabajadores y a las empresas a unirse y luchar en bloque contra los desmanes del gobierno.

—Nicolás, ¿cómo estás? Hace mucho tiempo que no hablamos.

—Estás en tu casa, Arnaldo. He seguido con atención tus actividades políticas. Tu mensaje es fuerte, pero no subestimes al enemigo, ellos son emisarios del mal, te lo puedo jurar.

—Estoy consciente de su poder y de lo que son capaces de hacer. Sin embargo, no hay otra alternativa que no sea enfrentarlos y por eso estoy aquí, para que me des buenos consejos.

—Gracias por la confianza. ¿Qué pretendes hacer?

—Me he reunido con los sindicatos obreros y con empresarios para fijar un plan de acción que haga recapacitar al Comandante sobre su política revolucionaria y se dedique a satisfacer las necesidades reales de la población o, de lo contrario, ¡que renuncie!

—Siento tu emoción, tu dolor por el país, pero no dejes que ese sentimiento ciegue tu entendimiento. Sé lo mucho que has estudiado la crisis del país y también lo que estamos por perder. No descuides el poder que ha adquirido el Comandante sobre todo en los sectores más pobres de la población y peligrosamente en el sector militar. Tampoco pierdas de vista las apetencias de muchas personas del lado opositor que todavía no han entendido su rol.

—Comprendo, Nicolás. Sin embargo, este no es momento de hacer diferencias entre los opositores, todos tenemos que trabajar para alcanzar el objetivo que queremos, una Venedicta de esperanzas, libertad y progreso. Quiero informarte que convocaremos a un paro de actividades y veremos la reacción de la sociedad.

—Tienes que poner los pies sobre la tierra y como buen estratega mirar todos los lados. Muchas sorpresas te puedes llevar en el camino. Obsérvalo todo y no descuides nada.

—Así lo haré, Nicolás. ¿Puedo contar contigo? ¿Con tu asesoría?

—Sabes mi respuesta, claro que sí. Que Dios te proteja.

Argenis se dirigió presuroso a su casa para la celebración del tercer cumpleaños de David. Desde que nació apenas lo veía. A pesar de ello, en su corazón albergaba, a su manera, un sentimiento de amor para con sus hijos.

—¡Mi amor! Por fin llegas. Todo está preparado para recibir a nuestros invitados.

—Creí que esto era una fiesta infantil.

—¿Por qué lo dices?

—¡Por ese vestido!, ceñido a tu cuerpo, con ese escote, apropiado para otro tipo de evento, aunque si lo hiciste para volverme loco, te dejaría con el collar de brillantes y nada más.

—Mi amor, no es el momento; ahora estoy vestida para que todos me vean y sientan envidia de lo que tengo. Contraté lo mejor de lo mejor para esta fiesta. Nuestra primera fiesta, por fin.

—No te puedes quejar. Has viajado con la comitiva presidencial a todas partes. Lo tienes todo, dinero, joyas, viajes y un marido ejemplar. Vamos al cuarto antes de que lleguen los invitados, vamos....

—No, Argenis. No quiero desarreglarme y ya están por llegar todos.

—Entonces, ¡no te quejes! Por cierto, ¿Nicolás asistirá al cumpleaños de su nieto?

—No creo. Sabes que él no comparte nuestras amistades.

—¡Estúpido! Prefiere conspirar antes de estar con su familia.

—Mi padre no es estúpido y tampoco conspirador, lo sabes.

La conversación fue interrumpida por la llegada de los invitados, quienes quedaron extasiados al observar el lujo presente en cada rincón de la casa. Los salones con pisos de mármol y alfombras persas, obras de arte y esculturas de diferentes artistas plásticos y escultores reconocidos por su talento artístico.

—¡Bienvenidos! Es un placer recibirlos. Pasen adelante.

—María del Pilar, ¡qué hermosa estás! —le susurraron al oído.

—¡Comandante! ¡Usted aquí!

—Por supuesto, aunque fuera por un minuto, decidí pasar a felicitar a tu pequeño guerrero David por su cumpleaños. ¿Fue el 6 de diciembre, no? El día en que se anunció mi triunfo electoral.

—Sí, fue ese día, le picamos en familia una torta con su abuelo.

—¿Cómo está tu padre? Ha estado muy activo en la universidad.

—Usted sabe cómo es él. Le gusta la docencia.

—Sí, lo conozco suficiente. Pero, hablemos de ti. ¿Argenis se está portando bien? Puedes hablar conmigo en confianza, en cualquier momento, o si quieres ven a mi despacho.

—Gracias. Aquí viene, por cierto.

—¡Comandante! ¡Qué gusto verlo aquí! Mi amor, encárgate de la fiesta.

Los invitados disfrutaron de una pomposa fiesta infantil, decorada con muchos colores y personajes de series infantiles, en un ambiente divertido, animado por payasos.

—Aquí estás, David. ¿Te gusta tu fiesta, hijo?

—Mamá, ¿por qué tata no está? Quiero a mi tata —pedía a gritos David.

—¡Basta! Deja de ser caprichoso. A tu padre no le gusta eso y sabes lo que pasa cuando se disgusta. ¿Quieres que te castigue?

—No quiero. No me gustan los payasos.

—¡No llores más! Ve a jugar con los niños. Nana Josefa, encárguese de él.

Argenis sorprendió a María del Pilar por la espalda. La abrazó, comenzó a besarla, mientras ella y el Comandante se miraban.

—Eres un hombre afortunado, Argenis. Bueno, tengo que irme. Me esperan y tengo que pensar en mi discurso de mañana en la Base Aérea Ciudad Mariana —comentó el Comandante—. María del Pilar, algún día vendré con mi cuatro a cantarte y recitarte poemas de... —En ese justo momento, sintió que sus palabras eran inoportunas, guardó silencio y se fue.

—Argenis todo ha salido bien y los invitados están contentos.

—Pero David está llorón. Es un malcriado. Acabo de regañarlo. Me hizo pasar un mal rato.

—Es muy pequeño todavía para entender.

—Lo que sea, pero conmigo no hay llantos, berrinches, ni malcriadeces, lo sabes.

—Mejor atendamos a los invitados.

—Mejor nos vamos para el cuarto —insinuó Argenis apretándola contra su cuerpo.

—Tenemos una fiesta, espera...

—¡Sabes qué! Mejor me voy, tengo mucho que hacer.

—No te vayas, por favor.

—Dos veces te pedí estar contigo y me rechazaste. Ahora tengo otras cosas que hacer.

—¡Espera! ¡Espera! Gritó en vano. Argenis se marchó a otro lugar.

Habían pasado tres años de la victoria electoral, cuando a tempranas horas del 10 diciembre, se dio inicio al paro nacional convocado por Arnaldo Hernández. Las calles y autopista lucieron desoladas, una gran mayoría de la sociedad civil acató el llamado como forma de protesta.

El Comandante se dirigió a la Base Aérea Ciudad Mariana, vestido con su uniforme militar. Fue un acto al aire libre en donde estuvieron presentes militares, diputados aliados, civiles, entre otros. Era un día espectacular donde las nubes decidieron apartarse para que el cielo, vestido con su mejor gala, enarbolara la esperanza de una sociedad harta de mentiras, harta de violencia.

—El proceso revolucionario no lo para nadie. Lo he dicho y lo repito, es una revolución cívico-militar, entiéndase bien, no es una revolución desarmada —vociferó el Comandante.

En este momento se sintió un estruendoso cacerolazo que provenía de los edificios adyacentes a la Base Aérea. La población no aguantó más insultos, atendió el llamado de Arnaldo Hernández y golpeó con fuerza sus ollas y sartenes, para que retumbaran en los oídos del Comandante, que se quedó callado, mirando a su alrededor.

El efecto trascendió los espíritus de los ciudadanos ansiosos por respuestas; se había perdido el miedo. En el ambiente se sintió la euforia de unos y la rabia de otros, el clima de tensión socio-política prevaleciente fue tal que el país se convirtió en una lucha entre los que estaban con la revolución y los que decidieron enfrentarla.

Otros tiempos vendrían, otras circunstancias, nuevas páginas se escribirían en la historia de Venedicta, con otras situaciones, algunas difíciles de entender, otras imposibles de olvidar.

IRINA

Irina fue trasladada a la clínica después de sufrir asfixia por el efecto de los gases lacrimógenos y heridas al caer en el pavimento.

—¡Déjenme! ¿Dónde está mi hermano? —gritó aturdida.

—¡Cálmate! No te quites la máscara de oxígeno, te estamos curando heridas en las rodillas y el brazo —le indicó el médico de emergencia.

—¡Por favor! Necesito saber de mi hermano. Él se llama David Manrique González. ¿Está aquí?

—Trajeron a muchas personas heridas que se encontraban protestando en la autopista. Le pediré a la enfermera que averigüe, pero deja que te cure.

—Doctor, vi a mi hermano caer herido en el piso, yo lo vi, temo que le haya pasado algo malo.

—Te pondré un tranquilizante, estás muy alterada.

—¡No, no, no!, lo que quiero es saber de él.

La enfermera se acercó al médico y le informó que David se encontraba en la clínica, en condiciones muy graves causadas por las heridas de bala en su cuerpo. Lo habían pasado a sala de operaciones.

—¿Qué pasa, doctor? ¿Sabe algo?

—Tu hermano se encuentra aquí, está en condiciones críticas, lo están operando. Lo siento.

Irina apenas era un año menor que David. Era traviesa, curiosa, le intrigaba lo desconocido y se atrevía a todo sin importarle las consecuencias. Así creció, manifestando sus emociones y soñando hacer realidad sus sueños, esos donde lo principal era la familia.

Ante el abandono efectivo de sus padres se aferró a David, su compañero de infancia. Lo apoyó, protegió y se convirtió en una seguidora de su causa, aunque el destino le jugó una mala pasada y le tocó enfrentarse a circunstancias indeseadas para luego asumir un nuevo reto en su vida.

Era una joven no muy alta, delgada, blanca, con cabellos castaño claro y ojos marrones claros. Su mayor virtud era su amor por su hermano y por su abuelo. Con el tiempo le tocó afrontar su realidad, sintió miedo, pero escondió su pesar. Su abuelo Nicolás se convirtió en su soporte espiritual, en el que trataba de encontrar su paz interior. Llegado el momento, había asumido una actitud diferente frente a lo que la rodeaba y se convirtió en una joven que sin importarle las consecuencias de sus actos, decía lo que sentía en forma irónica, criticando, cuestionando y hasta burlándose de lo que ella consideraba miseria humana, ese entorno social y político lleno de codicia, hipocresía y frivolidad que rodeaba la vida de su padre y su madre.

Al conocer a Victoria, casi de inmediato surgió entre ellas una afinidad natural. En poco tiempo se convirtieron en amigas incondicionales, cómplices, compañeras de lucha con los mismos objetivos y compartiendo juntas los momentos felices y los menos afortunados.

Irina, Victoria y David formaron un triángulo inquebrantable de unión y secretos que junto con el grupo de jóvenes de la universidad y los del barrio, entretejieron sueños e ilusiones acerca del futuro que deseaban alcanzar.

—Quiero verlo, estar con él, es mi hermano. ¡No puede ser, no puede ser! —gritaba desesperada llorando por David.

—Tienes que tener fortaleza en estos momentos. Te llevarán a la sala de espera. Cualquier noticia referente a tu hermano te la comunicarán —dijo el médico tratando de consolarla.

Irina recibió una herida en su corazón que le causó un dolor emocional tan grande, que la hizo temblar de miedo e impotencia, surgiendo en su mente los peores pensamientos. No atinaba qué hacer. Lo que más amaba en la vida, su hermano, su compañero inseparable, estaba debatiéndose entre la vida y la muerte en una sala de operaciones. Sin embargo, luego de un rato, se llenó de fuerzas, secó sus lágrimas y tomó coraje pensando que él saldría con bien de esta situación. En la sala de espera encontró a muchos de sus compañeros, quienes de inmediato la abrazaron y lloraron en su hombro, explicándole lo que había sucedido con David y Rubén.

Ella no hablaba, era como si el tiempo estuviera en suspenso. Miraba el reloj, cada minuto se transformó en eternidad. Al ver por las redes sociales los acontecimientos ocurridos ese día, pidió un teléfono prestado para hacer unas llamadas telefónicas, esas que estaba obligada a hacer.

—Mamá.

—Irina, ¿dónde estás? Estoy tan angustiada.

—¿Tú angustiada? ¿Por qué no estás aquí en la clínica si sabes muy bien que hay heridos por la protesta? Te dije que David estaba ahí, ¿y tú solo estás angustiada?

—¡No! ¡No! ¡No puede ser! David, por Dios. ¡Mi hijo!

—Sí, David está en la clínica de Ciudad Mariana, lo están operando de varias heridas de bala y ¿tú qué haces? ¿Angustiarte en vez de estar con tu hijo? —y colgó la comunicación para hacer una segunda llamada, aunque antes era necesario contener su ira, su rabia.

—¿Quién es?

—Es Irina.

—Este no es tu número de teléfono. Tu mamá anda angustiada por ti y estoy harto de sus llamadas telefónicas. Estoy muy ocupado para atender sus estupideces ¿Dónde carajo andas metida? —preguntó furioso Argenis.

—Solo te llamo para comunicarte que tu hijo David estaba protestando contra el régimen de Nicanor Mudor al que tú perteneces, y tus militares le dispararon, lo están operando —dijo enfurecida, luego colgó y lloró sin poder contenerse.

—¿Qué? —Argenis se puso pálido. El celular se escurrió de sus manos y cayó al piso. Quedó paralizado sin poder reaccionar ante lo que acababa de escuchar.

TIEMPOS DE CRISIS

Nicolás sentía en su corazón un vacío difícil de llenar. El alejamiento y cambio de vida de María del Pilar lo entristecía, no lo podía aceptar. Se refugió en el cuidado de sus nietos David e Irina y en la enseñanza universitaria. Estando Ciudad Mariana convulsionada por las protestas, decidió asistir en calidad de ponente a la conferencia que preparó la Universidad Católica «Ciudad Mariana» para tratar la situación de gobernabilidad del país y analizar los últimos acontecimientos. Cuando su nombre fue pronunciado, los asistentes se levantaron y lo aplaudieron. Era reconocido como un hombre digno de respeto y admiración, con una carrera profesional y docente intachable.

—¡Gracias! ¡Gracias! Es un honor asistir a esta conferencia y estar compartiendo con el panel de expositores y particularmente con ustedes, estudiantes, profesores, profesionales, empresarios, trabajadores, en fin, con la sociedad civil. Hace cierto tiempo, en uno de mis artículos de prensa, analicé cuál sería la situación del país en manos del Comandante. Creo que me faltaron palabras que pudieran describir el hoy, el presente. Estamos viviendo un cambio radical y profundo en las instituciones democráticas del país. En tres años, hemos sido dolientes pacíficos de la violación reiterada y continua de los valores y principios que rigen el Estado de derecho. Así se inició la revolución, tomando, abusando y controlando el poder...

En el momento en que pronunciaba su discurso, un grupo de simpatizantes del gobierno entró violentamente al recinto agrediendo al público. La conferencia fue suspendida.

—Tú eres un conspirador de mierda, oligarca —dijo uno de ellos a Nicolás y luego le hizo la señal de la cruz como sentencia de muerte, en tanto que él mantuvo la ecuanimidad, sintiendo pena ante tanta violencia.

—Venga conmigo —indicó un hombre de seguridad que lo tomó por el brazo.

La intransigencia del Comandante se acentuaba cada vez más; no retrocedió ni un paso. Se volvió obsesivo, veía a sus enemigos en todas partes y vivía mortificado permanentemente con la posibilidad de que lo traicionaran. Desconfiaba de todos, así que decidió incorporar un contingente de personas leales a su revolución que integrarían una especie de ejército paralelo con funciones específicas y otras no escritas, llamándolos Batallones Revolucionarios. Procedió a prestarles el juramento de Ley. Al terminar el acto lo esperaba Argenis, quien de inmediato lo abordó para darle cuenta de las actividades realizadas por la oposición.

—Comandante, le informo que Arnaldo Hernández está haciendo más llamados a la protesta.

—Tú eres el único que entiende por dónde van los tiros. Quieren destruirme.

—Eso no pasará, no lo permitiremos. Pero usted tiene sus detractores en el sector castrense, también en el gabinete y la Asamblea Nacional.

—Entonces tendremos que ponerlos al descubierto. Eso sí, todo a su debido momento. Hay que anunciar que este es y será un gobierno de militares. Aquí no hay vuelta atrás.

Con la llegada de un nuevo año, la polarización marcó el rumbo de los acontecimientos. El líder de la oposición, Arnaldo Hernández, convocó a una marcha desde varios puntos de la ciudad hasta la plaza de La Libertad para conmemorar el Día de la Democracia. Habían pasado 44 años de aquel suceso histórico, en donde la valentía del pueblo logró la caída del dictador general Aurelio Picón, quien usurpó el poder en Venedicta y violó de manera reiterada los derechos de los ciudadanos. Muchos de ellos fueron torturados, presos, y otros tantos murieron por alzar su voz de libertad.

Nuevamente la oposición salió a las calles y para sorpresa del Comandante e incluso de los dirigentes de la oposición, los habitantes de Ciudad Mariana acudieron en masa al llamado de Arnaldo Hernández. Las principales arterias viales de la ciudad se convirtieron en una alfombra de personas que exigían un cambio en las políticas del Comandante, la atención a los problemas económicos y sociales del país y el rechazo al autoritarismo, la corrupción, la violencia, el odio y la confrontación.

Poco a poco comenzaron a escucharse las voces de militares que también pedían su renuncia. La situación del país era una olla de presión a punto de explotar.

—Argenis, el ministro del Interior Antonio Rodríguez y el vicepresidente Diógenes Salazar están aquí —indicó su secretaria.

—¡Camaradas! Gracias por venir. Necesitamos establecer un plan de acción dadas las actividades desestabilizadoras contra el Comandante. Ministro, hay que prestar atención a lo que está ocurriendo en el sector castrense. Ya tengo mis infiltrados observándolo todo.

—Argenis es una gran conspiración en contra del Comandante, señaló el vicepresidente.

—Diógenes, tienes que estar cuando te lo pida. Esto es una batalla que no vamos a perder. Hay que enviar los batallones revolucionarios para que se infiltren en las marchas y las dispersen.

—De eso se encargarán el alcalde de la ciudad, Alfredo Gómez, y Carlota Ran —dijo el vicepresidente.

—Antonio, ¿qué pasa con los canales de televisión? Están dando cobertura a todas las marchas y ruedas de prensa. ¡Eso es inaceptable! Si siguen les cortaremos la señal. ¡No faltaba más! —gritó Argenis enfurecido—. Debemos preparar una ofensiva contra esos sinvergüenzas, la llamaremos «Operación Limpieza». Vamos a desactivar esta bomba. La acción debe abarcar militares y civiles. No hay que perder de vista ni un solo detalle, son momentos muy delicados. Nos mantendremos en contacto, intercambiando informaciones y preparando estrategias. El Comandante ha girado instrucciones muy precisas y una de ellas es ¡No ceder!

—Así lo haremos. Estamos hablando —señaló el vicepresidente.

—Vayan con la revolución.

Los estudiantes y profesores también fueron protagonistas de la historia de Venedicta. En la principal casa de estudios decidieron convocar marchas que fueron brutalmente agredidas por Carlota Ran y sus grupos armados. Sin embargo, no pudieron amedrentar el espíritu de los jóvenes, quienes estuvieron dispuestos a salir a las calles a protestar, a exigir ser escuchados.

—Generales, debemos estar alistados ante los hechos que puedan ocurrir en el país —indicó Argenis al evaluar la situación con el alto mando de la Fuerza Militar.

—¿Qué pasa? Creo que estás exagerando, Argenis. Se han elaborado planes de acción para controlar cualquier brote de violencia que ocurra en las calles —dijo molesto el general del Comando del Ejército.

—¡Qué vaina, general! Se trata mucho más que de un brote de violencia. Espero que ustedes sepan hacer gala de su uniforme e impidan que se cometa un atropello en contra del Comandante legítimamente electo por el pueblo. Si hay que aplicar la fuerza, entonces ¡háganlo!

Al terminar la reunión efectuó unas llamadas y luego se dirigió a su casa. Por primera vez se sentía temeroso de lo que pudiera ocurrir en el país.

—María del Pilar, prepárate para salir del país con los niños.

—¿Cómo? ¿Por qué? —preguntó ella.

—Escucha con atención. La situación es delicada. Pueden presentarse muchos más brotes de violencia. Si guerra quieren, guerra tendrán.

—Me preocupa lo que estás diciendo. No quiero que te pase nada.

—Tranquila, mujer. Sé defenderme. Primero muerto antes que huir como un cobarde. No hables con nadie y menos con tu padre. Nicolás es un conspirador.

—Por favor, no pienses así. Mi padre solo es un hombre dedicado a la docencia.

—Que hace daño a la revolución. No quiero discutir. No tengo tiempo —Argenis la abrazó como si fuera la última vez que la vería. Ella se aferró a él sin querer separarse—. Saldrán en un avión privado desde la Base Aérea Ciudad Mariana. Solo lleva lo necesario. Ten mucha discreción. Aquí tienes dinero en efectivo. Los llevarán a Aruba y de ahí a España. Todo está arreglado.

En su afán por el poder, el Comandante decidió remover la junta directiva de la empresa estatal petrolera COPESA, la principal fuente de ingresos del país.

—Argenis, es la hora. Quiero que te dirijas a COPESA y te encargues de sacar a Ernesto Lozano y a los otros directivos conspiradores y pongas a Ricardo López al mando.

Sin perder tiempo, Argenis alistó el plan y se trasladó a COPESA con un contingente de militares y miembros de la junta directiva designada por el Comandante.

—No se lleven nada. De aquí no sale ni un solo papel. Oficiales, resguarden cada oficina y metan preso a cualquiera que se alborote —expresó Argenis.

—¡Esto es un atropello! —clamó Ernesto Lozano.

—¿De qué habla? Aquí no hay atropello ni abuso alguno. Solo es una atribución del Comandante, que tiene la autoridad para despedirlo a usted y a la junta directiva.

—No es la forma. Lo hace porque tenemos una postura institucional contra las decisiones que afectarían negativamente a la empresa.

—¡Cállese! —gritó Argenis—. No hay más nada que decir. Ricardo López es ahora el presidente de la empresa y nosotros los nuevos directores.

—¡Esto es un acto arbitrario e ilegal! —exclamó Ernesto Lozano

—No hay tiempo que perder en estupideces ¡Váyanse! No los queremos aquí —gritó Argenis saboreando el triunfo, embriagado del poder, desafiando las normas, rompiendo los límites de la moral. Ahora tenía en sus manos el control de la petrolera estatal COPESA.

Las manifestaciones en contra del despido de la junta directiva causaron la insurrección de los ejecutivos destituidos. Miles de trabajadores decidieron unirse a las manifestaciones de protesta de la oposición y al paro de actividades que convocaron Arnaldo Hernández, el sindicato de trabajadores y la federación de empresarios.

—¡Qué vaina! Es que todo lo tengo que hacer yo —dijo irascible el Comandante, mientras lanzaba objetos contra las paredes. Sus gritos se sintieron a la distancia. Estaba enardecido; no razonaba.

—Le informo que Arnaldo Hernández y los demás sectores de oposición han convocado a un paro nacional de actividades —dijo Argenis.

—Comunícate con el general Castañeda y dile que aplique el Plan Sierra Grande cuando se lo indique. No me van a doblegar —expresó el Comandante enfurecido antes de dirigirse a la nación para informar sobre su decisión de cambiar la junta directiva de la empresa estatal COPESA y el despido de altos ejecutivos.

—Saludo al pueblo de Venedicta, ministros, generales, empresarios y trabajadores presentes. Hemos logrado muchos avances en materia petrolera. Nuestra política ha sido incluso acogida con beneplácito por la Cumbre Mundial Petrolera, pero ¿qué ocurre?, que decidí cambiar la Junta Directiva de COPESA y salió una élite a protestar, esa élite que se adueñó de la empresa y habla de meritocracia. ¡Eso es mentira!. ¡Ya está bueno! ¿Dónde está mi pito?

—En su bolsillo lo tiene —le informan.

—¡Aja! Aquí está. ¡Rojo como mi revolución! —alardeó el Comandante, y simulando ser árbitro de un partido de fútbol, sopló el pito y echó mano de una tarjeta roja para sacar del juego a los altos ejecutivos de COPESA.

—¡Pa' fuera! ¡Muchas gracias por sus servicios! Todos ustedes son unos saboteadores. La empresa petrolera es del pueblo. De ahora en adelante hay una sola orden, escuche bien, Ricardo López, presidente de COPESA, todo aquel que proteste, que incite a no trabajar, está despedido —exclamó con prepotencia, en tono irónico y sin importarle las consecuencias. Así continuó su programa televisivo por cuatro horas, sintiéndose dueño del destino del país, el ejecutor de las voluntades del pueblo y el héroe de una batalla revolucionaria.

Sin posibilidad de diálogo, la conflictividad fue inevitable, como inesperados los acontecimientos posteriores. Ante la soberbia del Comandante la población reclamaría soluciones cuyas respuestas quedarían escritas a sangre y fuego ante la incredulidad de los hechos.

OPERACIÓN LIMPIEZA

Venedicta caía aceleradamente en un abismo con el peso de las atropelladas y poco efectivas políticas económicas y sociales del Comandante, la corrupción, el desorden institucional y la violencia en las calles, instigada esta última por el propio jefe de Estado. Sin posibilidad de diálogo, el líder opositor Arnaldo Hernández convocó a una huelga general ante lo que consideró abuso de poder y autoritarismo. Su convocatoria fue apoyada por todos los sectores del país.

—Convoco a todos los trabajadores a unirse en una huelga general por 48 horas ante las actuaciones arbitrarias del Comandante, la destitución de los principales directivos y ejecutivos de la empresa estatal petrolera COPESA y el desastre que vive el país. ¡Ya no más! —así lo anunció Arnaldo Hernández.

Argenis observó lo que ocurría y con detenimiento miró una y otra vez el video de la convocatoria a huelga. Anotó en una libreta que había comenzado meses atrás los nombres de los presentes. En eso le sorprendió el general de Brigada del Ejército Gilberto Ramírez Pérez.

—Argenis, en las calles hay descontento. La gente está furiosa, vale. No le gusta lo que está pasando, ¡coño! No se da respuesta a sus problemas de comida, salud y trabajo. Por eso protestan en las calles.

—General, eso no es verdad y me preocupa que tenga el mismo discurso de la oposición. ¿Qué carajo le pasa? —manifestó disgustado Argenis.

—¿Acaso se te subió el poder a la cabeza, Argenis? Tú sabes que hay muchos factores que evaluar y nuestra obligación es ser objetivos ante la situación.

—El gobierno atiende los problemas del país, esos que fueron causados por los mal nacidos de la oposición. El problema es otro, general, no dejan que el Comandante trabaje —gritó enfurecido—. ¡Nosotros somos la paz en el país!, recuerde que hay un coñazo de gente de los sectores más pobres que están con él.

—Han pasado tres años de este gobierno y se sigue con el discurso de que todo se debe a la vieja república. En el sector castrense hay malestar por el beneplácito del Comandante a los guerrilleros en la frontera. ¡No me jodas, Argenis! —exclamó con disgusto el general—. Ellos atacan a nuestros soldados, secuestran a nuestra gente y hay informaciones sobre negociaciones del gobierno con estos delincuentes. ¡Les están entregando dinero y armas! ¡Qué vaina es esta!

—General, usted es un hombre de armas. Tendremos tiempo para discutir ese punto, pero ahora su obligación es defender al Comandante de los actos de desestabilización en su contra.

—Argenis, estás ciego, te niegas a ver la realidad.

—Amigo, siempre has sido leal. Ahora te lo pido, ¡te lo exijo! Es la hora de la verdad, muchos traidores rondan al Comandante. Solo espero que no estés en ese grupo porque lo lamentarás por el resto de tu vida —dijo Argenis mirándolo a los ojos. El general salió sin más.

—¡Qué vaina! Se fue sin responder. Tendré que anotar otro nombre más en mi lista. ¿Dónde dejé la libreta? —se preguntó Argenis.

El Comandante, impertérrito ante las protestas de la oposición y el anuncio de huelga nacional, convocó una reunión con miembros del Alto Mando de la Fuerza Militar, el tren ejecutivo, el fiscal general, Alfredo Gómez y algunos diputados, entre ellos Nicanor Mudor. La idea era fijar estrategias y combatir la huelga nacional. En la reunión surgieron muchas estrategias, pero la peor de todas fue la anunciada por el Comandante, aplicar el Plan Sierra Grande. Este plan de eminente acción militar significaba activar al Ejército para reprimir y restaurar el orden, lo que conllevaba el uso de tanques de guerra y armas para combatir a una población indefensa que rechazaba su gobierno.

La oposición estaba consciente de lo que estaba en juego al tomar la decisión de iniciar la huelga. Las personas decidieron manifestarse golpeando otra vez con fuerza sus ollas y sartenes, pronunciando consignas y rezando por una solución a la crisis de gobernabilidad, mientras que los batallones revolucionarios se hacían presentes para atemorizar y agredir.

Nicolás aprovechó la huelga para reunirse con su amigo Rodrigo, el director del diario *La Capital*.

—¡Caramba! Cuánto tiempo sin verte, Nicolás —exclamó con alegría Rodrigo.

—Sí, mucho tiempo, pero siempre presente.

—Qué interesante esos artículos publicados en el diario bajo el seudónimo de Ulises. Tienen un contenido plagado de verdades y reflexiones; crean conciencia de lo que ocurre. ¿Conoces a Ulises? —le preguntó con picardía Rodrigo.

—La verdad que no tengo la menor idea de quién pueda ser, pero lo que sí puedo decirte es que los he leído con atención —respondió con cierta sonrisa Nicolás.

—Imagínate que han llamado la atención del Comandante y de Argenis Manrique, por lo que he sido visitado por los batallones de la revolución. Han tratado de intimidar la labor del periodismo. Han sido muchas las puertas y ventanas que he tenido que reparar.

—Les molesta la realidad. Duros tiempos nos ha tocado vivir. La labor informativa se ha visto afectada, pero, ¿acaso se puede ser imparcial en estas circunstancias? —preguntó Nicolás.

Rodrigo guardó silencio mientras miró por la ventana ese valle hermoso de Ciudad Mariana con su majestuosa montaña Sierra Grande.

—¡Cuídate, Nicolás! Recuerda que aquel que se oponga al gobierno es un conspirador. Están dispuestos a acabar con cualquier forma de oposición que pretenda enfrentarlos, y el peor de todos es tu yerno Argenis.

—Sí, lo sé. Él es el diablo vestido de militar sin escrúpulos.

—¿Qué piensas de la situación?

—Estamos viviendo momentos trascendentales en la vida política del país. ¡Cómo quisiera que los líderes de la oposición entiendan el rol que les toca jugar! Es necesario que prive la racionalidad en sus actuaciones, más allá de las emociones y mucho más allá de las ambiciones personales y los egos.

—¡Que así sea! Espero que tengamos la oportunidad de volvernos a ver en otras circunstancias más favorables. Cuentas incondicionalmente conmigo y agradezco tu esfuerzo en pro de la democracia del país, en pro de un mañana mejor que deje atrás el pasado pero sin olvidarlo.

—Gracias por tus palabras —dijo Nicolás al salir.

Nunca dejó de escribir; solo lo hizo de manera diferente usando el seudónimo de «Ulises» con el apoyo de su amigo Rodrigo.

Los líderes de la oposición habían acordado la radicalización de las acciones. Ahora la huelga sería indefinida. Por su parte, el Comandante decidió convocar a una reunión de emergencia con todos sus ministros y miembros del Alto Mando de la Fuerza Militar.

—¿Qué carajo está pasando aquí? —preguntó enardecido—. ¿Por qué estamos en esta situación? ¿Es que todo lo tengo que hacer yo? ¿Qué papel están jugando ustedes? —cuestionó el Comandante—. Generales, ejerzan su papel y apliquen mano dura, ¡estamos en guerra!, ¡esta es una de las batallas libradas por la independencia, con los mismos protagonistas del pasado, la oligarquía perniciosa!

—Estamos preparados para enfrentarla —alzaba su voz Alfredo Gómez, alcalde de la ciudad—. Los batallones están preparados para defender la revolución y a su persona; están dispuestos a dar su vida y lucharán con todo lo que tengan en sus manos.

—Pretenden acorralarme y no lo conseguirán; confío en ustedes.

Sin embargo, algunos militares se alzaron al conocer los planes en contra de la población opositora desasistida. Acusaron al Comandante de comunista y de tener relaciones con Alejandro Ortiz; lo llamaron traidor a la patria por permitir la presencia de la guerrilla en el territorio venedictino.

La tensión permanente entre los opositores y los aliados del Comandante hizo afluir escenarios y sentimientos que terminaron anunciando nuevas tempestades. El disgusto de la sociedad ávida de soluciones concretas, asfixiada por la intransigencia, fue el detonante de su resistencia. No más tratos injustos, no más insultos; protestar contra un destino de exclusión por pensar diferente. Un destino plagado de discriminación e incluso de descomposición social, hizo que se impusiera el derecho a clamar por un cambio, a manifestar con pasión el deseo de vivir en paz, reclamando un porvenir mejor para todos, porque Venedicta era de todos, no de unos pocos.

Era una noche de abril de 2002, los líderes de oposición convocaron una marcha para el día siguiente que saldría del Parque de la Paz y concluiría en la sede de COPESA, cerca de la Base Aérea Ciudad Mariana. La angustia del Comandante no le permitía pensar con claridad. De cuando en cuando perdía el control. La ansiedad e incertidumbre se apoderaron de él.

—Argenis, ¿dónde estás? ¡Necesito hablar contigo! —gritaba al teléfono el Comandante.

—Estoy reunido con los generales del Ejército analizando el teatro de operaciones, Comandante.

—¡Te quiero aquí conmigo ahora! No confío en nadie.

—¡Cálmese! Todo está en orden.

—¡Cómo me dices eso! La huelga continúa y convocaron a una marcha hasta COPESA. ¿Hasta cuándo la complacencia con estos carajos? ¡Al diablo con todos ellos! —desesperado gritó improperios contra la oposición. Argenis escuchó la mano del Comandante golpear su escritorio con fuerza hasta que la comunicación se cortó intempestivamente.

—Señores, debo ir al Palacio Presidencial, les agradezco aplicar los planes que hemos preparado para combatir esta guerra mediática de inmediato.

Con cada minuto que pasaba, el Comandante perdía la calma y con ella, su habilidad para comunicarse. Ya no se sentía el mesías. Atormentado por sus recelos e inseguridades, fue torpe, desenfrenado. Como un toro salvaje embistió contra todo aquel que se le acercara. Argenis trató de frenar sus arrebatos, buscó controlarlo con ayuda profesional. Fue una noche larga para el Comandante que quedó a merced de su paranoia y en compañía del fiel Argenis.

Al día siguiente, el sol despertó en el valle de Ciudad Mariana anunciando un día claro, nítido. Hasta los pájaros parecían abrazar la esperanza con sus alas en pleno vuelo. Aquel era un amanecer de profundas y genuinas ilusiones, lleno de luz. Era el renacer del cambio que todos deseaban. Cientos de miles de personas se levantaron al alba para acudir al llamado de sus líderes y marchar a la sede de COPESA. En su ánimo abrigaban el deseo de terminar lo que había comenzado mal.

El Comandante estuvo observando todo; miraba cómo más y más personas iban colmando todos los alrededores de la sede de COPESA.

Alfredo Gómez y Nicanor Mudor hicieron un llamado a los batallones revolucionarios y a sus seguidores para concentrarse en las inmediaciones del Palacio Presidencial a fin proteger y defender a su líder máximo con todo lo que tuvieran a su alcance, sin importar las consecuencias.

—Todo listo para acabar de una vez por todas con estas manifestaciones —dijo Argenis a sus subordinados cuando ultimó los detalles de la «Operación Limpieza». Ejercer la fuerza era necesario. Saboreaba el poder con tanto gusto que aquello se convirtió en su adicción. No estaba dispuesto a entregar su poder a nadie. En su imaginación se proyectaba detrás del Comandante, ordenando, ejecutando y dominando todo y a todos.

En el Puente Quebrada Seca, cercano al Palacio Presidencial, se presentaron miembros de los batallones revolucionarios y otras tantas personas afectas al gobierno, quienes gritaban consignas a favor del Comandante.

Pero ese amanecer hermoso dio paso a un ambiente de tensión que pronto encendió la chispa que causó el vehemente deseo de reclamar «la renuncia del Comandante». Entregados a sus deseos y emociones los manifestantes escucharon el llamado a desviar la marcha hacia el Palacio Presidencial. Un torrente de personas llenó la autopista y las calles de Ciudad Mariana rumbo al centro de la ciudad. Marcharon sin armas, solo con banderas, pitos, gorras y franelas con los emblemas nacionales, cantando y vociferando sus consignas con determinación absoluta.

El Comandante despertó con una realidad que no esperaba, el disgusto de una buena parte de la población que se negaba a seguir siendo vejada. Pensar en la posibilidad de perder el control del país le hizo sentir débil. Se restregaba las manos con nerviosismo;: sentía temor ante la posibilidad de perder el poder y que las masas dominaran la situación. Su cara enrojecida daba cuenta de su ira. Su rabia cada vez era más fuerte y poderosa, aunque la contenía mientras observaba todo y golpeaba insistentemente el suelo con el pie.

Sintiéndose preso de sus miedos, arrinconado ante aquella presión de la población que seguía marchando, decidió aplicar el Plan Sierra Grande para tomar militarmente Ciudad Mariana y someter a los opositores, argumentando un estado de conmoción. El uso de la fuerza militar con tanques, armas y tropas implicaba la muerte de muchas personas, incapaces de defenderse ante un ataque desigual. Pretendió dar un *knock-out* pero, para su sorpresa, a último momento no tuvo el apoyo militar y el Plan Sierra Grande no fue activado como él había ordenado.

Argenis trató de mantener el control de la situación, tal como lo había preparado, a pesar de la desobediencia de los militares. Su objetivo era impedir a toda costa y como fuera, la llegada de la oposición al Palacio Presidencial. Le preocupó el estado de ánimo del Comandante que, lleno de angustia por el fracaso, se sentía perdido y comenzaba a dar signos de debilidad.

La marcha continuó su camino hasta llegar al centro de la ciudad. Luego siguió su recorrido por la avenida Central, cuando intempestivamente tropezó de frente con miembros de los batallones revolucionarios, que atacaron con picos de botellas, bates, palos, piedras y armas.

El caos llegó en segundos. Las personas corrían para protegerse de disparos que provenían de pistoleros apostados en el Puente Quebrada Seca y francotiradores ubicados en las azoteas de los edificios cercanos. No todos pudieron resguardarse. Comenzó a contarse la muerte de inocentes que caían al pavimento y cientos de heridos, víctimas de los pistoleros asesinos que dominaban todo desde las alturas y disparaban a mansalva.

Las escenas eran grotescas en el centro de la ciudad. Al silbido de una bala seguía el impacto del cuerpo de un hombre joven al caer en plena avenida con un impacto de bala en el tórax. Una mujer de mediana edad trataba de resguardarse, pero fue alcanzada por un disparo en la cabeza. Cayó al suelo aturdida y aún con signos vitales. Un buen samaritano que acudía al auxilio de otra persona recibió un disparo en la vena femoral que le causó la muerte en segundos. En un momento dado todos aquellos inocentes que exigían la renuncia del Comandante parecían más bien marchar hacia su propia muerte. Muchos quedaron con sus cuerpos cubiertos de sangre.

La «Operación Limpieza» había comenzado. Un contingente de pistoleros, funcionarios del Palacio Presidencial y de la Guardia de Seguridad, dispararon con armas automáticas, revólveres y hasta fusiles de combate FAL. Centenares de casquillos de balas quedaron en el lugar. Otro grupo armado estuvo en el Puente Quebrada Seca, enfrentando a la marcha opositora, disparando una y otra vez sin misericordia.

En un intento por ocultar la masacre, el Comandante decidió dirigirse en cadena nacional de radio y televisión a la población para evitar que los medios de comunicación privados lo informaran y lo mostraran todo. Se propuso hablar sobre los logros de su gobierno para tratar de evitar que el país y el mundo vieran las imágenes de la agresión contra personas inocentes. A esa hora, las calles del centro de la ciudad eran un sangriento campo de batalla donde se palpaba el dolor, la muerte y la angustia.

Pero los canales privados de televisión no cayeron en la trampa y en un hecho sin precedentes, decidieron llevarse por delante la Ley de Comunicaciones y cumplir con su deber de alertar a la población sobre lo que estaba ocurriendo. Asumieron su responsabilidad ética y decidieron mostrar las imágenes de aquella aterradora venganza contra personas inocentes. Algunas no volverían a sus casas y otras muchas quedarían marcadas por el trauma y las heridas. Para aquel momento, era inevitable que el dolor colectivo enlutara a todos los ciudadanos de Venedicta.

Los que los habitantes de Venedicta y el mundo entero vieron a través de los canales privados de televisión se recordaría por décadas. De un lado de la pantalla aparecía la imagen del Comandante en cadena nacional, tomándose una taza de café, hablando de un gobierno tolerante dispuesto a dialogar. Del otro lado de la pantalla se mostraban imágenes en vivo de lo que estaba ocurriendo en la marcha. Los televidentes pudieron presenciar cuando una bala 9 mm perforó la cabeza de un reportero causándole la muerte de forma instantánea; el cuerpo de una mujer se desplomaba al piso con el rostro impregnado de sangre por la perforación de otra bala; un joven de apenas 18 años caía de espaldas con su cara cubierta de sangre y un impacto de bala en la frente. Las imágenes mostraban todo cuanto ocurría mientras el Comandante seguía tratando de engañar a todos.

—Corran, corran, están disparando. ¡Desgraciados! Lo mataron. ¡Dios, ayúdanos!

La policía de la ciudad, escasa de personal y sin la experiencia necesaria para enfrentar la situación particular a la cual estaban sometidos, decidió proteger a los marchistas, auxiliarlos y luego enfrentar a los francotiradores de los edificios y a los pistoleros de Puente Quebrada Seca.

Como parte de la «Operación Limpieza» muchos reporteros, camarógrafos y fotógrafos de los medios de comunicación resultaron con heridas de bala. La orden era disparar a todo aquel que tuviera cámaras de video para evitar que salieran las imágenes de lo que estaba pasando.

El Comandante ordenó el corte de la señal de las televisoras rebeldes. La imagen salió del aire por unos instantes, pero fue restablecida después de unos cuantos minutos. La población observó con espanto lo que ocurría sin poderlo creer. Un total de 20 personas murieron y más de 120 resultaron heridas. El mundo fue testigo de vidas perdidas, otras tantas heridas y del dolor de un pueblo que terminó siendo víctima de su rebeldía.

Los medios empezaron a investigar sobre todas las situaciones ocurridas en Ciudad Mariana para establecer con claridad los hechos. Surgió una transmisión por radio en la cual el Comandante ordenaba aplicar el Plan Sierra Grande al general del Ejército, quien con su silencio se negó a cumplirla. El Alto Mando de la Fuerza Militar tampoco la acató. Esa grabación de una de las bandas privadas de comunicaciones del Comandante y sus oficiales, resultó crucial.

Al caer la tarde surgieron una serie de pronunciamientos del sector castrense. Desconocían la autoridad del Comandante como presidente y jefe de la Fuerza Militar, se declararon en desacato y lo responsabilizaron de la muerte de muchas personas y de cientos de heridos por haber actuado con premeditación.

El sol dio paso a una noche triste y sombría. Una tensa calma se sintió en Ciudad Mariana. El país siguió de cerca los acontecimientos, sin saber lo que pasaba con exactitud. La incertidumbre reinaba en el ambiente. Eran las 11 de la noche cuando fue cerrada la señal del canal televisivo del gobierno. Algo estaba ocurriendo y todo apuntaba a que el Comandante abandonaría el poder. Acorralado por el miedo se sintió preso de su inseguridad. A esa hora, estaba pálido y desencajado, sus pupilas dilatadas y las gotas de sudor eran visibles en su frente. Se encerró en su despacho buscando de alguna forma salvar su situación.

Argenis llegó al Palacio Presidencial y se dirigió al despacho del Comandante. Sabía que estaría fuera de control, pero en cambio encontró a un hombre dispuesto a rendirse.

—Acabo de renunciar a la Presidencia. He pedido ciertas garantías para mi salida. Me informaron por teléfono que si no lo hacía, enviarían los tanques al Palacio Presidencial para arrestarme —expresó tembloroso ante la pérdida del poder militar.

Argenis se paralizó al escuchar sus palabras. Se sintió inseguro, vulnerable ante la pérdida del poder, pero decidió jugárselas todas y con fuerza lo agarró por los hombros.

—Comandante, usted no renunció, ni renuncia, ni renunciará, ¿me escuchó?

—Temo por mi vida.

—Estoy negociando con el Alto Mando Militar su entrega, mantenga la calma.

—Quiero un avión para trasladarme a Cuba con mi familia y aliados y también que me den 7 millones de dólares.

—Lo primero que va a hacer es entregarse. Confíe en mí y recuerde bien lo que le dije, Comandante, usted no renunció.

—Tienen que garantizarme mi seguridad.

—No se preocupe que así será. Será llevado por dos generales al Fuerte Carapacai y luego al Comando de Curiamo.

Poco tiempo después, el Alto Mando Militar encabezado por el general Ignacio Díaz apareció en televisión y leyó un comunicado.

—Los miembros del Alto Mando de la Fuerza Militar, lamentamos los deplorables sucesos acontecidos en Ciudad Mariana. Ante tales hechos, se le solicitó al Comandante presidente de la República la renuncia a su cargo, la cual aceptó. Nosotros, el Alto Mando de la Fuerza Militar, ponemos nuestros cargos a la orden….

—¡Uhm! Hay algo que no encaja en todo este asunto. ¡Aja! ¡Claro! ¿Por qué no mostraron la carta de renuncia? ¿Dónde está? ¿Existe? —pensó Argenis atando cabos.

El siguiente en dirigirse al país por televisión fue el Dr. Camilo Quiroz, presidente de la Federación de Empresarios de Venedicta. A sus espaldas tenía un grupo de militares.

—Me dirijo a los ciudadanos de Venedicta en virtud de los acontecimientos ocurridos en el día de ayer, donde el país le solicitó al Comandante su renuncia a la Presidencia de la República. Anuncio a la nación que el Comandante presentó su renuncia. Frente a este hecho se ha decidido conformar un gobierno de transición y por consenso de las fuerzas de la sociedad civil y estamento militar, se me ha pedido que yo lo presida.

Esa declaración hizo desvanecer la incertidumbre que había rondado la cabeza de Argenis sobre su destino y el de la revolución. No era tonto, y apenas vio las declaraciones de Quiroz, supo cuál debía ser su próximo paso.

—¿Un civil sin potestad constitucional se autoproclamará presidente de la República? ¡Qué vaina tan buena! —pensó.

Sin perder tiempo, contactó a militares leales al Comandante. Se reunió en secreto con Nicanor Mudor, Alfredo Gómez, el fiscal general y otros cuantos que prepararon un plan de acción que comenzaría la mañana siguiente, con las declaraciones del fiscal general de la República.

—Este es un gobierno de facto que perpetró un golpe de Estado en contra del Comandante presidente, legítimamente elegido por el pueblo. No tengo prueba de su renuncia y si fue así, el cargo de presidente le corresponde al vicepresidente Diógenes Salazar de acuerdo a la Constitución y a las leyes de la república.

Argenis comenzó a ejecutar su plan, moviéndose sigilosamente y cuidando de no ser visto por militares alcistas y opositores, ya que activaron las alertas para aprehenderlo por ser un peligro para el nuevo gobierno. Pero era demasiado hábil y sabía cómo manejarse en circunstancias difíciles. Sabía moverse sin ser visto y lograba llegar a los lugares exactos, a los comandos militares leales e incluso al lugar donde se encontraba el Comandante para darle nuevas recomendaciones.

A primeras horas de la tarde Argenis se encontraba en un lugar seguro, mirando por la televisión el acto para juramentación del nuevo presidente de la República en el Palacio Presidencial.

—Ajá ¿Qué es lo que estoy escuchando? —se preguntó mientras se carcajeaba por lo que estaba viendo—. Pero me lo pusieron de jonrón. Esos necios con su euforia desmedida firmaron ese mamarracho decreto destituyendo a todo el gobierno revolucionario sin facultades para eso. ¡Pero se les fundió el cerebro!, nombraron al presidente de la República y en ese mismo decreto disolvieron todos los poderes públicos nacionales, estadales, municipales, judiciales y electorales. ¡Le cambiaron el nombre de la República y le otorgaron poderes supraconstitucionales a Camilo Quiroz! ¡Qué estúpidos! Ahora estoy a las puertas del triunfo nuevamente.

Argenis se tomó un tiempo para diseñar la siguiente etapa de su estrategia, que era ponerse en contacto con los mandos militares y los dirigentes del partido revolucionario.

—¿Dónde tengo mi libreta? Aja, aquí está. ¡Ay, carajo! Esta lista está larga. Este estúpido marioneta cree que va a gobernar. ¡Ja, ja, ja! Mírate, Argenis, te vas a convertir en el héroe de esta batalla y el dueño de un país. ¡Así será!

Mientras tanto en el Comando de Curiamo se encontraba el Comandante cumpliendo las instrucciones que le había dado Argenis.

—Quiero informarle, coronel, que estoy incomunicado, no he podido hablar con mi familia, ni tengo abogado —reclamó el Comandante—. Entiéndame, coronel, muchos creyeron que yo estaba perdido, pero aquí la gente no sabe que yo no soy yo. ¡Yo soy el pueblo!

—Comandante, le garantizo que estoy aquí para brindarle seguridad y trasladarlo precisamente a la isla Playa Dorada, en la cual se le garantice su resguardo.

—Entiendo, entiendo, pero fíjate, puedo negarme a ir porque yo soy el presidente de la República. Si estoy preso, estoy preso. Pero yo no he renunciado. Bueno, llévenme a la isla Playa Dorada —aprovechó la oportunidad para hacer esa afirmación mientras lo estaban filmado.

La indignación que causó el decreto del Dr. Camilo Quiroz en los partidarios del Comandante, ciertos sectores de la oposición y a nivel castrense, lo mismo que la duda sobre la renuncia del Comandante, hizo que los generales del alto mando de la Fuerza Militar dieran un ultimátum al Dr. Camilo Quiroz, pero ya no había nada que hacer. La Operación Rescate se había iniciado para traer de vuelta al Comandante. Al sentirse perdido, el Dr. Camilo Quiroz renunció al cargo de presidente y tiempo después fue detenido. A la larga, huyó a la embajada de Colombia, país que finalmente le otorgó asilo político.

En la noche del 13 de abril, el presidente de la Asamblea Nacional y los ministros del Comandante accedieron al Palacio Presidencial reapareciendo el vicepresidente Diógenes Salazar. El Comandante fue liberado y trasladado en helicóptero al Palacio Presidencial, donde lo esperaban sus seguidores que por horas habían reclamado su presencia diciendo que no había renunciado. Para su propio asombro, llegó a Palacio conducido triunfalmente como un héroe.

—El pueblo llegó al Palacio para gobernar. El pueblo y la fuerza militar unidos han escrito la historia —dijo el Comandante convertido en víctima con su cruz en la mano—. Pongamos a Dios por delante, invoquemos a Cristo y pidamos paz para todos. Ha sido una jornada histórica y hoy, mi pueblo, los amo más que ayer. ¡Yo soy el pueblo! —luego se dirigió a Argenis y le estrechó la mano con un abrazo—. Con tu heroísmo, salvaste mi vida y la revolución.

—Sí, Comandante, así fue —respondió Argenis sintiéndose el héroe de la batalla.

Arnaldo Hernández no podía creer lo que había ocurrido. Lleno de frustración y tristeza acudió a la casa de Nicolás.

—Nicolás, no entiendo lo que pasó. ¿Puedes explicarme esto?

—Se cometieron muchos errores. La actuación de los militares respecto a la renuncia del Comandante no estuvo a la altura de las circunstancias, Arnaldo, carecieron de la eficacia que se necesitaba en ese momento. Además, su actuación fue imprecisa, vaga; dejaron el camino libre a la duda —dijo con pesar.

—Es cierto, pero lo peor fue lo que vino después.

—Cierto, Arnaldo. El nombramiento del Dr. Camilo Quiroz y ese primer y único decreto se convirtieron en una película confusa, nefasta. Ese decreto causó el rompimiento del hilo constitucional, echando a la basura el esfuerzo realizado por tantas personas en aras de la democracia.

—Todavía no puedo creer lo que pasó, que perdiéramos el esfuerzo y el gran aporte que hicimos en esta lucha. ¡No fuimos consultados! ¡Nos sorprendieron en nuestra buena fe!

—Lamentablemente, querido amigo, las ambiciones personales, los egos de ciertos personajes, hicieron posible la destrucción de una salida democrática, dándole la espalda a las esperanzas de un pueblo que se sacrificó en aras de su dignidad y solo le quedó la muerte, la tristeza y la confusión.

A PESAR DE TODO...

Ha pasado el tiempo y aún huelen a sangre las calles del centro de la ciudad. En los oídos de los pobladores de Venedicta se escuchan los gritos de angustia y dolor de las personas que alentadas por la rabia, por el «ya basta», por la necesidad de convivir en paz, marcharon con el corazón lleno de ilusiones por un mañana de progreso, felicidad y convivencia social; por el cambio que querían, pero no precisamente el que ocurrió.

Fueron a pedir, a exigir como ciudadanos el respeto, la dignidad y el derecho a ser libres sin imposiciones, maltratos o desprecio. Marcharon ingenuamente, sin malicias ni dobles juegos, sin percatarse del peligro.

El demonio les tendió una trampa y cayeron víctimas de sus garras. Ese 11 de abril quedará por siempre en la conciencia de aquellos que orquestaron con toda la malicia posible semejante barbarie.

Sin embargo, lo sucedido ese día le dio paso a unos eventos que llenos de misterio e incertidumbre, cambiarían la verdad por la ficción, entretejiendo un drama de victimización presidencial, apoyado por el afán de protagonismo o ansias de poder de un selecto grupo de la sociedad.

Amaneció entre golpes, pero ¿quién realmente los recibió? La historia dará cuenta de diferentes versiones. La verdad de lo que en esos días ocurrió permanecerá imborrable en el alma de los familiares de algunos venedictinos que marcharon para encontrarse de frente con el peor de los destinos: la muerte...

Ulises

—¿Qué pasa, Luz? ¿Qué es toda esa algarabía? —preguntó Nicolás satisfecho con su nuevo artículo.

—¡Tata!, ¡Tata! ¡Tata! —grito David, buscando afanosamente a su abuelo para lanzarse en sus brazos y besarlo.

—¡Aquí estoy, David! —Nicolás no pudo contener su alegría. Al ver a su nieto, lo abrazó y besó una y otra vez.

—Tata, ¡ya!, que me vas a acabar la cara. Estoy todo ensalivado.

—¿Dónde está tu hermana Irina?

—La trae nana Josefa, se hizo pipí.

—Vamos a buscarla.

—¡Nooo! La están cambiando. Espera, tata. ¡Es una niña!

—Tienes razón, esperaremos.

Nicolás observó lo grande que estaba su nieto, contempló su cara angelical, su cabello castaño oscuro que llegaba casi a sus hombros; sus ojos color miel que reflejaban su pureza. Parecía un pequeño principito deseoso de aventuras. Estaba absorto disfrutando de su amado nieto cuando el teléfono móvil lo interrumpió.

—Bendición, papá —dijo con cierta vergüenza María del Pilar.

—Dios te bendiga, hija, tenía tiempo sin saber de ti y de los niños —respondió con un dejo de reclamo.

—He tenido mucho trabajo después que regresé de viaje.

—Pudiste dejarme un mensaje o llamarme.

—Lo siento, papá. Comprende que Argenis ocupa un alto cargo y yo debo estar con él.

—Son excusas y nada más. Ese hombre te alejó de mí; ¡cuánto has cambiado!

—Papá, trata de conciliar, Argenis es mi esposo, el hombre que amo, el padre de mis hijos, y es un héroe que evitó una desgracia en este país arriesgando su vida.

—Deja de decir estupideces. Yo sé quién es tu marido y lo que hizo. Tengo muy claro el papel que jugó como verdugo y mucho más. ¡Y tú me dices que él es un héroe! No lo pongo en duda, es un héroe para el Comandante —dijo con disgusto—. Ha pasado mucho tiempo desde aquel nefasto día de abril y la situación del país ha empeorado, es terrible. La economía va en caída libre, los programas sociales se han convertido en una caja chica para tu marido y otros sinvergüenzas. ¿Es que acaso no lo ves?

—Tienes tanto odio en tu alma que te pierdes en el rencor. Argenis me ha hecho feliz. Él trabaja incansablemente, no es un ladrón ¿Qué buscas? ¿Destruir mi matrimonio? Pues no va a ocurrir nunca, papá —respondió furiosa.

—Tomaste una decisión hace tiempo. Eres una mujer, no una niña. Eres madre. Espero que comprendas su significado. Tu matrimonio es tu asunto, el mío es estar justo aquí, en esta casa, para ti, para mis nietos, para ayudarlos cuando lo necesiten, sin rencores, hija, dándoles el amor verdadero, el que es simple, sin condiciones, puro… —expresó sin perder la calma.

—¡Lo siento! No debí hablarte así.

—Está bien. Comprendo lo difícil que es lidiar con esta situación, pero ¡no te engañes!

—Bueno, papá, dejemos esta discusión. Los niños se van a quedar contigo. ¿Te molesta?

—¡Quedarme con mis nietos! En absoluto. Sabes que mis nietos cuentan conmigo.

—Gracias, tengo que colgar; estoy muy ocupada con algunos eventos sociales. Bendición.

—Ni siquiera esperó que le diera la bendición. No puedo creer que ella sea mi hija —pensó Nicolás cuando fue sorprendido por los gritos de la nana Josefa.

—Señor Nicolás, ¡venga!, ¡venga!

—¿Qué pasa, Josefa?

—Es David. Se subió a un árbol. No puedo bajarlo.

—¡David, David! —grito Nicolás al llegar al jardín y verlo en lo alto del árbol.

—Tata, sube. Desde aquí lo veo todo. Las casas se ven chiquiticas y los carros parecen de juguete.

—Ahí voy David. ¡No te muevas!

—¡Je, je, je! No te asustes, Tata. Estoy agarrado. No soy tonto.

—¡Mira lo que has hecho! He tenido que trepar un árbol. ¿Cómo llegaste aquí?

—Me agarré fuerte de los brazos de mi amigo el árbol y subí sosteniéndome con mis pies y manos como si fuera un gato.

—Eres tremendo —dijo sin poder contener la risa ante las expresiones de David. La alegría y entusiasmo del pequeño lo llenaban de ternura, se sintió vivo—. Siéntate como si fueras un vaquero montado a caballo, apoyando tu espalda a mi cuerpo.

—Mira, tata, los pájaros. ¿Por qué los pájaros vuelan y nosotros no?

—Porque ellos tienen alas.

—¿Por qué no tenemos alas?

—Porque somos diferentes a los pájaros. Ellos tienen pico y nosotros boca; ellos son pequeños en su mayoría y nosotros somos más grandes, ellos vuelan y nosotros caminamos.

—Tata, desde aquí podemos mirar todo lo que hacen allá abajo, las nubes, el cielo.

—Sí, tenemos una buena vista de la ciudad. Observa lo que tienes al frente, esa es la montaña Sierra Grande. Ella es la protectora de la ciudad.

—Quiero ir pa'llá.

—Te voy a llevar a conocerla. Te va a encantar, tiene caminos, cascadas, riachuelos, sitios donde acampar.

—¡Vamos! ¡Vamos!

—No podemos ir ahora. Tenemos que preparar nuestra excursión con tiempo.

—Tata, este árbol será nuestro escondite.

—No quiero que trepes solo. ¡Prométemelo!

—¡Te lo prometo! —David se comprometió con su abuelo cruzando los dedos de su mano derecha.

—Ahora bajemos.

—Tata, fue divertido llegar aquí pero no sé cómo bajar. ¡Tengo miedo!

—¡No tengas miedo! Me convertiré en un oso trepador de árboles y tú serás el bebé oso.

—¡Te quiero, tata! ¡Te extrañé tanto!

—Y yo a ti, mucho más allá de esas nubes que están en el cielo.

En los meses siguientes, Argenis observó con preocupación la situación general del país. Revisó los resultados de la realidad económica reflejada en gráficos con una línea recta cuya dirección apuntaba hacia abajo. Sabía que era imprescindible aplicar medidas que captaran la voluntad popular ante la pérdida de popularidad del Comandante y el avance del liderazgo de Arnaldo Hernández.

—La economía debe quedar al servicio de los intereses de la revolución. No importa cuánto se gaste, lo que interesa es mantener contento al pueblo y la mejor forma es crear en los barrios mercados populares en los que se vendan productos a precios de gallina flaca. ¡Eso es!

—¡Que susto me diste, mujer! Estaba distraído en tantas cosas que ni siquiera te sentí —dijo al interrumpir su concentración por la presencia sigilosa de María del Pilar.

—Pues, soy yo la que te está besando, tocándote, coqueteando como a ti te gusta; ven, vamos a la habitación.

—Eres incontrolable. No tengo tiempo para ti ahora. Me voy a reunir con el Comandante.

—Eso es mentira. Desde hace tiempo no me prestas atención. Además, hablé con el Comandante y no me dijo nada.

—¿Desde cuándo hablas con él sin mi autorización?

—Lo llamé para invitarlo a una celebración en su honor.

—Te lo advierto. ¡Ten cuidado! No me gusta que mi mujer llame a un hombre aunque sea el Comandante. ¿Está claro?

—¿Estás celoso? Entonces dedícate a mí y cumple con tu rol de esposo y padre. Yo no soy tonta, Argenis.

—No me alces la voz. Aquí el único que da órdenes soy yo. No busques lo que no se te ha perdido, porque lo vas encontrar. ¡Yo no juego! Me estás hartando. ¡Me voy p'al carajo! —vociferó él mientras ella se atemorizó ante sus gritos—. ¡Coño! Otra vez el Comandante llamando, es que no se cansa —dijo al escuchar el repique de su celular—. A la orden, Comandante.

—Argenis. ¿dónde estás? Ven de inmediato —exclamó el Comandante.

—Voy camino al Palacio Presidencial. ¿Qué pasa? ¿Ocurre alguna situación grave?

—¿Estas bromeando, Argenis? ¿No te das cuenta de lo que está ocurriendo? Pensé que ya todo estaba controlado y no es así. ¿Hasta cuándo tenemos que aguantar tantas marchas y protestas? Primero fue el golpe de Estado; luego fue ese grupo de militares golpistas que andaban libres haciendo de las suyas junto con un grupito de civiles, llamando al pueblo y pidiendo mi renuncia, hasta que les acabé la fiesta; después la oposición recolectado firmas para convocar a un referéndum para buscar mi salida de la presidencia. ¡Qué cosa más loca! Y además, Arnaldo Hernández convocando a un nuevo paro. ¡Estoy harto!

—Comprendo, Comandante, pero tiene que tranquilizarse. Estoy claro de la situación, han inventado lo del referéndum y el paro pero eso no les servirá —expresó con disgusto Argenis.

—Nada está controlado, ahora estos mal nacidos quieren seguir echando vaina. No estoy dispuesto a ceder. ¡Quiero que acabes con Arnaldo Hernández! —Las paredes del Palacio Presidencial retumbaron con los alaridos del Comandante.

—De acuerdo, pero es necesario que se controle.

—¡Carajo! Ese Arnaldo Hernández anda haciendo bulla. Hay que acabar con él.

—Sí, Comandante. Pero dejemos que la oposición se distraiga con el referéndum, eso no va a llegar a nada, le daremos largas a ese asunto. Hemos purgado el sector militar y estamos haciendo lo mismo en los poderes públicos y en la industria petrolera. Tenemos que ser pacientes, actuar con cautela, sin apresuramientos, dejando que el tiempo pase, así las personas se cansarán al ver que no pasa nada y los comerciantes no soportarán las pérdidas que les va a ocasionar el paro. Luego me encargo de Arnaldo Hernández.

—Tienes razón, pero ese referéndum no me gusta.

—No hay nada de qué preocuparse. Tenemos control militar, la Magistratura y el Consejo Electoral.

—Es verdad, Argenis. Con la purga del sector militar mantengo el control. Quiero que se coloque una valla gigante con mi figura para recordarles quién manda —dijo—. Argenis, confío plenamente en ti, me salvaste la vida, ¡coño! Ese día de abril demostraste tu lealtad. Te ganaste tu ascenso a general en jefe. Tú eres un militar echao p'lante, tienes liderazgo. Algún día tú tendrás las riendas del país y continuarás liderando este proceso.

—Comandante, gracias por su reconocimiento, puede confiar en mí —expresó Argenis al estrecharle la mano al Comandante mientras pensaba—. Liderazgo es el que siempre he tenido y por eso es que estás sentado en la silla presidencial, no faltaba más.

—Hoy se cumplen cuatro años de haber conquistado el poder. Es un buen día para informar sobre lo que está ocurriendo. Llamen al ministro de Telecomunicaciones y díganle que prepare una cadena de radio y televisión. Voy a dirigirme al pueblo —ordenó el Comandante—. Argenis, hay que ejercer el poder con fuerza. Encárgate de la situación.

—Todo está listo, Comandante —le informó el ministro de Telecomunicaciones.

—Entonces no hagamos esperar al pueblo.

—¿Hasta cuándo habla pistoladas este hombre? —se preguntó Nicolás al verlo de nuevo en la televisión.

—La gente lo escucha, señor, y creen que él es el salvador del pueblo —explicó Luz.

—En eso estoy claro. El problema es que él es un mentiroso que le causará daño a todos, tanto, que si nos descuidamos serán irreparables las consecuencias. Lo malo es la ignorancia, la individualidad y el oportunismo de muchas personas que piensan que no les pasará nada y prefieren mirar para otro lado, pero todos estamos en el mismo barco y bajo las mismas condiciones. Bueno, hoy es el cumpleaños de David y pronto llegará con Irina, no debemos hablar de cosas desagradables. Recuerdo cuando mi nieto trepó el árbol del jardín y antes de irse a su casa, me hizo repetirle la promesa. ¿Preparaste la torta de chocolate que le gusta?

—Sí, señor, pero primero la excursión, ¿no?

—Usted también no se haga la loca, así que prepare sus zapatos de goma.

—Señor, acaban de llegar sus nietos.

—Tata, tata, ¿dónde estás? ¡Es mi cumpleaños!

—¡Feliz cumpleaños, David! —dijo Nicolás al tiempo que lo abrazaba con fuerza—. A ver, ¿cuántos añitos estás cumpliendo?

—Así, tata —indicó con cuatro dedos de la mano.

—¡Sí! Son cuatro años. Eres todo un jovencito.

—No, tata. Soy David.

—¡Ahhh! Sí, eres el jovencito David.

—¡No! Soy un niño, todavía estoy pequeño y me gusta jugar.

—Tienes razón, eres un niño. ¿Tu mamá te dejó aquí? —preguntó con recelo.

—Sí. Irina también está aquí con nana Josefa. Recuerda que me prometiste una sorpresa.

—¡Claro! Vamos a ir a la montaña Sierra Grande para que la conozcas.

—¡Síííííí! —los gritos de David se escucharon por toda la casa, saltó y brincó hasta cansarse y corrió donde Irina y nana Josefa—. Vamos a ir a la montaña. Nos vamos a bañar en un charco y subiremos a los árboles.

Nicolás preparó todo lo necesario para acampar ese día en Sierra Grande. Fue una experiencia inolvidable para David recorrer aquel impresionante lugar, cuya belleza se refleja en todos sus caminos y senderos, con el sonido de sus cascadas y riachuelos llamando a la meditación y desde las alturas custodiando ese valle hermoso de Ciudad Mariana.

—Tata, mira ese bicho que está en el árbol.

—No es un bicho, es una pereza. Si te fijas, puedes ver que tiene una cara sonriente.

—¿Por qué se llama pereza?

—Porque se mueve lento.

—Entonces la pereza es floja.

—No, David. Es que no tiene mucha energía.

—Y ¿por qué no tienen mucha energía?

—Porque no tiene masa corporal y antes de que me preguntes, la masa corporal tiene que ver con los músculos y grasas.

—¡Uhmm! Tata, ¡un dragón!

—Es un camaleón que cambia de colores para ocultarse.

—Pero yo lo veo.

—¡Ja, ja, ja! Se oculta de otros animales para defenderse y cazar a otros animales.

—Tata, un minidragón está en la piedra. ¿Ese cambia de colores también?

—Es una lagartija y ella no cambia de colores.

—¿Por qué unos cambian de colores y otros no?

—Bueno, David, no sé mucho de animales, así que consultaremos en los libros.

—Tata, no te preocupes, tú sabes mucho —lo consoló David dándole unas palmaditas en la espalda—. Quiero vivir aquí, hacer una casa, correr, bañarme, encontrar tesoros escondidos, perseguir a las ardillas y ver todo desde aquí.

—No puedes, David. En Sierra Grande no se pueden construir casas.

—Entonces, hacemos una casa en un árbol.

—No está permitido. Tú podrás venir las veces que quieras, sentir el olor de la naturaleza, escuchar el ruido de sus aguas y ver lo que ella quiere que veas, «Ciudad Mariana», ese valle puro, genuino, lleno de ilusiones y personas que aman vivir libres, en paz, en armonía.

—Tata, hablas mucho y estoy cansado. ¿Me llevas a caballito?

—Sí, David. Hora de irnos, tu hermana Irina también se durmió y nana Josefa y Luz están deseando regresar. Además, tenemos que cantarte el cumpleaños, picar la torta y abrir tus regalos.

—Estar aquí contigo es mi regalo —dijo con ternura David al abrazar a su abuelo.

Sierra Grande fue testigo de las confidencias de amor de David y su abuelo. Se presentó ante ellos, les mostró su belleza y secretos. Vestida de colores naturales los recibió. David quedó deslumbrado ante tal majestuosidad que se sintió parte de ella, como si siempre hubiera estado allí.

—¡Qué coño está pasando! Pensé que sería cuestión de poco tiempo. Hasta cuándo tengo soportar a estos carajos que siguen echando vaina —gritó Argenis preso de su ira.

—Cálmate, mi amor. Piensa cómo de controlar la situación. El Comandante depende de ti y tienes que presentarte fuerte ante él —le aconsejó María del Pilar mientras lo abrazó.

—Tienes razón, tengo que actuar y poner orden con esta algarabía de la oposición. ¡Ya está bueno! Además, me toca lidiar con las paranoias del Comandante; ya ni las medicinas le sirven.

—Sí, mi vida. Además, eres el máximo líder de la revolución y a muchos de los que están con el Comandante les molesta tu posición en el gobierno y desean ver tu caída.

—Lo sé. ¡Ahora me entiendes, mujer! Estoy peleando con varios frentes al mismo tiempo.

—Necesitas descansar un poco. Quédate conmigo.

—Un rato nada más. Tengo que ir al Palacio Presidencial a calmar las histerias del Comandante.

—Déjate llevar aunque sea por un rato, amor.

—Está bien, mi reina. Perdóname por haberte gritado la otra vez. Tú eres mi esposa, mi mujer y quiero que continuemos así juntos disfrutando de todo lo que hemos logrado —luego la acarició y besó apasionadamente—. Anda, mujer, sedúceme, entrégate a mí y demuéstrame lo mucho que me deseas.

Venedicta era un hervidero de protestas. Arnaldo Hernández junto con los demás sectores de oposición continuaron ejerciendo presión en contra del Comandante. La situación general comenzó a agravarse ante la escasez de gasolina, alimentos y medicinas. La navidad estaba próxima y la paciencia del Comandante estaba por agotarse; su afán de acabar por las malas con las acciones de la oposición estaba sobre la mesa.

—Argenis, ¿qué pasa? —preguntó enfurecido.

—Hemos perdido miles de millones de dólares con la paralización de la industria petrolera a causa de estos coños de madre, pero hasta aquí les llegó la guachafita —dijo Argenis—. Tengo un plan con el que acabaré con las protestas y el paro general de actividades, pero le repito, actuemos con cautela y mucha paciencia, el tiempo es nuestro mejor aliado.

—Ajá, pero tenemos pérdidas fuertes que afectan la industria petrolera.

—Eso no importa Comandante. Usted sabrá revertir esa circunstancia a su favor —expresó con una sonrisa cínica—. Apenas faltan tres días para la navidad y usted les dará por la madre a esos condenados. En este momento estamos ejecutando un plan para reactivar la industria petrolera, mostrar la fuerza que tenemos y luego el paro se esfumará. Será una sorpresa que la oposición no se espera. ¿Qué se habrán creído estos inútiles? Esos pendejos no saben con quiénes se han metido. Pobres, ahora conocerán el poder que tenemos —comentó con entusiasmo Argenis—. Le toca, diríjase al pueblo, Comandante, que yo me voy a mi casa a encontrarme con mi reina.

Sin perder tiempo el Comandante ordenó una cadena nacional de radio y televisión y apareció una vez más vociferando su triunfo.

—Pueblo venedictino, hemos recuperado la industria petrolera —exclamó a viva voz y con satisfacción—. Pueblo mío, este es mi regalo de navidad.

—El Comandante es líder del gobierno y de la revolución pero soy yo el que decide su destino. ¿Quién tiene más poder, el que tiene la gloria o el que lo ejerce? —pensó Argenis al escuchar la alocución del Comandante justo cuando llegaba a su casa.

—Mi amor, te felicito, lo lograste —expresó eufórica María del Pilar.

—Te tengo una sorpresa, mi reina, viajaremos a París —manifestó con alegría Argenis.

—¡París! Argenis, será como una segunda luna de miel —contestó emocionada.

—¡Sí, mujer! Quiero que disfrutes ese viaje y compres todo lo que se te antoje. Tu padre se encargará de los niños, por lo menos eso lo hace bien. Por cierto, quiero verlos.

—Te amo, Argenis, y estaré contigo toda la vida, te lo prometo —dijo emocionada—. Nana Josefa, traiga a David e Irina, su padre está aquí.

—¡David! ¡Hijo! Qué grandes estás. Ven y abrázame.

David caminó tímidamente hacia él. Argenis lo abrazó con fuerza.

—¡Me lastima, papá! Eres muy fuerte y grande y yo soy muy pequeño.

—Tienes razón, hijo. Cuéntame, ¿qué has hecho?

—En mi cumpleaños fui a la montaña, me bañé en el charco y trepé árboles. Mi tata nos contó cuentos mientras comíamos. Irina se cansó y se durmió.

—Lamento no haber estado en tu cumpleaños, hijo.

—No importa. Mi mamá me dijo que estabas trabajando mucho.

—Sí, David, trabajo día y noche para que ustedes lo disfruten todo.

—No entiendo qué dices; de noche se duerme, papá.

—Cuando crezcas lo entenderás. Qué bella mi princesita, dame un beso, Irina. Tengo que irme, todavía hay cosas por hacer. Vendré temprano para estar contigo. Sorpréndeme, mujer.

Argenis tomó a Irina en sus brazos y la besó, luego se agachó para hablar con David.

—Hijo, te quiero mucho, y por eso estoy construyendo un imperio para ti.

David lo miró sin entender lo que decía. En su corazón solo había lugar para la inocencia.

El tiempo pasó y el Comandante no renunció. La paralización de las actividades económicas afectó a toda Venedicta y ante las pérdidas sufridas, los empresarios y comerciantes decidieron reiniciar sus actividades. El paro terminó sin anuncio, solo terminó. La paciencia de Argenis ganó.

VICTORIA

Victoria solo tenía en sus pensamientos a David, mientras estaba acostada en el jardín de su casa, sintiendo los rayos del sol en su rostro y la brisa rozando su esbelto cuerpo.

—¿Cuándo David se me va a declarar formalmente? ¿Cuándo me va decir que soy su novia? —preguntó Victoria—. Nos abrazamos, besamos, nos decimos que nos amamos, pero nada más. Está ocupado con las reuniones del grupo, estudiando y yo lo que hago es pensar en él.

—¡Ja, ja, ja¡ No es así, le gustas muchísimo pero está esperando un buen momento para declararse —expresó con picardía Irina—. Ahora está concentrado en las protestas que se llevarán a cabo y sobre todo la de la próxima semana en la autopista Francisco Limardo. Tienes que tener paciencia, ya verás que pronto te dará una sorpresa, yo lo sé. Sigamos estudiando.

—Tienes razón, pongámonos a estudiar y luego nos reuniremos con los muchachos para cuadrar las actividades que vamos a hacer antes de la protesta en la autopista.

Victoria era impetuosa, rebelde, segura de lo que quería y apasionada. Su familia pertenecía a la clase media alta y era la menor de cuatro hermanos, la consentida de la familia, la que se hacía sentir con su risa espontánea, con su manera alegre de ser.

En cada rincón de su hogar se palpaba el calor que solo se transmite en una familia cuando existen lazos inquebrantables de unión entre unos y otros. Su padre era ingeniero químico y su madre ingeniero civil. Ambos se dedicaron a proporcionarles a sus hijos una crianza y educación basada en el amor, el respeto y la comprensión. Eran personas sencillas que enseñaron a sus hijos a valorar lo que tenían hasta en las más pequeñas cosas; a ser auténticos, emplear sus capacidades para alcanzar sus sueños y sentirse bien consigo mismos todos los días.

Durante su juventud, luchó contra aquello que le estaba siendo negado «su libertad para expresarse libremente y decidir su destino». De espíritu rebelde y combatiente, se enfrentó a todo aquel que actuaba con ideas contrarias a las suyas y con seguridad y firmeza en sus planteamientos hacía sentir su presencia.

Al terminar la secundaria, entró en conflicto consigo misma. Estaba en la disyuntiva entre la aceptación por miedo o el rechazo con valentía, y decidió no aceptar las imposiciones gubernamentales y tampoco el conformismo, emprendiendo su lucha contra la opresión y el secuestro de las libertades civiles en Venedicta. Por eso, comenzó sus estudios en la escuela de periodismo en la Universidad Ciudad Mariana, por considerarlo un medio para contar la verdad de lo que ocurría en el país, ser portavoz de las dificultades y problemas que enfrentaba la población y expresar a viva voz sus ideas sobre la libertad y la democracia.

Durante el primer año de carrera conoció a Irina, que también estudiaba periodismo. Ella la invitó a unirse al grupo de estudiantes y muchachos de los barrios que lideraba su hermano David, para intercambiar opiniones e ideas sobre el presente y el futuro de la situación política y social del país y su lucha contra el régimen de Nicanor Mudor.

Sin dudar, Victoria aceptó formar parte de ese grupo de jóvenes, impulsando las iniciativas y su deseo de lucha, convirtiéndose en vocera de muchas personas que estaban ávidas de enfrentar con valentía su realidad, la injusticia de un régimen que pretendía perpetuarse en el poder, someter al pueblo y sembrar su destrucción moral; hacer verdad sus ideales, la lucha por la libertad, justicia y la dignidad bajo el lema «Somos todos».

Victoria se enamoró de David desde la primera vez que vio a ese joven buenmozo, con ojos expresivos y espíritu combatiente. Sintió afinidad con su causa y la motivación que buscaba para enfrentar el presente y lograr un futuro de esperanza. Ella escuchó atentamente.

—Tenemos que asumir nuestra responsabilidad. Todos estamos obligados porque sufrimos las mismas consecuencias. No hay diferencias, no hay colores, no está permitido dividir. El pueblo somos todos. El camino hacia la libertad está al frente; nuestras luchas han de alcanzar objetivos superiores porque el futuro le sigue y debemos reconstruir lo destruido sobre bases justas y dignas.

Aquellas palabras estremecían su ser interior. Todo lo que buscaba lo tenía delante, en aquel joven que no conocía, pero que desde ya deseaba seguir y luchar junto a él. Irina los presentó y cuando le apretó la mano, sintió el calor de su piel y vio en sus ojos esa mirada apacible, serena, pero al mismo tiempo profunda y ardiente, una combinación de todo. Victoria le habló sobre sus ideas, y como si fuera un juego de niños, se sentaron a debatir cómo formar su ejército de libertad, inspirándose en tantas y tantas series de guerra, en la inocencia de sus almas y en la omisión del peligro de sus actos.

David encontró en ella su apoyo moral y afectivo en momentos delicados de su vida. Ambos tenían en común su pureza al igual que los jóvenes estudiantes y los muchachos del barrio La Fe, que sin distinción se unieron en una causa común.

—Victoria ¿qué haces? Regresa —gritaban los jóvenes que estaban en la protesta de la autopista Francisco Limardo, al ver que ella corría a recoger el escudo de David.

Nadie la pudo detener. Arriesgándose a sufrir el ataque de los militares o ser detenida, sin que se lo pudieran impedir, logró llegar al sitio donde había caído el escudo, lo tomó, lo levantó en alto para que lo vieran los castrenses y luego lo abrazó, les dio la espalda y caminó con paso firme, sin miedo, mirando al frente, pero sin control de sus lágrimas que corrían por su cara. Se fue del lugar descalza, empapada en agua, abrazando con fuerza el escudo para que no se lo quitaran, hasta llegar a su casa y llorar desconsoladamente pensando en David.

LA AMENAZA

Un amanecer gris y húmedo en Ciudad Mariana anunció la llegada de tiempos aún más difíciles. El sector opositor, vencido en sus acciones pasadas, buscó nuevas alternativas a través del diálogo con el gobierno a fin de lograr la convocatoria a referéndum para el fin de la presidencia del Comandante.

Argenis esperaba con ansias el repique de su teléfono; caminaba de un lado a otro en su oficina y de cuando en cuando miraba su reloj. Habían pasado 20 minutos cuando recibió la esperada llamada.

—Argenis, ¡es un hecho! ¡Lo tenemos! —le comunicó el director de la Policía Nacional.

—¡Lo felicito! Nadie podrá destruir lo que he hecho en este país. Me lo traen a mi oficina antes de trasladarlo a las celdas de la Policía Nacional. Le informaré al Comandante.

—Comandante, hemos detenido al líder opositor Arnaldo Hernández.

—¡Por fin! ¡A festejar la victoria! —manifestó con alegría el Comandante—. Me acostaré con una sonrisa en los labios, pero antes me comeré un dulcito de lechosa.

—Llegó el detenido. Me comunicaré con usted después. Buenas noches, Comandante.

—Qué vaina, Arnaldo. ¿Creíste que saldrías ileso? Pues no, estás jodido y te juro que lamentarás haberte metido contra el gobierno y mi persona —exclamó con satisfacción Argenis.

—Te crees poderoso, eres un monstruo, solo busca más y más poder sin importarte el país y los ciudadanos —exclamó Arnaldo Hernández—. No soy el único en esta lucha, te lo aseguro.

—¡Ahhh! Sí soy un monstruo y tengan miedo porque no descansaré hasta acabar con todo aquel que pretenda ir en contra del gobierno.

—¿En contra del gobierno o de tu gobierno?

—Todo termina siendo una unidad, que se robustece cada día que pasa y perdurará por siempre. No volverás a ver la luz del día y nadie sabrá de ti. Llévense a esta lacra de mi oficina.

A pesar del control de la situación, el Comandante se sentía inseguro, sabía que tenía que hacer algo con lo cual ganarse al pueblo.

—Sí, Comandante, salgó para allá —contestó Argenis al responder la llamada—. ¿Qué le estará pasando? ¿Será que no se ha tomado sus medicinas? ¿Será algo nuevo que no sepa? — se preguntaba cuando llegó al Palacio Presidencial.

—Argenis, necesitamos ganar tiempo. No podemos permitir que ese referéndum se dé ahora. Mi popularidad ha bajado —manifestó disgustado y nervioso—. Hay que darle largas a esa vaina; aprovechemos de cambiar a los miembros del Consejo Electoral.

—¡Claro! En definitiva, quienes terminarán nombrándolos será la Magistratura porque los diputados no se pondrán de acuerdo y todo quedará en casa —expresó alegremente Argenis.

—Ja, ja, ja. Argenis, eres un zorro. Pero me preocupa el pueblo y tampoco podemos descuidar a los de la oposición. Además, quiero ocuparme de cabalgar los países pobres para libertarlos de la miseria. Quiero liderar un gran bloque en contra de los Estados Unidos.

—Usted cumplirá sus sueños de gloria con mi ayuda. Pero primero lo primero; emplearemos los ingresos petroleros para mantener contento al pueblo, al fin y al cabo nosotros controlamos la industria petrolera y no le rendimos cuentas a nadie.

—Eso es muy cierto, Argenis, continúa con lo que estás haciendo y mantenme informado.

—Comandante, crearemos mercados populares en los barrios. Traeremos la comida al pueblo a precios de gallina flaca y los militares se encargarán de la logística. Pediremos ayuda al Comandante Alejandro Ortiz.

—Me gusta esa idea. Excelente, Argenis, iniciaremos una nueva etapa y la llamaremos «Las Misiones Revolucionarias». Ve a Cuba entonces.

—Con las misiones y ganando tiempo, revertiremos la situación de impopularidad y luego la revolución será un hecho, no existirá barrera que la impida, ni siquiera el referéndum.

—Bueno, no se diga más, hoy es un día muy importante, vamos a celebrar. Quédate a cenar y si quieres mandamos a traer a María del Pilar para que nos acompañe.

—No es muy buena idea ya que le había prometido unas vacaciones.

—Llévala a Cuba para que Alejandro Ortiz la conozca y vea qué linda mujer tienes. Brindemos, Argenis, por la revolución, por nuestra revolución.

—Por usted, Comandante, líder supremo de la revolución y por mí como su fiel ejecutor.

Las misiones se convirtieron en el arma política del gobierno. La jugada de Argenis fue perfecta. Dispuso de recursos para financiar los programas sociales en todo el país. Se inició un gran despliegue publicitario, colocando carteles gigantes con la figura del Comandante. El tiempo pasó rápido como rápida fue la actuación de Argenis, que no perdió ni un minuto para llevar a cabo su plan de convertirse en el máximo líder militar.

Nicolás continuó su lucha contra el gobierno del Comandante a través de la publicación de sus artículos y asistiendo a conferencias donde era invitado. En el verano del 2003, aceptó la invitación de la Universidad Católica «Ciudad Mariana» para asistir como ponente a un ciclo de conferencias sobre «Las políticas sociales instauradas por el Gobierno del Comandante».

—Es un honor estar aquí invitado por esta Casa de Estudio. Observo las caras de jóvenes y adultos llenas de inquietud, de incertidumbre sobre el futuro. Otra etapa nos toca vivir. El desarrollo de un país exige la necesidad de concretar, afianzar y expandir las libertades de los ciudadanos, no es solo una cuestión de riqueza. La forma de satisfacción de las necesidades básicas, las oportunidades sociales, la seguridad, son algunos de los factores que influyen directamente en el concepto de libertad, entendida como la capacidad para tomar decisiones y aprovechar las oportunidades. Una sociedad sometida a la dependencia estatal se convierte en presa fácil de su dominio, de su poder. Celebro la toma de conciencia sobre la existencia de los graves problemas que vive el país. ¡Ya era hora! No obstante, la forma, mecanismo o medio con el cual el gobierno está afrontando su solución, llama a la reflexión sobre su verdadero objetivo, sobre su verdadero motivo. Los programas sociales anunciados por el gobierno deben ser analizados de manera integral. Satisfacer las necesidades alimentarias es prioritario, la forma como se hace es otra cosa. Atacar el problema de la salud es indispensable, pero desconocer la existencia de profesionales capaces de cumplir esa función y entregarla a un gobierno como el cubano, implica la existencia de motivaciones diferentes. ¿Qué es lo que está ocurriendo? Estamos en presencia de una política que pretende atraer las masas populares, organizarlas e integrarlas en el aparato proselitista del gobierno como forma de dominación social. Bajo esta circunstancia no se piensa, solo se actúa conforme a los lineamientos dictados por la revolución. Llamo la atención sobre las razones que han privado en la aplicación de estas políticas. No se trata de una acción destinada a cumplir con una finalidad de progreso social y económico. Son políticas que conllevan un alto costo económico, social y político para el país. Las misiones revolucionarias se han convertido en la herramienta decisiva para el control político que necesita el Comandante, para lo cual está teniendo la suerte de contar con el alza de los precios del petróleo. El desvío de esos recursos hacia los programas sociales se presta a la corrupción, a la dilapidación de fondos del Estado sin que nadie los controle. No importa insertar estos programas en un plan de desarrollo sostenido, solo ejecutarlos y exhibirlos. El gobierno ha preparado este plan para distanciar la mirada de los ciudadanos de los verdaderos problemas que confrontamos, lograr un avance en su política revolucionaria y la oportunidad protagónica del Comandante de aparecer como el líder supremo, haciendo creer que cumple la misión de Jesucristo en la tierra: salvar al pueblo de la pobreza. Nada más alejado de la verdad. Para terminar solo espero que los líderes de oposición cumplan cabalmente con la función para la cual fueron elegidos, más allá de sus intereses particulares. A la sociedad civil, le aconsejo mantener la cabeza erguida y los pies en la tierra. Nuevos tiempos nos tocan vivir. Gracias…».

—Otra vez sales y me jodes la paciencia, Nicolás —exclamó iracundo Argenis.

—Cálmate, mi amor, es solo una conferencia sin mayor trascendencia.

—Tu padre es un instigador a la violencia. Voy hablar con él para ponerlo en su sitio.

—¿Qué pretendes hacer? ¡Por favor! Es mi padre.

—Ahora me sales con eso. Yo soy tu marido y me debes lealtad. Lo tienes todo por mí, hasta tus hijos. Este es un asunto que tengo que resolver frente a frente con él.

—¡Te lo ruego! ¡No le hagas daño! —exclamó preocupada mientras intentó detenerlo, pero él la empujó y cayó al piso. Lloró desconsoladamente sin saber qué hacer.

—Señora María, ¿está bien? ¿Qué le pasó? —preguntó Rosa al escuchar los gritos y correr hacía ella para socorrerla.

—Busca mi celular, por favor —pidió angustiada. Se puso pálida como un papel y su cuerpo temblaba como gelatina. Los nervios se apoderaron de ella, lloraba profusamente.

—Aquí está su celular, dígame: ¿qué puedo hacer por usted? —le preguntó Rosa.

—¡Vete! ¡Déjame sola! —gritó mientras intentaba marcar el número.

—No, señora, usted me necesita, no la dejaré sola.

María del Pilar fue víctima de un estado de angustia, buscó controlarse pero las lágrimas brotaban solas cegándole la vista. Le fallaba el equilibrio. El celular repicó varias veces hasta caer la contestadora. Estaba desconsolada sin saber qué más hacer.

—Ayúdame, Rosa. Quiero ir a mi habitación.

—Vamos, señora. No va a pasar nada. ¿Quiere que le prepare un té?

—No, sírveme un vaso de agua y déjame —pidió ella sentándose en la cama. Abrió la gaveta de su mesa de noche, sacó un frasco de pastillas somníferas, tomó unas cuantas en su mano sin percatarse de la cantidad y las ingirió. Solo quería desconectarse de la realidad.

—Abre, Nicolás, cobarde —gritaba Argenis sin contener su ira. Tocó una y otra vez el timbre, golpeó la puerta varias veces, hasta que Luz abrió.

—Quítese del medio. ¿Dónde estás, Nicolás?

—¿Qué haces en mi casa?

—¿Qué pretendes? ¿Acabar con la revolución o conmigo?

—La revolución eres tú y tu Comandante. Yo no soy ese tipo de persona violenta que le gusta acabar con la vida de otros, pero sí ejerzo mi derecho a expresar mi opinión, te guste o no.

—Hasta ahora me he hecho el loco con muchas de tus actuaciones pero ya no puedo protegerte más. Quiero que lo entiendas. Mañana puedes salir de tu casa y puede ocurrirte cualquier cosa, un secuestro, un asesinato o una desaparición; en el mejor de los casos una retahíla de golpes.

—¡Me estás amenazando!, Argenis.

—¡No! ¡No! ¡No! te estoy aconsejando. ¡Cuídate! Te me estás convirtiendo en una carga difícil de llevar que no puedo proteger más —expresó irónicamente Argenis.

—No necesito de tu protección. Si algo me llega a pasar ten en cuenta que sé cuidarme las espaldas y saldrá a la luz quiénes fueron mis raptores o asesinos.

—¡Ja, ja, ja! Nicolás, aprende a mirar por la espalda y a dormir despierto. Recuerda, no te puedo proteger —dijo después de respirar profundo, acercarse a él y agarrarlo con fuerza, mirándolo a los ojos—: Te lo advierto, cuídate, viejo. Mejor me voy.

—Vámonos, Matías. ¿Qué pasa? ¿Por qué Rosa me llama a mi celular? ¿Qué quiere?

—Señor, se trata de su esposa. Traté de reanimarla pero ella no reacciona, venga rápido.

—Esto es lo último que me podía pasar. Corra a la casa —gritó Argenis al chofer.

Al llegar subió velozmente las escaleras, su corazón latía fuertemente. Entró a la habitación y encontró a María del Pilar recostada y a Rosa a su lado.

—Reacciona, por Dios, vamos, despierta, estoy aquí contigo —exclamó Argenis al ver el frasco de pastillas. La llevó al baño y se metió con ella a la ducha para tratar de reanimarla. Ayúdame, Matías, hay que llevarla a la clínica —dijo después de llamar a un médico de su confianza para evitar la publicidad.

Al llegar los esperaba el Dr. Gonzalo Rojas, amigo de Argenis, quien procedió a aplicarle los tratamientos requeridos en estos casos. Por suerte la dosis ingerida por María del Pilar no fue lo suficientemente nociva. Argenis se sintió confundido, atemorizado ante lo que pudo pasar y sus repercusiones en lo personal.

—Estoy preocupado por tu salud. Irás a un psiquiatra para que trate tu problema adictivo, no quiero lidiar con otro episodio como este.

—Perdóname, mi amor, no soy una adicta, solo fue un momento de angustia al verte tan disgustado con mi padre. Pensé que ocurriría una desgracia, perdóname, te lo pido.

—No vuelvas hacerlo más. ¡Prométemelo!

—¡Te lo prometo! Pero no me dejes. ¡Por favor!

—De este asunto no hablarás con nadie, ni con tu padre. Me preocupa que empiecen a hablar y me pongan en una situación delicada. Soy un líder militar y todos buscan destruirme. Te debes a mí y tu tarea es darme placer, amor y no dolores de cabeza, no seas la causa mi destrucción.

—Sé que actué desesperadamente. Me controlaré, seré la mujer que quieres.

—Entonces no se hable más, cerremos este capítulo.

Después del incidente, Argenis continuó con su plan para lograr captar a la población con los programas sociales. A la par, el Consejo Electoral le ponía obstáculos a la solicitud de referéndum. Sin embargo, los sectores de oposición se esforzaron hasta lograr impulsar la solicitud de firmas para ese evento, a pesar de los contratiempos y tardanzas constantes.

—Por fin la oposición va por el camino de la legalidad pero, les advierto, los que firmen para revocar mi mandato, firmarán contra la patria, el futuro del país y las misiones revolucionarias —dijo el Comandante a los periodistas antes de retirarse para hablar con Argenis.

—Tenemos la Cumbre Mundial de Países por la Paz y Seguridad, el Desarrollo y los Derechos Humanos. Es una buena oportunidad para destacar. Por cierto, he visto muy activa a María del Pilar. Una mujer como ella sería una buena anfitriona.

—Sí, Comandante. Es un hecho. Le gustará participar en ese evento —expresó con una sonrisa de triunfo al pensar en la reacción de Nicolás.

—En cuanto al referéndum, todavía falta mucho. Sigamos con los convenios con el Comandante Ortiz. Eso marcará el destino de ese evento, o mejor dicho, mi triunfo.

El tiempo pasaba rápido, se aproximaba la navidad, la quinta en revolución. Los habitantes de Venedicta hicieron un paréntesis para disfrutar de las actividades decembrinas. Eran las mismas de otros años pero esta vez, con las expectativas del «qué pasará».

—¡Tataaaaaa! ¿Dónde estás? —preguntó David buscando a su abuelo.

—Aquí estoy, David, en el sótano buscando el árbol y los adornos de navidad.

—No te muevas, tata, ya voy a tu rescate. ¡Soy Superman!

—No dejes caer esta caja, contiene adornos de navidad que se pueden romper.

—Tranquilo, tata, soy muy fuerte. ¿Sabes que faltan 3 días para mi cumpleaños? —expresó David lleno de alegría.

—Sí, lo sé. Por eso quiero que la casa esté decorada. A ver, ¿cuántos años cumples?

—Así, tata —le mostró su mano con los dedos extendidos.

—¡Cómo! No entiendo.

—¡Tata, presta atención! Cuenta conmigo, uno, dos, tres, cuatro y cinco, son cinco años.

—¡Ohhhh! Ya estás viejo.

—¡Noooo, tata, no! Tú eres el viejo —dijo David consolándolo.

—Llama a tu hermana para que decoremos juntos el árbol de navidad y toda la casa.

—¡Iriiiiiinaaaa! Vamos a decorar el árbol de navidad. Ven, será divertido.

—¿Qué le piensas pedir al niño Jesús?

—Un papá y una mamá.

—¿Por qué le vas a pedir eso?

—Porque no los tengo cuando los necesito y me siento solo. Soy feliz contigo e Irina; quiero quedarme aquí para siempre.

—Tú tienes padres, David y ellos te quieren. No te sientas solo porque estoy para ti y tu hermana; contarás conmigo siempre y nunca los abandonaré.

Argenis y María del Pilar decidieron realizar aquel viaje que quedó pendiente a París, «la ciudad del amor» sin niños que los molestaran. Recorrieron el río Sena en un elegante barco, asistieron el espectáculo «Féerie» en el Moulin Rouge, visitaron la torre Eiffel, el Museo de

Louvre, el Arco de Triunfo y todo cuanto había que ver. Fue un viaje en donde el placer y boato estuvieron presentes; unas inolvidables vacaciones pagadas por la revolución militar en compensación a los servicios prestados.

YO SOY EL PODER

Un nuevo año comenzó, el quinto de la nueva república y con él, las ilusiones de hacer realidad la recuperación de una Venedicta dividida que seguía debatiéndose entre su realidad y las ilusiones. Irina tenía cuatro años y ante la ausencia de sus padres, se aferró a su hermano y a su abuelo. María del Pilar se dedicó a complacer a Argenis, dejando de lado a sus hijos, quienes sintieron el abandono espiritual de sus padres. Por su parte, Nicolás se encargó de la educación de sus nietos, de sus necesidades, y les dio el amor y la comprensión que necesitaban.

—Irina, despierta —David saltó encima de ella y la abrazó—. Te tengo un regalo.

—Pero no es mi cumpleaños, ya pasó y no tuve fiesta —expresó con tristeza.

—No importa, nos divertiremos mucho con tata, Luz y nana Josefa.

—Mamá dijo que estaba ocupada trabajando y no vendría a buscarnos.

—¡Hummm! Hoy vamos al Zoo, veremos muchos animales, comeremos algodón de azúcar, perro caliente y todo lo que nos provoque. Abre mi regalo —expresó con satisfacción.

—¡Gracias! ¡Es tu carrito! —Al abrir la caja de regalo ella encontró el carrito predilecto de David y una barra de chocolate. Su cara reflejó su alegría y una sonrisa dibujó su emoción.

—Sí, pero ¿tú me lo vas a prestar?

—Sí, te lo presto para que no estés triste.

—¿Qué están haciendo? —preguntó nana Josefa.

—David me regaló su carrito y un chocolate.

—¡Ohhh, David! Tienes un corazón muy grande.

—¡No, nana Josefa! Mi corazón es del tamaño de mi puño, me lo dijo mi Tata.

—¡Ja, ja, ja! Es una forma de decir lo mucho que quieres a tu hermana. Hay que arreglarse para ir al zoológico.

Argenis siguió adelante con su deseo incontrolable de poder, no había vuelta atrás. Le favoreció el aumento de los ingresos petroleros y con las arcas llenas, fácil sería la victoria.

—¿Qué se han creído esos necios? ¿Qué no tendría la lista de las personas que acudieron a solicitar la activación del referéndum? —pensó Argenis al esperar ser recibido por el Comandante—. Esta lista es un arma en contra de nuestros enemigos. ¿Creyeron que nos quedaríamos de brazos cruzados? ¡Estúpidos! Ahora a revisar la lista y si hay personas trabajando en organismos del Estado ¡van pa'fuera! ¡Se les acabó la manguangua!

—General, lo espera el Comandante, pase, por favor —informó la secretaria.

—Comandante, tengo la lista de los firmantes y he girado las instrucciones para publicarla.

—Por fin tenemos los nombres de los traidores a la patria. Pronto será una ilusión el referéndum. ¡Los acabaré! —expresó el Comandante mientras disfrutaba una taza de café—. Te felicito, Argenis. Si pudiera colocarte cuatro estrellas en tus hombros, lo haría.

—Gracias, Comandante, pero no me hace falta.

—Seguiremos dándole largas al referéndum. Por lo pronto prepararé mi discurso para la Cumbre Mundial de Países por la Paz y Seguridad, el Desarrollo y los Derechos Humanos.

Los tiempos habían cambiado. La Fuerza Militar dominada por el proselitismo político del Comandante y el poder de Argenis actuaría con fuerza reprimiendo de nuevo las protestas en todo el país.

—Las órdenes son muy claras. La Guardia Militar actuará para prevenir hechos de violencia en el país. Estos carajos quieren sentarse con los representantes a la cumbre, para llorarles y decirles que aquí no hay democracia —gritaba Argenis al jefe de la Guardia Militar.

—Eso no lo permitiremos, general.

—Aplique mano dura, meta preso a esos carajos —exclamó Argenis antes de dirigirse a la sede de la cumbre, donde María del Pilar participaría como anfitriona.

—¡Mi reina! Tú iluminas este lugar. Así me gusta verte, como la mujer de la revolución

—¡Que dices! Argenis, tengo que estar a la altura de tu poder. Así querías que actuara. Mira cómo me miran. ¿No te disgusta? —preguntó insinuante María del Pilar.

—¡No! Yo soy el poder y tengo todo lo mejor. Tú eres lo mejor de lo mejor. Deja que se babeen por ti, eso quiero; tenerte es mi preferencia en exclusividad. Aquí viene el Comandante.

—Argenis no quiero perturbaciones en esta cumbre. ¿Giraste instrucciones a la Guardia Militar? —preguntó manifiestamente disgustado el Comandante.

—Sí. Todo está dispuesto para abordar cualquier intento que pretenda hacer la oposición.

—Tú calmas mi disgusto, María del Pilar, acompáñame —le expresó el Comandante.

Mientras caminaban por el anfiteatro, el Comandante era aplaudido por los asistentes.

—Si no fueras la mujer de Argenis, ya te hubiera conquistado.

—Me halaga, Comandante.

—No es halago, es la verdad —dijo al tomarle la mano y apretársela con fuerza.

La sede de la cumbre estuvo fuertemente custodiada. La Guardia Militar reprimió a los manifestantes e incluso atacó los medios de comunicación social. Todo ocurrió mientras que en la cumbre el Comandante hacía alardes de importancia, alimentando su deseo de ser el centro de atención y pronunciar un discurso para la creación de un nuevo orden social en favor de los pobres.

La protesta que se inició un día de febrero, derivó en una ola de manifestaciones por todo el país por espacio de cinco días. Los opositores al gobierno protestaron cerrando calles, quemando cauchos y gritando consignas. La Guardia Militar y policial los atacó haciendo uso desproporcionado de la fuerza lo que causó la muerte de una decena de personas, más de un millar de heridos y cientos de personas detenidas.

—Felicito a la Guardia Militar y policial por su actuación en el deber cumplido —expresó Argenis al ser abordado por los periodistas—. Pretendieron arremeter en la sede donde se celebró la Cumbre Mundial de Países por la Paz y Seguridad, el Desarrollo y los Derechos Humanos. ¡Cómo se les ocurre! Luego, violaron los derechos de los ciudadanos a transitar libremente por las calles. ¡No! —exclamó con fuerza.

—¿Tiene la cifra de muertos, heridos y detenidos? —preguntó una reportera.

—¿Qué cree usted que pasó aquí? Nunca más volverán a pasar eventos como los pasados. Déjense de tanta tontería de violación de derechos humanos. ¿Hasta cuándo van a estar con eso?

La oposición no doblegó sus intentos de llevar a cabo la consulta popular. Después de varios meses de discusiones legales, el Consejo Electoral decidió activar el referéndum. Ese día, el Comandante se dirigió al país en cadena nacional de Radio y Televisión.

—Pueblo de Venedicta, hoy es un día de victoria, con la «V» en mayúscula. Esta ha sido una batalla por la democracia y ahora les digo ¡Vamos al referéndum! Esta nueva cruzada será como un caballo brioso corriendo por la pradera anunciando el triunfo. ¡Sí! Vamos con la alegría del triunfo por venir.

—Lo felicito, Comandante, el tiempo se convirtió en nuestro aliado. Las misiones han sido un éxito y el efecto de la publicidad ha sido extraordinario. Esos carajos no van a poder con nosotros. Hemos activado el plan de cedulación y por supuesto de registro electoral para captar millones de electores. —expresó Argenis a la terminación de la alocución.

—Todos los organismos del Estado tienen que trabajar en la campaña electoral. Ofrezcamos al pueblo becas, créditos, neveras, televisores para que voten por mí.

—¡Eso es un hecho, Comandante! La oposición no tiene los recursos suficientes para contrarrestar nuestra fuerza y captar a los sectores populares.

Después de cierto tiempo de una intensa campaña electoral, había llegado el día de las elecciones del primer referéndum en la historia de Venedicta y, como era de esperarse, el órgano electoral no tardó en anunciar los resultados; el Comandante había ganado. No hubo sorpresa.

—Este triunfo es la consolidación del poder revolucionario en Venedicta. Tú has actuado por encima de los límites del deber, eres mi otro yo —dijo el Comandante al abrazar a Argenis.

—¡No! ¡No! ¡No! ¡Yo soy yo y tengo el poder! —reflexionó Argenis después de agradecer las palabras del Comandante y quedarse a solas saboreando la victoria.

EL GUERRERO DEL PLANETA

El viento golpeaba con fuerza los ventanales de la oficina de Argenis en el piso 40 de la torre gubernamental. Mirando los truenos y relámpagos pensaba en lo que había logrado y lo que aspiraba a alcanzar, ahora con el control financiero del Estado. Su codicia se había vuelto incontrolable. Quería más y más, y para eso, seguiría usando como estandarte a la revolución.

—¡Money! ¡Money! y más ¡Money! ¿Cuántos dólares tengo? Estoy perdiendo la cuenta —se ufanó—. ¡Lo he logrado! Soy un hombre rico y con poder. Decido el destino de este país, de mi país, porque en definitiva es mío. Estoy en el mejor momento de mi vida y nada ni nadie podrá interferir en mis planes. Estoy satisfecho de lo que hemos alcanzado; mantenemos a raya a los medios de comunicación y disponemos de las reservas del país.

—Don Julián llegó, general —dijo su secretaria.

—Pase, don Julián. ¡Qué gusto verlo! ¿Cómo está su esposa?

—El gusto es mío, Argenis. Viajando, como siempre. ¡Qué bien estás!

—¡Sí! En todos los aspectos, poder, mujeres, dinero y todo lo que se me antoje. Tú conoces lo que he hecho para cumplir los sueños del Comandante: la Venedicta del futuro. ¡Próspera!

—Los tuyos también, Argenis. Has trabajado incansablemente para llegar aquí; eres el hombre que necesitaba este país —respondió don Julián.

—¡Carajo! Ya se le está pegando la verborrea del Comandante.

—¡Ja, ja, ja! ¡Qué dices, Argenis! Por cierto, el triunfo del Partido Revolucionario en las últimas elecciones aniquiló las esperanzas de la oposición.

—Qué vaina tan buena fueron esas últimas elecciones. Primero se ganó el referéndum revocatorio, luego los pendejos de los dirigentes de los partidos políticos decidieron no participar en las elecciones parlamentarias porque según los tontos cometeríamos fraude y ¿qué creyeron?, ¿que nos asustaríamos? —presumió Argenis—, ¡pues no! Seguimos con las elecciones y ganamos todos los cargos y no pasó nada, don Julián, ¡nada! Después en las elecciones presidenciales salimos triunfadores. Este es un pueblo que cree en la bota militar. El camino está despejado, ahora todo será más fácil y rápido. Bueno, vamos al grano. ¿Dónde tengo mi dinero?

—En esta relación se encuentran los bancos, números de cuenta con sus saldos y las propiedades que se han comprado y en este maletín los dólares en efectivo que me pediste.

—¡Coño! ¿Estos números cómo se leen? Tendremos que quitarle unos cuantos ceros a la moneda para poder leerlos.

—Ciertamente, Argenis, son muchos ceros. Nuestros negocios van viento en popa.

—Usted es un buen amigo, dedicado a proveer a los demás, debe ser bendecido por Dios.

—¡Será por el diablo!, Argenis.

—¡Ja, ja, ja! ¡Qué vaina dice, don Julián! Quiero que conozca unos cuantos amigos.

—Entonces, también serán mis amigos y socios.

—Por supuesto, don Julián. Todo debe quedar en casa, entre militares. ¿No le parece?

—Me reuniré con ellos cuando lo indiques. Te mantendré informado de nuestros negocios.

—¡Más le vale! Tengo que irme; me espera el Comandante.

—No lo haga esperar porque se impacienta demasiado y es mejor mantenerlo controlado.

—¡Ja, ja, ja! Así es, don Julián.

En el camino al Palacio Presidencial Argenis iba planificando sus próximas acciones.

—Llegaste tarde. ¡No me gusta esperar!

—Disculpe, Comandante, asuntos de nuestro interés ocuparon mi atención.

—¿Estás participando activamente en las reuniones con el Comandante Alejandro Ortiz?

—Sí, Comandante, son reuniones para fortalecer la revolución, que no tiene fronteras. ¡Cuidado si no llegamos a la Luna!

—¡Será a Neptuno! —exclamó el Comandante—. Con esta millonada de ingresos que tenemos conseguiré países aliados, consolidaré mi proyecto político y apareceré como la figura principal. Hasta en los más remotos lugares me conocerán como el libertador de los pueblos sometidos a la pobreza.

—Cada día crece más y más su popularidad, sobre todo en la población más pobre.

—Es la primera vez que los fondos del Estado se comparten de verdad con los pobres por cualquier motivo, por estudios o por tener hijos. No tienen que esforzarse mucho para recibir dinero.

—Estamos comprando voluntades, Comandante.

—¡Ja, ja, ja! La dependencia es importante. Me preocupa que hay un número de personas que decidieron esconder la cabeza debajo de la tierra, que no opinan ni se parcializan con nadie.

—Se equivoca, Comandante, ese otro grupo es de los nuestros porque no intervienen en nada. Con las avestruces y los pobres nos hacemos invencibles. ¿Qué le parece?

—Menos mal que te tengo de mi lado. También se ha hecho un buen trabajo con la importación de alimentos porque somos nosotros los que controlamos todo.

—Es cierto, Comandante, nos hemos jodido las espaldas pero lo hemos logrado —expresó con orgullo—. También se ha hecho un buen trabajo con el control de las divisas.

—Tienes razón. Esa es un arma muy importante contra los que quieren echarnos vaina. Te portas bien, tienes dólares; te portas mal, te quiebro. Pero fíjate, la población disfruta de los dólares baratos; hasta los pobres tienen acceso a la divisa y ahora ves una cantidad de viejitos viajando.

—Esa era la idea, Comandante, la revolución los envuelve a todos.

Venedicta se había convertido en una sociedad corrupta donde ni siquiera se salvaban los trabajadores domésticos y otros tantos que, a raíz del control cambiario, tuvieron la oportunidad de hacer negocios con los cupos asignados por el gobierno para la compra y venta de dólares a precios preferenciales y de acuerdo a una lista de productos y actividades o negocios. Se crearon innumerables empresas de maletín en el país y en otros paraísos fiscales para especular en el mercado cambiario y obtener importantes ganancias; con ese dinero, se adquirieron empresas y bancos que a su vez serían usados para el negocio con la compra y venta de bonos del Estado.

Nicolás se mantuvo firme en sus principios y en su convicción democrática sin importarle las amenazas de Argenis. Su mayor dolor fue ver a su hija en los actos de gobierno del brazo del Comandante, tildada como «la mujer de la revolución». A pesar de las nuevas cicatrices en su corazón, dejó de lado su decepción, para concentrarse y seguir escribiendo su columna periodística.

> *«¿INNOVACIÓN O COACCIÓN? ¿Qué ocurrió realmente? Cuando se imponen restricciones al principio constitucional de la Libertad de Expresión, a través del uso de subterfugios legales distantes del verdadero motivo implícito por parte del gobierno, ocurre un terremoto en el cual se sacuden las bases de la estabilidad democrática hasta quedar convertidas en cenizas, para dar paso a la hegemonía de poder.*
>
> *El Estado está obligado a velar y resguardar ese principio donde se funda la democracia. El gobierno tiene un límite en el uso de su poder de actuación impuesto por la Constitución Nacional.*
>
> *Sin embargo, es un hecho público y notorio que impone la agenda parlamentaria y decide sobre la aprobación de las leyes, a través de sus acólitos. Así procede a regular sobre todo lo que se le ocurre que pueda afectar sus intereses, su dominio, su actuación descontrolada incluso sobre el erario público.*
>
> *Cuando se traspasa como se han traspasado los límites constitucionales, tales actuaciones se transforman en arbitrariedades, impropias de un gobierno que se jacta de que todos sus actos se forjan en el bienestar común.*

Con la promulgación y ejecución de la Ley BOZAL se dio inicio a un perverso sistema legal sancionatorio de multas, cierres y hasta la pérdida de las concesiones de frecuencias del espectro radioeléctrico.

Queda en manos de la discrecionalidad de los funcionarios del gobierno el determinar cuál es la veracidad y oportunidad de la información. El empleo de términos vagos aunado a un cúmulo exacerbado de sanciones, conlleva irremediablemente a la coacción, intimidación, censura de los medios de comunicación social, de los periodistas, etc. Con ello buscan silenciar los hechos de interés nacional.

Los efectos de la ley se han hecho sentir con la reducción significativa de las críticas al gobierno, incluso en cierto medio televisivo desaparecieron los programas de opinión y entrevistas e incluso cambiaron de postura a favor del Comandante. Quedan pocos medios televisivos que continúan con su posición crítica, a pesar de las sanciones que les imponen. Tampoco la prensa escrita se ha salvado de estos ataques y hoy con dolor observo cómo se pretenden callar las voces que gritan libertad.

Esta ley sancionada por los diputados aliados al Comandante siguiendo sus instrucciones, hace que estemos en presencia de un gobierno que viola en forma flagrante la Constitución, convirtiéndose en un régimen arbitrario, que desconoce los derechos a la vida y a la libertad de los ciudadanos. De la legalidad se pasó a la tiranía. ¡Eso no es lo que queremos los venedictinos! ¡Queremos a una Venedicta libre en donde nuestra voz como ciudadanos sea escuchada! ¡Es nuestro derecho! ¡Es nuestro deber!

—¿Qué haces, tata? —preguntó David.

—Estoy escribiendo, David.

—¿Un cuento? —preguntó.

Nicolás se quedó pensativo ante la pregunta.

—Sí, es un cuento que trata de un monstruo que se apoderó del planeta. Luego lo cubrió con su capa para que no pudieran entrar los rayos de luz del sol y siempre fuera de noche. Los pobladores tenían miedo, solo veían tinieblas y apenas recibían migajas de comida. Estaban tristes, habían perdido su libertad y quedaron encadenados a su suerte.

David escuchó con atención la historia. Estaba sentado en las piernas de Nicolás cuando de pronto se levantó, corrió a su cuarto, buscó una espada de plástico y regresó.

—Pero vino un héroe llamado el Guerrero del Planeta, con superpoderes y peleó contra el monstruo y quitó la capa. Entonces el planeta se llenó de luz y, tata, todo el mundo pudo ver y, entonces, entonces, rompieron las cadenas y todos perdieron el miedo, pelearon contra el monstruo y ¡ganaron!, ¡ganaron! —David corría con su espada en mano por todos lados—. ¡Somos libres!

—¡Bien! ¡Bien, David! El Guerrero del Planeta los salvó a todos —exclamó Nicolás sorprendido ante la capacidad de respuesta de su nieto, su alegría y bondad.

—¡Sííííííí! Voy a contarle a Irina el cuento.

—Iriiiiina, ¿dónde estás? Te voy a contar el cuento del Guerrero del Planeta.

Había pasado el octavo cumpleaños de David. A pesar de las circunstancias que lo rodeaban, era un niño muy sensible, con una gran imaginación, creatividad y nobles sentimientos. Nicolás comenzó a contarle cuentos que lo estimulaban a crear su mundo ideal, lleno de valores y donde todos eran felices y lo bueno perdurable.

MARÍA DEL PILAR

María del Pilar recordaba una y otra vez las palabras de Irina. Estaba angustiada pensando en que podía ocurrir lo peor.

—No puede ser, esto no puede estar ocurriendo —pensó—. ¿Por qué David estaba en la protesta? ¿Qué tenía que hacer ahí?

Ella sabía de los planes para neutralizar la manifestación en la autopista Francisco Limardo. Todo estaba preparado para reprimir con fuerza a la población, sin contemplaciones, usando tanques, armas, bombas lacrimógenas, como si se tratara de una guerra y no de una protesta pacífica en donde solo querían hacer sentir sus voces contra lo que consideraban injusticias del régimen de Nicanor Mudor. Presto a la orden estaba el sector de la Guardia Militar que actuaría según las instrucciones giradas por Argenis Manrique.

Recordó con angustia haberlo comentado con Cintia, la esposa de Nicanor Mudor, mientras al propio tiempo ojeaba una revista de modas. Ambas sabían que a los manifestantes les esperaba una sorpresa que acabaría de una vez por todas con esos delincuentes. Tengo que hablar con Argenis antes de que pase una desgracia —pensó— y enseguida intentó comunicarse con él, pero fue en vano. Le dejó mensajes de texto y de voz que Argenis ni escuchó ni leyó.

—¡Hasta cuándo me molesta esta mujer! ¡Es que no entiende, carajo! Orden terminante: no pasarme las llamadas de mi mujer. ¿Entendido? —vociferaba Argenis, para quien no había nada más importante que acabar con la protesta mediante el uso desproporcionado de la fuerza.

—Argenis, contesta, por favor. David está en la protesta.

Insistió en comunicarse con él a través de su secretaria y asistente, pero la orden era clara y se estaba cumpliendo.

—Lo siento, señora, no podemos pasarle la llamada. El general está muy ocupado —dijo su secretaria y cortó.

Desde que era una joven de apenas 18 años, el amor de María del Pilar por Argenis trascendía los límites de la razón, en una mezcla de conexión, pasión y erotismo que la indujo a la locura, al desenfreno, a obsesionarse por él. Argenis supo cómo conquistarla. La manipuló a su antojo o conveniencia y a pesar de que se enamoró de ella, la abandonó espiritualmente y la hizo víctima de su violencia verbal, de su carácter.

Ella, en cambio, solo tuvo ojos para él. Creyó su promesa hacerla su reina y en parte había cumplido. Lo tenía casi todo, dinero, joyas, viajes y placeres en un ambiente dominado por la vanidad y fatuidad. Comenzó a sentirse la dueña del trono, admirada y envidiada, tal como lo quería Argenis, saboreando ese poder, sintiéndose superior y esquivando su mirada a todo lo demás, a la realidad de un país que quedó en manos de un régimen autoritario que incurrió en delitos de lesa humanidad.

Se convirtió en la mujer de la revolución y tal vez nunca imaginó la mala pasada que le jugaría la vida por haber sacrificado el amparo de sus propios hijos.

—Hija, salgo para la clínica inmediatamente, pero dime —su pregunta quedó en el aire. Irina había cortado la comunicación para hacer otra llamada telefónica, esta vez a su padre.

—Dios mío, ¡esto no puede estar pasando! ¿Por qué David? ¿Por qué? ¿Por qué?

En el camino a la clínica, María del Pilar se cuestionaba acerca de las razones por las cuales su David estaba en la protesta; sencillamente no entendía. Al llegar, entró por emergencia y se encontró con una multitud de jóvenes, todos ellos sucios, con sus ropas rasgadas, heridos o asfixiados y muchos llorando. Luego corrió al centro de información y preguntó por su hijo. Una de las enfermeras escuchó el nombre y la llevó al cuarto piso, donde también había otro grupo de jóvenes esperando por el resultado de las operaciones de David y Rubén.

—¿Que sabes de David? —preguntó al ver a Irina. Trató de abrazarla pero ella la rechazó.

—David está en la sala de operaciones. Mi padre ordenó disparar contra gente indefensa, contra su propio hijo —expresó con un remolino de emociones encontradas que la atrapaba en un gran dolor por su hermano—. Sabías lo que iba a pasar, te escuché cómo te alegrabas al decirlo. Como siempre no quisiste mirar lo que pasaba a tu alrededor, ni mostraste preocupación por lo que ocurría, solo te interesaste por las apariencias.

—¡Dios, perdóname! ¡Salva a mi hijo! —gritó cayendo al suelo con las manos en su cabeza, llena de miedo e incertidumbre.

Irina estaba muy golpeada emocionalmente para socorrer a su madre, no podía, estaba tensa, con un nudo en su garganta y mirando un reloj que cada minuto se hacía interminable.

María del Pilar comenzó a sentir una presión en el pecho, lloraba sin poder controlarse. No podía creer lo que estaba ocurriendo. Nuevamente trató de acercarse a Irina.

—Hija, yo sé que no he sido una buena madre pero me duele mucho, no quiero que le pase nada a David. Todo esto es una pesadilla.

—Te importó más tu belleza, el dinero, el poder, ser la esposa de Argenis Manrique, que tus hijos; nos abandonaste. Ahora lloras por David y pides perdón. Es tan fácil decirlo, ¿verdad? Tú y mi papá son culpables de todo esto. ¡Cómo quisiera sacarme la sangre que llevo de ustedes, quitarme el apellido! ¡No los perdonaré nunca! ¡Aléjate de mí!

UN SECRETO DE DOS

David se reía de la torpeza de Nicolás:

—Tata, así no, pon atención —expresó comprensivamente David.

—Es que no veo las piezas y tampoco sé cómo colocarlas.

—Tómate tu tiempo, tienes que ver el dibujo para que sepas dónde van.

—Es que son muy pequeñas, David.

—¡Humm! pusiste las piezas en otro lado, ahí no van. Cuando tenga dinero te compraré una lupa gigante, pero por ahora tienes que fijarte cómo se colocan, es un lego, es fácil.

—Tata, nos esperan los invitados —reclamó Irina tratando de llevarse al abuelo hacia la casa de muñecas.

—Ya voy, Irina, deja terminar el avión con David.

—Tata está ocupado aprendiendo a armar un lego y eso es una tarea muy pero muy difícil, Irina —expresó David, poniéndose las manos en la cabeza y haciendo muecas.

—Está bien, pero entonces tendrán que venir los dos a jugar conmigo.

—¡Ohhh! Niñas. Paciencia, Irina, paciencia —exclamó David.

—Espera, David, está sonando mi celular y debo atender.

Nicolás se retiró a su escritorio para atender la llamada de una cadena televisiva que mantuvo su postura crítica contra el gobierno, siendo sometida a sanciones para limitar su actividad informativa y de opinión.

—Con gusto asistiré al programa y me encantará compartir con ese destacado grupo de panelistas los últimos acontecimientos que han ocurrido en el país. Agradezco la invitación.

Después de cierto tiempo, Nicolás logró armar el avión con David, jugó con Irina y decidió caminar por el jardín para pensar sobre lo que comentaría en el programa televisivo. Repasó todas las actuaciones del gobierno, la popularidad del Comandante y su reelección al cargo de presidente de la República, la ausencia de planes de desarrollo y las confiscaciones de empresas productivas. Era una oportunidad para llamar a la reflexión y unir esfuerzos para hacer un frente común contra los atropellos del gobierno dejando de lado las apetencias personales de los líderes de oposición.

—Dr. Nicolás González, es un honor recibirlo para discutir sobre la situación que atraviesa el país y su destino. Me surge la pregunta ¿hacia dónde va el país? —preguntó el entrevistador.

—Agradezco la invitación a este importante programa de opinión que, a pasar de las sanciones impuestas al canal por la Ley BOZAL, continúa manteniendo sus puertas abiertas para que ejerzamos el derecho que tenemos a opinar, a expresar nuestras ideas, a criticar lo que consideramos incorrecto, en fin, a ejercer el derecho constitucional a la libertad de expresión. Hoy somos testigos del uso del poder que se ha venido fraguando todos estos años en aras de los intereses particulares del gobierno. La reforma de la Ley Orgánica del Banco Central de Reservas de Venedicta es una muestra de ello. A través de esa ley, este gobierno ha dispuesto estos años de los recursos monetarios para distraerlos en la forma que se le ocurra, a su libre albedrío, y eso se llama abuso de poder. El sector agrícola y pecuario está en completo abandono, no existe un proyecto de desarrollo para este sector. Aquí se está importando incluso lo que antes se producía. Se han dirigido acciones en contra de empresas que han llevado hasta su expropiación, perdón, a su confiscación; se permite la invasión de las fincas agrícolas y el mejor negocio es la importación: nuevos ricos del lado del régimen, nuevos empresarios y otros más. Mientras que los empresarios del campo sufren por una ayuda financiera, mientras se produce el colapso del sector y se ahorca a nuestros productores, un pequeño círculo se alimenta de las circunstancias, de las desgracias de otros. Los recursos monetarios tienen un destino pero no propiamente el que fuera anunciado tiempo atrás. Nuestro petróleo está siendo empleado para conquistar espacios extraterritoriales, en una visión geopolítica en la cual aparezca el Comandante como su líder supremo. Pero, además, hay otro tipo de relaciones con personeros de las guerrillas, del narcotráfico, con quienes el gobierno mantiene tratos muy particulares y en donde los militares están supuestamente involucrados, sin contar las relaciones con grupos terroristas ubicados alrededor del mundo. Los precios del petróleo siguen en aumento y con eso, el poder del gobierno no tiene límites, ni control alguno. Estamos llamados a defender nuestra tierra, sentarnos o no hacer nada conllevará, por un lado, al derrumbe del sistema democrático y, por el otro, a una crisis económica de magnitudes nunca vistas en la historia de este país. Gracias.

A la salida del canal televisivo, Nicolás subió a su carro mirando a los lados como era su costumbre; apenas comenzaba a oscurecer. Ante las amenazas de Argenis siempre tomaba caminos diferentes para llegar a su casa. Pero esta vez estaba cansado, había mucho tráfico y decidió transitar por un sendero montañoso. Sin poder desviarse, continuó por ese camino, cada vez más oscuro y solitario, y sintió temor. Trató de acelerar pero no había nada que hacer, fue interceptado por una camioneta Hummer negra con vidrios oscuros.

Con rapidez y perfectamente sincronizados, cuatro hombres altos de contextura robusta y vestidos de negro, con gorras de camuflaje y lentes oscuros, se bajaron del vehículo, dos ellos le apuntaron con armas largas y los otros dos corrieron hacia el carro; con la cacha de sus pistolas tipo escuadra 9 mm rompieron el vidrio y abrieron la puerta, sacándolo con toda sus fuerzas. Nicolás comenzó a gritar pidiendo ayuda pero nadie apareció y los carros que se detuvieron a cierta distancia se limitaron a observar.

Recibió un golpe que lo noqueó y cayó al pavimento. Uno de los hombres se subió al carro de Nicolás y a toda velocidad huyó del lugar, mientras que los otros se encargaron de introducirlo en la Hummer y salir a toda velocidad también. Cuando recuperó el conocimiento se encontraba sentado en el medio de dos de sus secuestradores con los ojos vendados. Uno de ellos lo obligó a bajar la cabeza y mantenerla sobre sus rodillas, mientras que sentía el contacto de la boca del cañón de un arma en su nuca. Se le dificultó la respiración y comenzó a sudar frío. Sentía que había llegado su hora, no sabía a dónde se dirigían y por más que intentó convencerlos para que lo dejaran libre, los hombres permanecieron callados; eran como robots cumpliendo su misión. El vehículo subía y bajaba cuestas, era imposible determinar hacia dónde se dirigían. Comenzó a recordar todos sus momentos felices, a sus nietos, supo que algo malo le ocurriría y se encomendó a Dios.

Ese mismo día Argenis y María del Pilar habían organizado una gran fiesta para sus amigos y allegados donde ella sería el centro de atracción.

—Te lo advertí, ¡qué vaina cuando se es terco y viejo! —pensó Argenis en voz alta.

—¿Qué dices amor? —preguntó María del Pilar—. Don Julián y su esposa llegaron.

—Nada amor, hablando solo como los locos. Don Julián, ¿cómo está? Señora Alejandra, está muy buenamoza, cada día luce mejor.

—¡Qué dices! Tú eres el que debes sentirte orgulloso con la bellísima esposa que tienes.

—Eso no lo ponga en duda. Ella es mi mujer, la que me vuelve loco.

—Claro que sí, recuerdo cuando se conocieron — le respondió don Julián.

—¡Coño!, don Julián, usted ha sido hasta cupido.

—Interesante, Argenis, he estado en los momentos más importantes de tu vida.

—Venga, don Julián, hablemos un poco antes de que lleguen los demás invitados.

—¿Te has sentado a pensar sobre todo lo que tienes, Argenis?

—Es cierto, don Julián, lo he logrado —expresó Argenis—. Todavía recuerdo ese día, a la salida del *Cuartel La Cima*. Me prometí que todo lo tendría, justo a mis pies. ¡Así ha sido! En mí está el poder del otro. Manejo las piezas de este ajedrez tumbando peones, arrasando torres, caballos y alfiles, me acuesto con la reina y el rey queda a mi merced.

—Te escucho hablar y da escalofríos —comentó don Julián—. Has cambiado, eres otro, insaciable y al mismo tiempo eje central de todo lo que se ha creado.

—Se equivoca, siempre he sido así y por eso he llegado aquí. Disculpe, don Julián, pero mi reina está gritándole a los niños, voy a ver. ¿Qué pasa?

—David, ¡mírate! ¡Todo sucio! ¡Qué fue lo que hiciste! Tu padre te va a regañar —exclamó María del Pilar.

—Mamá, yo…—trató de explicarle, pero ella no quiso escucharlo.

—¡Irina, mira cómo estás! También sucia. ¡Cómo es posible que me hayan hecho esto! Justo este día, en plena fiesta, se comportan como unos salvajes. ¿Quién es ese niño?

Irina miró a David, estaba a punto de llorar. Trató en vano de explicarle a su madre.

—Nana Josefa, llévese a ese niño a la cocina, no sé qué hace aquí.

—A ver, ¿qué fue lo que pasó, David? —le preguntó Argenis.

—Me peleé con unos niños.

—¡Carajo! Así me gusta David, peleón, fuerte como su padre. ¿Le diste su merecido?

—No lo sé. Irina se metió en la pelea para defenderme y la golpearon.

—Irina, ¿por qué te metiste en la pelea? —le preguntó enfadado Argenis.

—Porque eran cuatro contra David y él es mi hermano.

—Hija, eso es cuestión de hombres, no de niñas. Mírate cómo te pusieron, te rompieron hasta el vestido, toda despeinada. Josefa, vaya a cambiar a Irina.

—David, vas a tomar clases de Karate, para que la próxima vez los dejes en el piso, pero quiero saber ¿por qué te peleaste con esos niños?

—Mi amor, llegó el Comandante y el ministro del Petróleo Francisco Guilarte.

—Comandante, bienvenido. Francisco, gusto en saludarte.

—Deseando llegar para poder contemplar la belleza de tu mujer —exclamó el Comandante.

—A usted se lo permito, pero no se le ocurra atravesar el límite, es peligroso.

—Mejor me quedo de tu lado —expresó el Comandante—. ¿Qué te pasó, David?

—Peleó con cuatro niños, de tal palo tal astilla, ¿no le parece, Comandante?

—Me recuerdo mi niñez, era peleón pero también ayudaba a los vecinos y jugaba pelota.

—Ahora la cháchara completa de su vida, a quién le interesa, mejor me sirvo un trago para aguantar —pensó Argenis—. Disculpe, Comandante, le serviré un whisky para escuchar su interesante historia. David, sube a cambiarte y quédate en tu cuarto.

—Espera, David, quiero que me visites en el Palacio Presidencial para contarte su historia, es muy interesante —expresó el Comandante.

—David lo miró con recelo, sin perder tiempo subió a cambiarse, pero antes buscó a Irina.

—¿Estás bien? Te golpearon por mi culpa. ¿Te duele?

—Estoy bien, David, fue una gran pelea.

—Me dio rabia que esos niños golpearan a mi amigo Rubén, lo defendimos de esos niños tontos. Nana Josefa se lo llevó a la cocina y llamó a su papá para que lo recogiera. Quiero irme a la casa de Tata. No quiero estar aquí.

—Mi mamá se disgustó y no quiso escucharme. Yo también quiero ir a la casa de Tata.

—Vamos a mi cuarto a jugar con mis carritos.

Argenis buscó afianzar su unión con miembros del equipo de gobierno que ocupaban puestos claves. La noche transcurrió entre risas, bailes y negocios de importación de bienes, la adquisición de armas, buques, aviones. Las empresas de papel, los maletines y lo demás serían válidos para acrecentar fortunas.

—Francisco, te tengo una exquisitez de vino que sé que es tu favorito —expresó Argenis.

—¡Ohhhh! El vino Pomerol, los aficionados a este vino le atribuyen cualidades místicas.

—No lo sabía, me gusta más el buen whisky. Don Julián me dijo que se reunió contigo.

—Sí, estuvimos conversando largamente sobre los planes que tenemos.

—Perfecto, todo está en orden, como debe ser.

—Por supuesto y le presenté a mi primo Juan Sebastián, nos criamos juntos.

—Entonces, estamos claros —respondió Argenis al tiempo que el Comandante se unía a la conversación.

—Tengo el mejor equipo de béisbol. ¿No les parece?

—Claro que sí, Comandante. Bateamos *home run* con cuatro hombres en base y capturamos todas las bolas —cínicamente respondió Argenis.

—¡Ja, ja, ja! Argenis, te las sabes todas. Parece que te están llamando con insistencia.

—Disculpe, Comandante —Argenis se alejó para atender su celular—. ¿Qué pasa?

—Llamó el ministro de Finanzas diciendo que un funcionario de la Superintendencia de Control Administrativo está haciendo averiguaciones —informó uno de sus asistentes.

—Ok. Qué vaina. ¿Qué quiere?

—Pidió copia de contratos, transferencias, cheques, órdenes de ejecución y mucho más.

—¡Aja! Bueno, déjenlo que trabaje, está cumpliendo con su labor —contestó Argenis

—¿Qué pasa, Argenis? Luces preocupado —preguntó Francisco.

—Asunto de nuestro interés que debo arreglar. No te preocupes, yo me encargo.

—Entonces no hay problema, ¿verdad?

—No lo hay, ni lo habrá, eso te lo garantizo.

—Mira quién viene ahí. Don Julián, ¿cómo está? Es un placer volverlo a ver.

—Para mí también, Francisco. Argenis, ¿podría hablar contigo un instante?

—¡Claro! Vamos a mi estudio. Disculpa, Francisco.

—Un funcionario de la Superintendencia fue a mi oficina pidiendo documentos. No me gusta esta situación —expresó con preocupación don Julián.

—Quédese tranquilo que esa vaina la resuelvo. Concéntrese en mis negocios.

—Está bien, Argenis, fue una agradable velada, buenas noches y gracias por la invitación.

—¿Quién está detrás de esto? ¿Quién se atreve a poner en duda la administración de la revolución? Tengo que ser muy cuidadoso —pensó Argenis al terminar la reunión y despedir a los invitados.

—Argenis, estoy preocupada por mi padre. Me llamó Luz para decirme que no regresó ayer a la casa, debe haberle pasado algo —manifestó María del Pilar sensiblemente angustiada.

—No te preocupes, amor, debe ser que se fue con alguna mujer, tiene derecho.

—No, mi padre no es así, siempre avisa dónde se encuentra y Luz me dijo que él había salido para una entrevista en un canal televisivo.

—Me encargaré del asunto, ahora mismo llamaré para que empiece su búsqueda. Tranquila, mi reina, sabes que aprecio a tu padre y a fin de cuentas pertenece a mi familia. Así que no se diga más, me encargaré personalmente. Ve a la cama, amor, debes estar agotada.

Al día siguiente Nicolás fue encontrado mal herido por unos buenos samaritanos que lo socorrieron y lo llevaron al hospital más cercano. Estaba muy golpeado. Casi sin fuerzas, solicitó que llamaran a su vecino, el Dr. Meneses, quien de inmediato se trasladó al hospital.

—¡Qué te pasó! ¡Quién te hizo esto! —dijo Meneses al examinarlo.

—¡Cálmate! Estoy vivo todavía.

—Hay que hacerte una radiografía en la cara, una tomografía computarizada para determinar lesiones en las costillas y en el abdomen, radiografía del tórax y del antebrazo y examen de orina. Pero en esta mierda de hospital no hay nada. ¡Te tengo que sacar de aquí!

—No le digas nada a María del Pilar. Me duele el hombro izquierdo y estoy mareado.

—Pero es tu hija y tiene que saberlo. No puedo ocultarlo.

—¡Nooo! ¡Por favor! No lo hagas.

—Está bien. Tienes una lesión traumática del bazo que hay que evaluar. Salgamos de aquí.

El Dr. Meneses lo trasladó en ambulancia a la clínica Cuidad Mariana. Nicolás había sufrido una gran golpiza que le causó contusiones en la cara, la nariz, las costillas inferiores, antebrazo derecho, traumatismo en el bazo, lo cual ameritó su intervención quirúrgica. Ante la gravedad, el médico decidió comunicarse con María del Pilar.

—Argenis, mi papá se encuentra en la clínica Ciudad Mariana. Fue encontrado golpeado, su estado es crítico. —Ella lloró desconsoladamente mientras corrió a vestirse para ir a la clínica.

—¿Qué le pasó? ¿Cómo ocurrió esto? —preguntó Argenis.

—No sé bien lo que pasó, estoy angustiada.

—No te preocupes, amor, estoy contigo. Vamos a la clínica inmediatamente, ya verás que todo saldrá bien y Nicolás continuará echando vaina —expresó Argenis al abrazarla y darle ánimo.

Al llegar, tropezaron con los medios de comunicación que ya estaban allí. A María del Pilar le era imposible emitir palabra. Estaba enrojecida e hinchada de tanto llorar. Argenis la mantuvo abrazada, mostrando gran consternación ante lo que había pasado.

—Según las investigaciones, mi suegro fue víctima de un atraco. La delincuencia en este país se tiene que acabar. ¿Hasta cuándo ocurren estos hechos? Los cuerpos policiales, la Fiscalía, los tribunales, ¡tienen que tomar acciones ante el problema de la criminalidad! ¡Al carajo con los delincuentes! ¡Mano dura contra ellos!

—Hola, hija. Gracias a Dios tu padre es fuerte. Sufrió una lesión traumática en el bazo pero no hubo necesidad de extirpárselo. Tiene fractura en dos costillas del lado inferior, fractura el antebrazo derecho, el tabique nasal y contusiones en el cuerpo. Deberá guardar reposo —le explicó Meneses al terminar el procedimiento quirúrgico.

—¡Gracias! ¡Gracias, Dr. Meneses! ¿Puedo ver a mi padre?

—Todavía no ha despertado de la anestesia. Se encuentra en terapia intensiva pero pronto lo pasaremos a una habitación.

—¿Qué fue lo que pasó? —preguntó desconcertada.

—Las personas que lo encontraron dijeron que estaba tirado en el piso y no tenía cartera, ni documentos de identificación. El hospital informó que fue objeto de un asalto —expresó el doctor mirando fijamente a Argenis.

Ya en la habitación, María del Pilar lo abrazó largamente. No podía dejar de llorar. Él estaba débil, sin fuerzas para hablar, recibiendo transfusiones de sangre por el traumatismo del bazo. Ella se quedaría allí el tiempo que fuera esperando que despertara, pero Argenis aprovechó un momento en el que ella salía hacia la sala de enfermería para acercársele y hablarle al oído.

—¡Te advertí que no podía protegerte más! Cuídate, suegro. Descansa —y se fue sin más.

Una semana después Nicolás fue dado de alta y trasladado a su casa. María del Pilar deseaba estar con su padre, pero él se negó. Solo quería refugiarse en el amor e inocencia de sus nietos. Durante su convalecencia, David e Irina le imprimieron la fuerza que necesitaba para curarse de las heridas sufridas, no precisamente las del cuerpo. Nicolás no quiso hablar de lo sucedido. Lo que pasó se convirtió en un secreto de dos.

MÁS ALLÁ DE LOS LÍMITES

Argenis conversaba con su amigo y socio don Julián mientras se fumaba un habano y se deleitaba con su whisky favorito. Sobre su escritorio estaba la libreta que le sirvió para anotar los nombres de sus enemigos. Algunos de ellos estaban tachados y otros muchos se habían agregado.

—Saber que soy yo el que marca el destino del Comandante y del país, me convierte en un superhéroe pero no de comiquita, uno real, don Julián. Ahí está el Comandante convenciéndolos con su discurso, la historia, Cristo y todo lo demás y yo actuando, ejecutando su proyecto. Pero todavía falta mucho y a veces hay que hacer las cosas a los trancazos.

—¿Qué dices, Argenis? Fue un duro golpe para el Comandante perder las elecciones para la reforma constitucional. Eso fue una victoria de la oposición.

—Para actuar hay que saber oler, palpar y oír. Si tenemos el poder de dictar leyes, alcanzamos los mismos objetivos sin necesidad de consulta y nos afianzarnos eternamente.

—Te escucho hablar y siento que tus aspiraciones son otras.

—¿Se metió a brujo, don Julián? ¿Cómo se le ocurre? Debo lealtad al Comandante pero recuerde, eso no significa sumisión; este es un gobierno de militares.

—¿Qué ha pasado con la averiguación de la Superintendencia de Control Financiero?

—Todo bajo control. Al funcionario lo tengo en la mira. Necesito averiguar lo que se ha investigado. Después de eso todo quedará en el olvido, se lo garantizo.

—Te mueves como un pulpo. A veces me asustas.

—Usted me ofende con esa metáfora; ¡yo soy un tipo muy buenmozo!

—Al menos sé que contigo estoy seguro.

—Así es. Siempre que camines en línea recta no hay problema, pero si te desvías, te jodes.

—He sido un amigo sincero, no lo pongas en duda. Por cierto, ¿cómo sigue Nicolás?

—Han sido unos largos meses de convalecencia. Ha estado en terapia y su brazo derecho está muy afectado. ¡Pobre! Hasta el carro se lo robaron. Sin embargo, se portó muy mal. ¿Cómo es posible que me desconociera como yerno? Todavía no acepta que me casara con su hija. En fin, podría estar disfrutando una vida tranquila, sin problemas, bien acomodado.

—Cierto, Argenis, pero él es como es y nadie lo puede cambiar.

Por largo tiempo Nicolás mantuvo distancia de la actividad periodística y pública. Se dedicó a intentar recuperarse de las heridas físicas. Las espirituales le resultaban mucho más difícil de tratar. Sus nietos fueron su gran soporte. Estuvieron a su lado brindándole el amor que necesitaba. Su fuerza de voluntad para continuar la lucha era absoluta.

—No puedo permanecer callado. Han ocurrido muchos hechos, inclusive ese juicio amañado y la sentencia a treinta años contra mi amigo Arnaldo Hernández… es demasiado…

—Pudiste haber muerto, ¿y aún así quieres continuar? ¡Eres incontrolable! —manifestó preocupado su amigo Rodrigo, director del diario *La Capital* al visitarlo en su casa.

—No se detendrán hasta acabar con los medios de comunicación social. Mira lo que le pasó al principal canal televisivo del país, no le renovaron la licencia y así pasará con todos mientras que ellos extienden sus redes comunicacionales. Además, se burlaron de la decisión de la mayoría sobre la reforma constitucional y a cambio están creando leyes que atentan contra los intereses democráticos —exclamó con angustia.

—Pero tú no puedes hacer nada. ¡Argenis te va a matar!, ellos tienen el control de todo. ¿Es que no lo entiendes?

—Entiendo, amigo, y por eso debo actuar. No voy a permitir que el miedo se apodere de mí. ¡Eso nunca!

—¿Qué quieres de mí?

—Que publiques este artículo. Te lo pido por nuestra amistad. Quiero continuar escribiendo. Es mi forma de protestar y llamar a la reflexión. No podemos bajar la guardia.

—Nicolás, hemos sido víctimas de la represión del gobierno, nos controlan las divisas para la compra de papel, nos censuran y ya tenemos varios procedimientos administrativos, cada día es peor.

—¡No puedes rendirte, Rodrigo! La democracia nos ha costado mucho y estamos por perderlo todo, no habrá futuro, solo desgracia, miseria y corrupción.

—Está bien. No se hable más, publicaré tu artículo y ¡que Dios nos ayude!

> *Me visto de negro porque estoy de luto. ¿A dónde hemos llegado en tan corto tiempo? Por una sentencia judicial dictada a la medida del gobierno, quedó fuera la señal del canal televisivo más antiguo del país: un triunfo de la tiranía, una herida profunda a la democracia de Venedicta. La libertad de expresión está en peligro de muerte. Ejecútese una orden del Comandante y todos los poderes públicos obedecen, ahí están, algunos como focas aplaudiendo, otros ejecutando y otros más convalidando judicialmente. ¡Qué horror! La separación de poderes quedó en los libros, la Constitución en el olvido, ya no es útil para la revolución, otra será la historia y continuará siendo vulnerada, ahora a través de leyes que en modo alguno respetan la voluntad popular. El país se pronunció contra una reforma constitucional, pero eso no le importa al gobierno que pretende lograr su objetivo de otra forma y así lo hará. ¡Me rehúso a callarme! Por encima de las agresiones personales, del maltrato a los ciudadanos, de la impunidad ante el abuso en los actos del gobierno, del desfalco a la nación, debemos perder el miedo y reclamar nuestros derechos; luchar por lo que consideramos es el «deber ser». Ayer fue un canal de televisión, mañana será otro y así sucesivamente hasta que se produzca la hegemonía comunicacional e informativa del Estado. Con soberbia, usando un uniforme militar que deshonran, el entorno del Comandante hace gala de su poderío militar para enterrar la democracia, encadenar la libertad, hacer suyo el país.*

¡Estamos obligados a defender la libertad de expresión como estamos obligados a defender la democracia de aquellos que atentan contra ella! Como ciudadanos de Venedicta, tenemos el derecho a estar informados sobre todos los aconteceres de la vida nacional, incluyendo las actuaciones ilícitas, inconstitucionales del gobierno. Hoy alzo mi voz ante el intento cierto de esta tiranía de socavar las bases democráticas para que a través de leyes se violente la decisión del pueblo que dijo «NO» a una reforma constitucional cuyo fin principal es la concentración absoluta del poder por siempre y para siempre. Por eso, este gobierno tirano busca amordazar a quienes tienen el deber de informar sobre este hecho y otros como la corrupción, las expropiaciones o mejor dicho las confiscaciones que se están ejecutando, las muertes de personas en manos de delincuentes, incluyendo los asesinatos de personas inocentes, de aquellas que un día fueron a ejercer su derecho a la protesta y le desviaron su camino al cementerio. Me niego a aceptar esta realidad.

El artículo de Nicolás llamó la atención de los ciudadanos y volvió a resurgir la esperanza, las ganas de luchar por recuperar lo perdido. Pronto comenzaron las discusiones sobre la situación del país y la necesidad de encontrar caminos a la solución de un conflicto que había perdurado en el tiempo.

—¡Mal nacido! ¡Te juro que acabaré contigo! —gritó Argenis al leer detenidamente cada palabra del artículo—. María del Pilar, ¿leíste el artículo de tu padre?

—No entiendo qué le pasa. Está obsesionado creyendo que lo que hace el gobierno es malo.

—He pensado hablar con el Dr. Meneses para que lo aconseje y se calme.

—Creo que no hace falta. Yo sé lo que quiere. ¡Venganza!

—Por favor, Argenis, no te metas con él, creo que lo mejor es dejar que pase y se olvide.

—Tienes razón, al fin y al cabo tu padre está ejerciendo su derecho a opinar, nadie se lo ha quitado, así lo venderé. Tengo que atender otros asuntos, me voy.

—Recuerda que tenemos una reunión con don Julián y su esposa.

—Sí, mi reina, estaré a tiempo pero tengo que quitarme una piedra que tengo en el zapato.

—¿De qué se trata? ¿Algún problema?

—No, son tonterías, deja la preocupación —dijo al tiempo que la abrazó y besó.

—¿Tienes que irte? Quédate conmigo, Argenis.

—Basta, mujer, tengo que salir, luego vendré y estaré para ti.

—General, lo espera el funcionario de la Superintendencia —le comunicó su secretaria apenas llagó a la oficina.

—Hágalo pasar. Quiero saber qué es lo que quiere.

—General, buenos días, soy Carlos Gutiérrez, funcionario de la Super...

—Ya sé quién es, tengo su vida en mi escritorio —le interrumpió Argenis.

—¿Cómo? No entiendo lo que dice.

—Lo creía más inteligente, sobre todo si está ocupando un cargo en la Superintendencia. Me refiero a que yo también hago mis investigaciones, ese es mi trabajo.

—Yo solo cumplo con mi deber.

—Eso no lo pongo en duda. Pero recuerde que existen enemigos que pretenden joder al Comandante y por eso, debo ser cauteloso y estar enterado de cualquier investigación que se haga —expresó Argenis al tiempo que se paraba detrás del funcionario—. Hablé con el superintendente y me señaló que tiene preparado un informe previo de su investigación.

—Es un informe sobre hechos de corrupción muy graves —el funcionario hizo una pausa, sentía la fuerza de Argenis a sus espaldas—. Estoy investigando la existencia de conexiones internacionales e incluso con redes de corruptela que involucran a otros gobiernos.

—¡Ajá! ¿Pero qué tan cierta es toda esta información?

—Estoy investigando las transferencias de fondos que se han realizado e incluso hay miles de millones de dólares sin rastro y no se conoce su destino; también dólares preferenciales usados para la compra de equipos en el exterior, maquinaria y bienes que no llegan al país. Hay operaciones complejas donde supuestamente se está lavando dinero y, en otra investigación, se muestran operaciones con la compra y venta de bonos y notas estructuradas emitidas por otros países, adquiridos con recursos del Estado.

—Con eso no me está diciendo nada, es puro bla, bla, bla.

—No es así. Le he seguido el rastro a operaciones donde el Estado compra bonos de otros países en dólares y luego se ofertan a un grupo particular de empresas y ciertos bancos que los adquieren a dólares preferenciales venedictinos; estos a su vez los venden a bancos internacionales en dólares americanos y después los cambian en el mercado libre de dólares venedictinos, obteniendo una excelente ganancia. Es una ingeniería financiera regional de miles de millones de dólares ligados al control cambiario, los bonos y las notas estructuradas. Esas operaciones se convirtieron en un efecto multiplicador de negocios.

—¿Debo creer tu palabra? No lo sé. Pero, al fin y al cabo, ¿qué tengo que ver yo en esto?

—Es una red de corrupción que abarca ministros, directores de la empresa estatal petrolera Copesa, bancos y empresas privadas. Me falta atar algunos cabos y llegar a la punta de ese iceberg. Por eso estoy aquí, buscando información, ya que usted es director de Copesa.

—¿Qué es esto? —expresó Argenis simulando sorpresa—. Carlos, tú sabes que esta investigación perjudica al gobierno del Comandante.

—General, el Comandante quiere un gobierno diferente, limpio de corrupción.

—Hijo, te agradezco que me informaras de lo que estás haciendo, es mi obligación ayudarte y lo haré, pero no podrás divulgar nada y tampoco compartir documentos sin mi autorización, mañana te reportas ante mí.

—General, estoy haciendo una investigación y no puedo tener limitaciones.

—Cuidado, Carlitos, recuerda con quién estás hablando. Te espero mañana —le advirtió mirándolo fijamente a los ojos, como cuando quería transmitir miedo y poder implacable a la vez—. ¡Qué vaina! Este carajete cree que soy pendejo, pero tengo otra bomba en mis manos que debo desactivar. Tengo que conseguir el informe y todas las pruebas. Hablaré con el Comandante. Ese estúpido poniendo en duda mi integridad. ¿Qué se habrá creído? —se preguntó al tiempo que se dirigía al Palacio Presidencial. En el camino repasó la conversación—: ¿Qué cara pondría este tonto si supiera quién está en la punta de este iceberg?

—Argenis, ¿qué ocurre?

—Hay un funcionario de la Superintendencia jurungándonos la paciencia.

—¿A qué te refieres?

—A las operaciones que se han hecho con las reservas, los bonos, las notas estructuradas y otras más. Tiene su mira apuntando muy arriba, hacia la punta del iceberg...

—¿Qué? No lo podemos permitir. Tienes que resolver esto, hay mucho en juego —gritó el Comandante.

—Y usted también. Así que pensemos lo que vamos a hacer. Lo mejor será cambiar al superintendente y poner uno de los nuestros. En cuanto al funcionario, yo me encargo de él.

—Mandaré al superintendente a una embajada lo más lejos posible, pero hay que limpiar todo, no dejar rastro alguno. Son muchos los intereses que están en juego.

—Así lo haremos. No quedará ni el polvo, se lo aseguro, Comandante.

Con gran rapidez se efectuó el nombramiento del nuevo superintendente pasando su antecesor a servicio diplomático como embajador en Rabat, Marruecos. El funcionario encargado de la investigación fue suspendido de su cargo por averiguaciones en su contra y nunca más se volvió a saber de él hasta mucho tiempo después, cuando una reseña periodística daba cuenta de la muerte de un hombre de mediana edad, víctima de un ajuste de cuentas entre delincuentes. Su familia guardó silencio. La investigación quedó inconclusa y el informe previo y sus pruebas quedaron a buen resguardo.

EL NACIMIENTO DE UN LÍDER

¿A dónde hemos llegado? Estamos arribando al duodécimo aniversario de la conquista del poder por parte del Comandante y sus acólitos y los vientos de gloria soplan a su favor. Salió victorioso de una contienda electoral que le permitirá candidatearse las veces que quiera, sin límite alguno, solo para hacer posible su ansia incontrolable de permanencia en el poder. Ahora con más impulso pretende radicalizar sus políticas socialistas, tomar bajo su control sectores productivos lo más rápido posible, antes de que sea un hecho el caos económico del país y el descontento popular se anuncie irremediablemente en su contra. Serán otras circunstancias las que marcarán el rumbo de la revolución, esta vez más descarada, más represiva. Y nuevamente se le otorgan poderes especiales, para enfrentar él y solo él los problemas que aquejan a la población, ocultando su verdadera intención: el ejercicio del poder de manera unilateral. Para ello seguirá restringiendo a su mínima expresión las libertades civiles, convirtiéndose en un autócrata cuya voluntad prevalecerá por encima de los intereses de los demás poderes públicos y de la sociedad en general. Lamentablemente, se avecinan tiempos peores signados por la oscuridad, pero no precisamente los derivados del descalabro del sistema eléctrico nacional.

Nicolás trabajaba en un nuevo artículo cuando recibió la llamada de la secretaria de la Academia Los Ángeles para participarle que la directora Amanda Gutiérrez requería su presencia. Quería tratar asuntos relacionados con sus nietos. Sin perder tiempo, salió presuroso. Por fortuna, el colegio quedaba muy cerca de su casa, así que llegó en cuestión de minutos.

—Buenos días, Amanda, recibí una llamada. ¿Qué pasó? ¿David e Irina están bien?

—Siéntate, por favor, tenemos que hablar sobre una situación delicada que afecta a tus nietos. Tratamos de comunicarnos con tu hija María del Pilar, pero ella nos comunicó que no tenía tiempo para venir a esta reunión, es lamentable.

—Me siento avergonzado, disculpa. Sé lo que estarás pensando y con razón.

—Entiendo la situación. Tu hija está ausente de las actividades escolares de sus hijos y cuando se le trata de hablar sobre el problema de ellos con los compañeros de clase, argumenta que son todavía muy pequeños y que no hay que darle importancia. Pareciera que no le preocupan sus hijos y ellos confrontan un serio problema que requiere atención.

—Pudieras ser más específica. ¿De qué me estás hablando? ¿Cuál problema? No estoy entendiendo.

—De un tiempo para acá, hemos observado una conducta diferente en David. Tiene la tendencia a comportarse en forma rebelde ante las profesoras, no presta atención y está a la defensiva. David es un niño que está en el umbral de la adolescencia y se da cuenta de situaciones que ocurren en su entorno social y familiar —dijo—. Nicolás, hace mucho tiempo que te conozco; por ti están tus nietos en este colegio y ellos se han ganado nuestro cariño.

—Andas con muchos rodeos, por favor, dime ¿qué está pasando?

—David está enfrentado a una realidad que lo atormenta y no sabe cómo manejar. Hemos tratado de ayudarlo con la psicóloga del colegio pero él requiere ayuda familiar y no la tiene con sus padres. Sabes muy bien que los niños a esa edad absorben lo que ven y lo que escuchan en la casa, y lamentablemente no están ajenos a los acontecimientos que ocurren en el país. Todos ellos están siendo afectados por lo que estamos viviendo y pueden ser muy crueles. David ha sido objeto de rechazo por sus compañeros de clase, suelen molestarlo mucho, le hacen *bullying*. Los profesores y la psicóloga han tomado muy en serio lo que está sucediendo para evitar males mayores. Pero se requiere mucho más. Su conducta ha cambiado, se ha vuelto peleón, se siente confundido, manifiesta rabia y ahora ha bajado su rendimiento escolar. Tú eres para David el ser que más ama y respeta; por eso sé que encontrarás la manera de orientarlo y afrontar esa realidad que le está haciendo daño.

—Entiendo. Sabía que este momento llegaría y hay que enfrentarlo —dijo con pesar.

—Nicolás, necesitamos trabajar juntos para ayudar a David.

—Lo sé, Amanda. Me duele tanto lo que está pasando. Mis nietos son víctimas de esta situación. No es justo. Han sido juzgados por los actos de sus padres. Despiertan a ese mundo cruel en que se ha convertido esta sociedad, dominada por el odio y los rencores.

—Así es, Nicolás. Confío en tu atinado juicio para encontrar la forma de ayudarlo. Irina también tiene problemas, sufre lo que está pasando con su hermano y trata de protegerlo. Ella ha creado un mundo alrededor de su hermano y de ti, como si estuviera en una burbuja y eso no es bueno. Uno de sus dibujos representa la familia en una casa contigo y David, y más lejos una casa muy grande solo con sus padres.

—Sabes bien que mi prioridad son mis nietos, sé lo que tengo que hacer. Espero seguir contando con tu apoyo. ¿Puedo llevármelos ya que estoy aquí?

—Por supuesto que cuentas conmigo y todos los que trabajamos en este colegio. Vamos a ayudar a tus nietos. David puede irse pero Irina tiene hoy una actividad extracurricular y sale más tarde. Salgamos a recibir a David.

—Tata, ¿qué haces aquí? —preguntó David.

—Hola, David. Vine más temprano a buscarte para irnos de paseo a cualquier lugar, solos tú y yo.

—¿Por qué? ¡No! Solo quiero llegar a la casa, estoy cansado —expresó afligido.

—Está bien. Vámonos a la casa. Luz te preparó tu comida favorita.

—No tengo hambre, tata, déjame en paz, por favor.

—Está bien, David —dijo tratando de controlar su tristeza ante el sufrimiento de su nieto.

En el camino el silencio se apoderó de ellos. La soledad de David se sentía. Aislado de lo que lo rodeaba, solo miraba por la ventana del auto. Estaba confundido, se negaba a creer todo lo que había escuchado de sus compañeros. El abandono afectivo de sus padres y esa verdad que estaba incrustada en su corazón dolían profundamente. Buscaba afanosamente bloquear esos pensamientos de los que se sentía prisionero. Era como una pesadilla que iba y venía una y otra vez, causándole sentimientos de culpa y vergüenza, y al mismo tiempo rabia, indignación y miedo.

—Hola, David. ¿Tienes hambre? —preguntó Luz al llegar a la casa.

—No tengo hambre, voy a mi cuarto.

—Señor Nicolás, ¿qué está pasando con David? Tiene cierto tiempo así. Ni siquiera ha querido hablar con Rubén.

—Sí, lo sé. Voy a subir a su cuarto —Nicolás subió las escaleras y antes de tocar la puerta sintió llorar a David.

—Hola, guerrero del planeta, estoy sentado en frente de la puerta de tu cuarto. ¿Quieres hablar conmigo?

—¡No soy un guerrero, esos son puros cuentos infantiles! ¡No soy nadie, soy malo!

—Sí eres alguien, eres David, mi nieto, mi compañero de lectura, de juegos, mi confidente, mi mejor amigo —luego hizo pausa, se le cortaba la voz—. ¡Perdóname, David! Soy culpable de tu tristeza, te he hecho daño.

—No es así, tata, eres lo que más quiero junto con Irina. ¡Perdóname por causarte esta preocupación! —exclamó David al abrir la puerta y echarse en los brazos de su abuelo.

—David, no tengo que perdonarte. Tú e Irina me han colmado de tanto amor que me siento afortunado de tenerlos, son el centro de mi vida, lo que me imprime energía, lo que me da impulso para continuar. ¿Qué más puedo pedirle a Dios? Llora, David, llora, desahógate.

David se apartó de su abuelo y se sentó en el piso frente a él. No sabía cómo preguntar y tenía miedo de la respuesta.

—Tata, ¿mi papá es un hombre malo? —se atrevió finalmente mirando con angustia los ojos de su abuelo.

Nicolás fue sorprendido ante la pregunta de su nieto. Sin embargo, se mantuvo sereno. Tenía que dar una respuesta certera que ayudara a David a exteriorizar sus emociones, a procesar y enfrentar su situación familiar. Pero ¿cómo decirlo? ¿Cómo poder responderle sin aflorar en él sentimientos de culpa?

—¿Por qué me haces esa pregunta?

—Respóndeme, por favor. Lo que tú me digas será suficiente para mí.

Nicolás se tomó unos segundos para pensar sus palabras, para que su nieto pudiera entender, sin rodeos, ni muchas explicaciones.

—David, nosotros no escogemos a nuestros padres, pero tampoco ellos nos definen. Tu padre ha cometido errores. Eso es cierto. Él escogió un camino equivocado en su deseo de ser una persona importante, de tener aquello que en su infancia no tuvo y que no fue capaz de superar. Él se siente merecedor de todo lo que ha logrado sin pensar en las consecuencias.

—¡No lo quiero! ¡Me han dicho tantas cosas malas de él! —explotó con rabia.

—Lo primero que tienes que entender es que Argenis es tu padre, esa es tu realidad. Tienes que afrontarlo porque ahora te toca enfrentar además a todos aquellos que te están juzgando por sus actos.

—Tata, la verdad es que ni siquiera conozco a mi papá, lo he visto tan poco… y cuando lo veo, me llena de regalos que ni siquiera he pedido, me he sentido solo. Tengo padre pero casi nunca está conmigo y cuando lo veo tampoco quiero tenerlo a mi lado, me trata como a un soldado.

—Sé lo que sientes David. Ahora tienes que aceptar quiénes son tus padres, no puedes cambiar lo que es imposible de cambiar, empieza por comprenderlo. Tienes a Argenis como padre y a María del Pilar como tu mamá, pero lo que marca la diferencia es que tú eres distinto y te toca sobreponerte de esta situación. Yo estoy para ayudarte.

—Te necesito, Tata. Siento miedo y rabia al mismo tiempo, no sé cómo hacerlo.

—Sé tu mismo, David. Habla con el corazón, sé firmé con lo que dices y mantén tu moral en alto. Sé convincente; no dudes cuando hables y míralos de frente, entrega tu verdad. Eres un guerrero capaz de encontrar soluciones y de sobrevivir a pesar de que las circunstancias te sean adversas.

—¿Sabes, tata? Tengo algo más, te tengo a ti.

—Es bueno que sepas que he escrito artículos en contra de tu padre y del Comandante. Por eso te pedí perdón.

—Tata, yo soy distinto, yo soy David.

Al día siguiente David llegó al salón de clases y todos sus compañeros lo miraban con cierto desprecio.

—Profesora, ¿puedo hablar con mis compañeros? —pidió David parado al lado de su pupitre, ubicado justo en el medio del salón de clases.

—Claro, David, habla.

—Me llamo David Argenis Manrique González. Soy hijo de Argenis Manrique, eso es cierto, pero también soy nieto de Nicolás González. Mi tata, como yo le digo, me ha enseñado a enfrentar mis temores, a decir mi verdad. Soy feliz a su lado porque él me ha enseñado a querer, a respetar, a ser yo, sin etiquetas, y ustedes deben verme así también. Amo mi país, mi tata me ha enseñado su historia y geografía, y desde Sierra Grande hemos mirado muchas veces nuestra bella Ciudad Mariana. Cuando estoy triste o me pasa algo, lo tengo a él a mi lado. Sin mi abuelo, mi hermana y yo estaríamos huérfanos, rodeados de juguetes que no sienten, ni quieren. En cambio ustedes tienen una familia. Cuando sea grande quiero es ser un guerrero, pero no del planeta sino de mi país, para luchar contra los monstruos que no dejan ver la luz, y no descansaré hasta lograr ser libres y felices. No puedo quitarme el apellido. Sí, soy el hijo de Argenis pero yo soy diferente, yo soy David.

David se enfrentó a sus compañeros de clases, lo que marcó el comienzo de una nueva etapa en su vida. Con confianza en sí mismo, desafió las circunstancias que le eran desfavorables y comenzó a asumir el rol que lo convertiría en un líder que sería escuchado y seguido por otros jóvenes inquietos y deseosos de encontrar un futuro en el cual hacer realidad sus sueños.

LA REVOLUCIÓN CONTINÚA

Han pasado quince años desde aquel nefasto día en el que el difunto Comandante ganara las elecciones. Después de varios meses se hizo público su fallecimiento. Todo estaba arreglado para iniciar otra etapa de la revolución, esta vez más violenta. Lamentablemente, el Comandante no pudo palpar con sus ojos cómo el bumerán de sus políticas le jugaría en contra; no pudo sentir el efecto que ha causado su atropellada política de desarrollo endógeno que de seguro se profundizará para convertirse en la peor recesión y estancamiento económico y social que vivirá el país; tampoco cómo está ocurriendo el frenazo y marcha hacia atrás en el festín de los ingresos petroleros. No pudo ver cómo fue responsable con su equipo de militares y civiles de la desesperación en las familias venedictinas ante la carencia de alimentos, medicinas, transporte y empleo; solo se ocupó de entregar el país y sus riquezas a distintos gobiernos, algunos de ellos no propiamente amigos de los derechos humanos y otros además con antecedentes de terrorismo, mientras que la guerrilla y sus operaciones de narcotráfico y secuestro tienen sede propia en tierras venedictinas. Ahora tenemos un nuevo presidente, Nicanor Mudor, el impuesto por los intereses de la revolución, pero la realidad es que es otro el que realmente gobierna, el que decide el destino del país, el que tiene el poder para mover a su antojo o conveniencia todos los hilos de los poderes públicos, como si fueran marionetas ¿Qué más podemos esperar?

—Es muy triste lo que ocurre en el país. ¿Será que saldremos de este infierno? —se preguntó Nicolás al terminar de escribir su artículo.

—Señor, acaba de llegar su hija —le informó Luz.

—Bendición, papá. ¿Cómo estás?

—Dios te bendiga, hija. ¿Tienes algún problema? ¿Necesitas de mí?

—Sí, tengo un problema y eres tú —dijo ella con disgusto— Vine a pedirte con el corazón en la mano que no sigas publicando artículos. Sabes bien la posición que ocupa Argenis en el gobierno; no quiero más conflictos familiares.

—Puedes ser, mi hija, pero no por eso dejaré de ser quien soy. Sé cuál es el cargo que tiene Argenis en este momento, él es el responsable del desastre en que se ha convertido este país. No se trata de un simple problema familiar, es mucho más que eso. Tú no lo ves porque formas parte de ese círculo de poder. ¡Cuánto has cambiado!, ahora eres una mujer frívola, egoísta.

—Basta, papá, me juzgas mal. Estoy dando lo mejor de mí para este país, trabajo incansablemente en la Fundación Patria para ayudar a los más necesitados, a los niños y ancianos.

—Sí, te he visto y sé cómo eres criticada. Solo te interesa sentirte bella, que te vean, te envidien y te quieran al mismo tiempo, pero lo que no has logrado en tu vida es tener a Argenis, todo lo contrario, él te manipula y te mueve a su antojo.

—¡Eso no es verdad! ¡Argenis me ama! —gritó enfurecida—. ¿Por qué tanto rencor? No me estás dejando opción ¿Quieres que separe mi familia de ti?

—¡No puedo creer lo que estás diciendo! ¿Ese es el mensaje que viniste a traerme? ¿Le faltaron pantalones a Argenis para enfrentarme? ¡Mis nietos han sufrido el abandono de sus padres y tú solo osas amenazarme! ¿A quién le vas a hacer daño realmente, a mí o a tus hijos? ¡Me impacta escucharte!

—Mejor me voy. Es imposible hablar contigo. Me duele que esta situación lleve tantos años.

—Hija, te recuerdo que a pesar de todo estaré para consolarte en los momentos difíciles de tu vida. Pido a Dios que te haga entender tu realidad y la de tus hijos, y que puedas reaccionar por el bien de ellos.

—No tengo nada que entender. Argenis ha llenado mi vida y lo amo.

—¿Y tus hijos qué?

María del Pilar salió disgustada de la casa, su obsesión por Argenis la llevó a mirar todo en función de los intereses de él. No había otra razón de peso en su vida; pensaba que sus hijos estaban bien al tener a su alcance todo aquello que el dinero podía comprar. Sin embargo, el amor de madre que necesitaban, ese que no se compra, que se da, quedó relegado en el tiempo. Sus hijos crecieron en una inmensa casa vacía, fría, atendidos por la nana Josefa. Su verdadero hogar era la casa de su tata Nicolás, en donde eran felices y al mismo tiempo podían desahogar sus tristezas e inquietudes.

Lejos a la distancia en el Palacio Presidencial se encontraba Argenis reunido con Nicanor Mudor, el alto mando de la Fuerza Militar y el tren ministerial.

—Argenis, sé que cuento contigo, tu eres un carajo echao pa´lante y me ayudarás como lo hiciste con el Comandante —dijo Nicanor Mudor

—Te recuerdo, Nicanor, el presente es otro. Aquí no se trata ni de los revolucionarios de ayer y tampoco de hoy, todo ha cambiado. Ocupas la silla presidencial y seguirás las instrucciones que sean necesarias para mantener el control del país. Yo no soy tu asistente, tu colaborador. ¡Yo soy yo! ¡Que te quede claro! —dijo en tono amenazante—. Este país seguirá siendo dirigido por nosotros. Lo que tienes que hacer ahora es trabajar para ganar las elecciones municipales y las gobernaciones. No podemos permitir que esto se salga de las manos.

—No te disgustes, Argenis, coño, no es para que te pongas así. En cuanto a las elecciones tenemos un plan para ganarnos al pueblo. Le daremos su regalo de navidad interviniendo las empresas de electrodomésticos, tiendas de ropa y zapatos, y luego venderemos los productos a precios ínfimos.

—Me parece bien y será importante que un buen lote de esos productos pasen primero por el sector castrense, ellos se lo merecen. ¿Estás de acuerdo?

—Sí, claro que sí. No faltaba más. Se hará como tú dices.

—Nuevos tiempos, señores, todo está bajo control. ¡A trabajar! —expresó Argenis a todos los asistentes a la reunión.

Eran las mismas circunstancias de ayer pero esta vez sin máscaras, impiadosa, de cara a la maldad. Las leyes las impondría el régimen, ya que de alguna forma tenía que dominar y subyugar a la población, sin importar el método que empleara. Nicolás no se atemorizó ante las amenazas de Argenis. Estaba convencido de que era necesario activar las voces de protesta y llamar a la reflexión de aquellos que aún tenían un poco de recato, o de aquellos cuyas familias también sufrían las mismas necesidades. Sin embargo, el regalo de navidad trajo tranquilidad para el régimen que transitoriamente se ganó el respaldo de las clases pobres, que en algunos casos compraron a precios bajos los productos y en otros, actuando violentamente, se apropiaron de dichos bienes a los ojos de los militares.

—David, tu padre te está llamando. ¿No lo escuchas? —dijo nerviosa nana Josefa.

—Estaba buscando por internet unas informaciones para mi tarea de ciencias.

—¡Hijo, baja inmediatamente! ¡Te tengo una sorpresa! —gritó Argenis.

David bajó a la entrada de su casa donde se encontraba su padre. No sabía lo que quería pero como siempre, era otra sorpresa más.

—David, ya tienes 15 años y el próximo año terminarás la secundaria. Te graduarás pichón todavía. Estoy orgulloso de ti y por eso he decidido adelantar tu regalo de graduación. Ahora abre la puerta.

—¿Qué es esto? —preguntó David.

—Es un carro blindado último modelo como los que te gustan.

—No tengo edad para conducirlo y además es muy vistoso

—No te preocupes, te sacaré un permiso especial, aun cuando no tengas la edad todavía, yo lo puedo todo —dijo con orgullo—. Además, tu mereces ese carro y mucho más.

—No, papá, no lo quiero —expresó David después de haberlo mirado lo suficiente, atraído en parte por la belleza del carro. Sin embargo, no dudó en su decisión—. Realmente no lo necesito, me manejo bien con mi bicicleta y mi patineta.

—¿Cómo es la vaina? ¿Me rechazas el regalo que te estoy dando? —vociferó Argenis.

—Tú no entiendes, lo que necesito no son regalos.

—No puedo creer esto. ¡Cómo se ve que no has sido pobre!, no sabes lo que es no tener nada, ni siquiera comida, ni un juguete. Yo pasé miseria en mi infancia y juventud y ahora que lo tengo todo y quiero dárselo a mi hijo para que no pase necesidades, me lo rechaza.

—No quiero regalos, eso no es lo que necesito, te repito. Yo sé lo que es la pobreza, lo que sufren las familias, lo que les falta, pero muchas de ellas son más ricas que yo, mucho más felices.

—¿Cómo se te ocurre hablarme así? ¿Qué ideas tienes en tu puta cabeza? Yo no soy un hombre de abrazos y besos. ¡No! Tú debes ser más fuerte de carácter. Eres mi hijo, te amo y todo lo que he trabajado pasará a ser dirigido por ti. Es así como te demuestro lo que siento, hijo. Este carro se queda, será para tu mamá. Te advierto, David, nunca vuelvas a intentar enfrentarme. Que sea esta la última vez que te me alzas. Aprende a mirar la vida como lo que es, unos arriba y otros abajo; tú perteneces a los de arriba. ¡Vete!

Ahora será un carro económico lo que tendrá para que aprenda —pensó aún sorprendido—. Tengo que ocuparme de moldear a mi hijo, hacerlo más fuerte. Empezaré a llevarlo al Palacio Presidencial para que vea lo que es dirigir un país y también a darle cierto entrenamiento militar, eso le hará bien y le quitará esas ideas de redentor de la cabeza, no faltaba más; me hace recordar al Comandante con sus episodios de profeta. ¡Al carajo!

David volvió a su cuarto, estaba molesto con la manera de ser de su padre. A veces sentía cierta envidia al observar a sus amigos y sus familias, tan diferentes a la suya. Su único consuelo eran Nicolás e Irina.

—David, ¿qué pasó? Mi papá está gritando enfurecido contra todo el mundo —dijo ansiosa Irina.

—Lo de siempre, trató de comprarme y le rechacé el regalo.

—¡Guaoooo! ¿En serio?, y ¿sacó la correa?

—No. Creo que esta vez entendió lo que siento. Por cierto, tengo una buena idea.

—¡Ahhh!, con tal de que no sea seguir enamorando a mis amigas.

—¡Qué dices! Yo no las enamoro.

—Todas ellas están loquitas por ti y tú eres un picaflor.

—¡Ja, ja, ja! ¿Qué quieres que haga? Por lo menos les doy alguna ilusión, no puedo causarle una frustración a tan corta edad, entiéndelo, Irina.

—Ay, David, eres un don Juan.

—Te estoy echando broma, sabes que respeto a tus amigas, pero es que se las traen.

—No me terminaste de decir qué idea tienes.

—Mira, ¡tenemos tantas cosas que ni siquiera usamos! Se me ocurre que podemos venderlas y con ese dinero comprar comida y entregar la ropa que no usemos a la gente del barrio La Fe, y todo lo haremos anónimamente, a través de Luz. ¿Qué te parece?

—Tú y tus ocurrencias y yo secundándote.

—¿Cuánta ropa, zapatos, relojes y juegos tienes? ¿Cuántos realmente usas? Se van a perder en el clóset. En cambio así habremos hecho algo bueno. En el barrio hay tantas necesidades y nosotros podemos ayudarlos.

—Está bien, David, pero tenemos que ser cuidadosos porque si se dan cuenta nuestros padres, no quiero ni pensar en el castigo. ¿Cómo lo vamos a vender?

—¡Yo me encargo, Irina! Tengo que hablar con tata, yo sé que nos apoyará con la logística.

—¿Qué haremos cuando no tengamos nada más que vender?

—Escucha bien, Irina, tengo un lema que acabo de inventar.

—¡Ay, Dios mío! ¿Cuál David?

—¡No lo rechaces, solo recíclalo! Como decía el Chapulín Colorado «Que no cunda el pánico, David está aquí».

—Por eso es que tengo pánico, por tus inventos.

—Manos a la obra, Irina, pero primero vamos a conversar con tus amigas.

—¡David! ¡Eres incorregible!

David e Irina le contaron del proyecto a Nicolás, que enseguida se sintió orgulloso de sus nietos. Al terminar la exposición les dijo que no era conveniente vender la ropa y todo lo demás. A cambio, les ofreció la oportunidad de hacer ciertos trabajos con los cuales ganarse una mesada y emplearla para ese proyecto.

—¡Tata! ¿Cómo quieres que trabaje? Mi mamá me tiene dos veces a la semana en una clase de danza que detesto y para colmo hago todo mal para que me saquen y ¿qué pasa? Nada, solo porque soy la hija de María del Pilar y Argenis. No sé qué más hacer —expresó con frustración.

—¡Ja, ja, ja! —rio David—. Te voy a dar un consejo.

—David, por favor, cuidado con lo que le recomiendas, mira que cada invento tuyo tiene sus consecuencias y no quiero acordarme de muchas de ellas —dijo Nicolás.

—Eso es, que tenga una consecuencia. Irina, compraremos unos ratoncitos, los sueltas en la clase y dices que son tus mascotas. Ya verás que te expulsan por el bien de la academia.

—Irina, habla con tu mamá y dile que no te gusta la danza —le recomendó Nicolás.

—Bueno, primero hablo con mi mamá y si no funciona hacemos el plan de David.

—Jovencitos, no hagan nada de eso. En cuanto al trabajo, me organizarán mi estudio, archivarán documentos, papeles y también deberán pasarme a la computadora algunas informaciones de mis casos judiciales. Solo será dos veces a la semana por dos horas y les pagaré a cada uno cuatrocientos dólares venedictinos.

—¿Ese pago es semanal? —preguntó David.

—¡No David! Es quincenal y suficiente para que compren alimentos para el barrio.

—¡Qué bien! —gritó Irina.

—¡Cállate, Irina! Estoy negociando —dijo David— Tata, el trabajo que vamos a hacer es muy importante y de mucha responsabilidad y cuidado. Además, exigimos un pago extra por ser adolescentes deseosos de trabajar y con los mismos derechos de cualquiera. Así que te propongo nos pagues setecientos dólares venedictinos por cada uno.

—¡Oh, por Dios, David! Última oferta quinientos dólares venedictinos para cada uno.

—¡Aceptamos!

—David, deja que yo lo piense primero.

—Irina, yo estoy a cargo de la negociación.

—Es un trato, tata —le extendió su mano para estrechar la mano de Nicolás; Irina puso la suya encima de la de ellos.

—Tata, ¿puedes darme un adelanto para comprar los ratones? —preguntó Irina

—No, Irina, no vas a comprar ratones.

Guiados por su inocencia y pureza de alma se pusieron manos a la obra. Irina logró dejar el curso de danza después de que fuera suspendida por haber traído un ratón a la clase y desobedecer a la profesora. Como siempre, María del Pilar no quiso escuchar sus razones y la castigó. Ella estaba feliz de recibir el castigo, se había librado de las clases de danza y tendría tiempo para trabajar con su hermano en el proyecto.

David comenzó a trabajar con Nicolás; leía y releía cada página de los escritos de su abuelo referentes a diversos temas de las clases de Derecho Constitucional, lo que lo llevó a interesarse en el estudio de sus principios y valores. Lleno de inquietud, del deseo de nutrirse de conocimientos, buscó en Nicolás el soporte tutorial que requería para entender en su justo valor todo aquello que estaba impreso en las leyes.

Su abuelo observó en David su sed de conocimiento, su deseo incontrolable de aprender aquello que le era nuevo, importante, primordial. Lo instruyó sobre el significado de los conceptos jurídicos, la interpretación y la comprensión de algo tan simple como el «deber ser» implícito en las normas que rigen el derecho natural del hombre; lo educó sobre principios de libertad, justicia, dignidad y sobre valores morales y éticos.

Con el tiempo, le transmitió el conocimiento que David reclamaba y despertó en él la pasión por la historia, por las luchas políticas en el mundo; no menos importante, le enseñó que a través de la reflexión y el discernimiento se posibilita la crítica acerca de la coherencia entre lo que se hace, lo que se siente y el mundo que se quiere construir. Así lo alimentó con su pureza, sinceridad y honestidad, y lo impulsó a afrontar la vida sin temor, sin miedo a la verdad ni a las personas, a expresar sus ideas, a tener confianza, a luchar por mantener su equilibrio, sus principios, su identidad y personalidad, en fin, lo ayudó en su formación como líder.

RÉGIMEN DE FORAJIDOS

Era un día de julio de 2015. David celebraba su acto de graduación de bachiller, pocos meses antes de cumplir 17 años. Argenis y María del Pilar se sentían orgullosos de su hijo que se graduaba con honores. Nicolás no fue invitado al acto y a pesar de la insistencia de David, prefirió evitar situaciones desagradables. Irina estaba feliz; su hermano fue designado orador para el discurso de los bachilleres del colegio, así que lo ayudó a prepararse para ese momento. Al subir al pódium fue aclamado por sus compañeros.

—Buenas tardes, padres, familiares, profesores, compañeros, amigos y a ti, abuelo, que aunque ausente en este acto, estas aquí conmigo —dijo al iniciar su discurso.

Sus compañeros se levantaron para aplaudirlo, tal y como hicieron seguidamente todos los presentes. Argenis se mantuvo incólume, mirando fijamente a su hijo y apretando con fuerza la mano de María del Pilar, mientras que David continuaba su discurso.

—Hoy es un día importante para nosotros. Hemos crecido juntos, hemos vivido buenos y no tan buenos momentos y nos fuimos haciendo jóvenes o quizás debería decir más grandes, porque a pesar de lo que hemos acumulado en conocimientos, aún tenemos mucho que aprender, sobre todo a valorar lo que somos, personas libres. El estudio de las materias de historia universal e historia de Venedicta nos trasladó en el tiempo para enseñarnos cómo han evolucionado las sociedades, nos abrió la mente para comprender que estamos obligados a perseverar en aquello que queremos lograr en lo personal, en lo profesional y como ciudadanos de este país que nos exige atención a sus problemas, con voluntad y activa participación —nuevamente se escucharon los aplausos de los bachilleres—. ¡Cuántas cosas hemos vivido en este colegio!, somos como hermanos porque nos conocimos de pequeños, nos hicimos panas, compinches, nos enamoramos y desilusionamos, y estuvimos juntos en nuestras aventuras, excursiones, patinatas, fiestas y las eternas discusiones sobre lo que queremos ser. Aprendimos a conocernos, a respetarnos, e hicimos un pacto que hoy les recuerdo como compromiso futuro: «unidos para conquistar tiempos mejores» —sus compañeros se levantaron de sus asientos llorando, aplaudiendo, expresando y gritando su cariño a David—. Hemos sido estudiantes soñadores, preocupados por todo aquello que afecta nuestra sociedad, y aunque pensemos diferente, siempre convergemos en el mismo punto de partida: vivir libres, felices, soñando con un futuro de progreso, siendo nosotros mismos sin imposiciones. Ahora recorreremos caminos diferentes pero estoy seguro de que nuestra unión de tantos años permanecerá siempre. Compañeros, panas, hermanos, continuemos haciendo realidad nuestras ilusiones. Por último, en nombre de mis compañeros y del mío, agradecemos a nuestros profesores por habernos instruido, por su interés en nosotros. Gracias.

Al terminar, Argenis se levantó y comenzó a aplaudir para evitar comentarios sobre el discurso de su hijo. Seguidamente el auditórium estalló en gritos, vítores y aplausos; los estudiantes se abrazaban junto a sus familiares.

—¡No debiste pronunciar ese discurso y mucho menos mencionar a tu abuelo! —dijo Argenis cuando David se reunió con su familia.

—No fue justo que mi abuelo no estuviera aquí.

—No estás autorizado para criticar mis decisiones, me debes respeto. ¡Vámonos!

—Quiero quedarme en la fiesta.

—Nos vamos ¡ya!

—¡Por favor! ¡Es mi graduación!

—Mejor nos quedamos para que no comenten —le dijo al oído María del Pilar.

—Tienes razón. Está bien. Nosotros también nos quedaremos.

Al día siguiente David corrió a la casa de Nicolás. Estaba ansioso por verlo. Al llegar encontró la casa decorada con globos y otros motivos festivos. Irina y el abuelo habían preparado una pequeña reunión con sus amigos para celebrar.

—¿Qué es todo esto? ¿Qué han hecho?

—¡Felicidades, David!, gritaron todos sus amigos, los del barrio y algunos del colegio.

—¡Tata!, te vine a traer mi título de bachiller, mi diploma de estudiante de honor y el discurso que di en el acto de graduación. Gracias, abuelo, sin ti no lo hubiera logrado —expresó emocionado al acercarse a Nicolás. Ambos se abrazaron con fuerza, disfrutando aquel sentimiento que permanecería por siempre en sus corazones.

—Voy a hacer una llamada a mi amigo Rodrigo y regreso para estar con ustedes.

—Brother, ¡felicitaciones! —exclamó con alegría Rubén.

—Gracias. Además es una doble celebración, tú también te graduaste —dijo David.

—Síííí, gracias a la ayuda económica del Sr. Nicolás y ¿adivina qué? Me aceptaron en la escuela de Leyes de Ciudad Mariana y tu abuelo me va a ayudar, otra vez, con mis estudios.

—Coño, Rubén, qué bueno, vamos a estudiar la misma carrera, en la misma universidad.

—Sí, David. Por cierto, hay un grupo de muchachos que quieren unirse a nosotros.

—Hablaremos con ellos, tenemos que seguir con nuestra causa y ahora con más fuerza.

—Muy bien muchachos, pero no me dejen de lado —expresó Irina.

—¡Claro que sí, Irina! —dijo Rubén—. Además, tú eres nuestra reportera estrella.

—¡Ja, ja, ja! Qué dices, Rubén. Aunque de verdad quiero estudiar periodismo.

—Rubén, las cosas están tan caras que el sueldo que ganamos con mi Tata no nos alcanza para comprar la misma cantidad de alimentos que comprábamos antes.

—David, deja de inventar —reclamó Luz, que además de ser la abuela de Rubén, se había convertido en su contacto con las familias del barrio La Fe—. Tu abuelo ha comprado alimentos y medicinas para la gente más necesitada del barrio. Quiero decirte que estas ayudas no han sido anónimas, todas las personas del barrio conocen a tu abuelo y lo que hace por nosotros.

—Luz, eres otra Nana más para nosotros, y a las familias se les ayuda.

—Cuenten conmigo y con la gente del barrio.

—Gracias, Luz, lo tendremos en cuenta.

Eran tiempos difíciles, signados por innumerables acontecimientos cada día de cada año. Las divisiones entre los grupos del Comandante y el grupo de Nicanor Mudor eran visibles. Peleaban como buitres por las cuotas de poder; dilapidaban los fondos del Estado, saqueando y arruinando el país. Sin embargo, la realidad era otra; el poder le pertenecía a Argenis Manrique y a la Fuerza Militar, quienes respaldaban al régimen que solo se sostenía gracias a ellos.

Ante la caída vertiginosa de la popularidad de Nicanor Mudor, la oposición logró el triunfo de la mayoría en la Asamblea Nacional. La población sintió que nuevos tiempos vendrían, la alegría volvió a los hogares. Sin embargo, a la larga, todo pasó por ser un tiempo perdido, quedando relegadas las esperanzas del pueblo para darle continuidad y oxígeno al régimen.

Nicolás aceptó la invitación de su amigo Rodrigo, el director del diario *La Capital*, para almorzar en su casa y analizar los nuevos acontecimientos.

—Hola, Rodrigo, gracias por la invitación.

—Nicolás, estás en tu casa. Veo que tu nieto David está siguiendo tus pasos.

—Sí, está en el tercer año de la carrera de leyes con apenas 18 años. Le va muy bien, incluso está muy activo a nivel de los consejos estudiantiles y se preocupa por lo que ocurre en el país. Mi nieta Irina tiene 17 años; empezó a estudiar periodismo y vaya que tiene coraje.

—Entonces estarás muy orgulloso, aunque pienso que ambas carreras se han convertido en un peligro para los profesionales en este país.

—Sí, estoy orgulloso, pero te confieso que me siento impotente con lo que está ocurriendo —dijo—. Pensé que con el triunfo de la mayoría de los diputados en la Asamblea Nacional, estaríamos en el camino correcto para acabar con este régimen, y sin embargo, mira lo que ha pasado.

—Digamos que les faltó guáramo para hacer lo que tenían que hacer, aplicar la Constitución y no dejarse manipular por el régimen. Nicolás, tú sabes muy bien que ellos están sostenidos por Argenis Manrique y el sector castrense. Hemos caído en las peores manos y eso se lo debemos al Comandante, que sabía lo que hacía.

—Es inaudito que ante tantas protestas de la gente en todo el país, que sufre de hambre, miseria y enfermedades, el sector militar permanezca sordo, ciego y mudo, y todo porque ellos también han saqueado el país y no les importa el daño que están causando.

—¿Leíste el informe sobre el índice de miseria? —preguntó Rodrigo—. Señala al país como uno de los peores del mundo. El país está quebrado, todo está quedando en ruinas.

—Esa situación es muy delicada porque se acentuará la escasez de alimentos, medicinas y mucho más. Estamos por vivir la peor crisis económica, social y política en Venedicta.

—Nos están cercando con los dólares para la compra de papel y me temo que pronto tengamos que apagar las imprentas. Por eso quiero que escribas quizás el último artículo.

—Por supuesto. También quería hablar contigo sobre un asunto que te voy a encargar. Ya tengo 75 años y quiero asegurar el futuro de David e Irina y otras personas que dependen de mí. Elaboré unos documentos que garantizan mi deseo y para eso te necesito.

—No se digas más, claro que sí Nicolás. Te prometo que cumpliré tu encargo.

—Gracias, Rodrigo. Te enviaré el artículo para su publicación.

Nicolás estudió las últimas actuaciones de régimen de Nicanor Mudor y después de meditarlo mucho, concluyó:

> ***Cuando un gobierno traspasa los límites de la justicia, abusa del poder, quebranta las normas constitucionales, viola flagrantemente los derechos humanos, se asocia al narcotráfico, no respeta las leyes y convenios internacionales, esconde su alianza con el terrorismo, instiga a la violencia, promueve la intolerancia y anarquía, usa subterfugios legales para maquillar su actuación ilegal, abusa del concepto de soberanía y autodeterminación de los pueblos como estandarte para declarar a viva voz la independencia del gobierno en la toma de sus***

decisiones y el pueblo es dominado por un líder que confunde intencionalmente lo moral con lo inmoral, la verdad con la mentira y la realidad con la ficción, entonces estamos en manos de un régimen de forajidos.

Nicolás González

Días después de publicado el artículo, como era su costumbre, Nicolás salió caminando hacia el parque cercano a su casa bien temprano en la mañana. Era un día gris, las nubes cubrían el cielo y hacía frío. Esta vez no pensó acerca de los temas de sus clases o sus artículos. Ese día era diferente; recordó a su esposa, a su hija, sus nietos, su vida; necesitaba, por alguna razón, recordar cada momento vivido.

Al regresar, atravesaba una calle ancha por el paso de peatones cuando de la nada, un vehículo negro que iba a 50 kilómetros por hora, lo atropelló sin más. Su cuerpo fue impactado por el guardafangos y voló sobre el capó de aquel carro golpeando su cabeza contra el marco del parabrisas. Su cuerpo se deslizó por el techo hasta caer sobre el pavimento y su cabeza impactó de manera fulminante contra la acera de la isla que separaba las vías.

El vehículo se dio a la fuga. Unos buenos samaritanos trataron de prestarle auxilio, llamaron a la policía y a una ambulancia. Al llegar al sitio, los paramédicos trataron de aplicarle primeros auxilios y lo trasladaron rápidamente a la clínica más cercana, pero ya era tarde. El impacto de su cabeza contra el pavimento y los golpes recibidos por el atropellamiento fueron mortales.

—¡Es un hecho! —dijo el conductor al detenerse en un lugar seguro y hablar por su celular.

Las investigaciones realizadas por el cuerpo de investigaciones policiales señalaron que se trató de un accidente causado por un vehículo sin placas que huyó del lugar. El régimen de Nicanor Mudor negó su participación en el hecho. Argenis guardó silencio. La muerte de Nicolás era un asunto de todos.

EL LEGADO

A lo lejos se veía Sierra Grande imponente, única. El cielo estaba vestido con su mejor color azul y una brisa suave rozaba las hojas de los árboles que le daban la bienvenida a los restos del nuevo viajero. Era un lugar sereno, apacible, rodeado de muchas placas con nombres, fechas y una pequeña referencia. Multitud de personas del barrio La Fe, amigos, intelectuales, periodistas, abogados, profesores, estudiantes, trabajadores del diario *La Capital* y de la Universidad Ciudad Mariana, se dieron cita en ese lugar para asistir a su sepelio, agradecerle su labor humanitaria y profesional y llorar en silencio su pérdida.

Ahí estaba siendo velado Nicolás, en la capilla número siete de la funeraria El Consuelo del Señor. Dos candelabros con velas encendidas estaban colocados a cada lado del ataúd y un cristo de mediana altura fue puesto al frente. El féretro estaba abierto y a través del vidrio, los asistentes mirándolo por última vez, le daban el último adiós. Los especialistas de la funeraria habían hecho un trabajo impecable escondiendo los hematomas de su cara y las heridas en la cabeza.

Muy temprano comenzaron a llegar numerosos arreglos florales, tantos, que se tuvieron que colocar a las afueras de la capilla. David se encontraba de pie al lado del ataúd, sin poder contener sus lágrimas. Estaba mudo. Sentía un vacío enorme en su interior y unas ganas inmensas de correr sin parar y gritar su dolor, su impotencia ante lo que ocurrió. Miraba por última vez a su tata, recordando tantos momentos, todos repletos de amor, de comprensión y de enseñanzas.

—Tata, me duele tanto saber que no te tengo, que no te veré más, que no escucharé tu voz, tu risa, ni sentiré tu consuelo, tus abrazos.

Hasta que nos encontremos nuevamente, te pido continúes tu camino sin angustias. Irina y yo seguiremos juntos, apoyándonos —dijo antes de llegar la hora de la despedida.

Irina se aferró a David, lloraba sin poder contenerse, perturbada e inconsolable ante la pérdida de su abuelo. Se sentía profundamente desamparada. Le habían arrebatado su confidente, la persona que más amaba en el mundo. Ya no estaría abrigada en sus brazos recibiendo su amor infinito, ya no lo vería más.

Rubén, Victoria y todos sus amigos les acompañaban sin decir palabra, solo estaban allí, con su presencia, dándoles apoyo espiritual, ayudándolos con su duelo. Un grupo de jóvenes estudiantes de la Universidad trajeron sus guitarras y cantaron aquellas canciones que tanto le gustaba escuchar, cuyas notas melódicas se referían a la esperanza, la libertad y la paz.

Luz no podía creer lo que había pasado, estaba afligida y triste. Su dolor era profundo como si le hubieran clavado un puñal en el corazón. Acudió junto con Manuel y Lali, los padres de Rubén. Había compartido con Nicolás más de 40 años como encargada de su casa, ganándose su respeto, consideración y cariño. Sentada en una de las sillas de la capilla ardiente, lloraba la pérdida de quien la trató como un familiar más, ayudó a su familia y tendió su mano a muchas personas pobres de su barrio.

De un lado de la capilla estaba María del Pilar sufriendo ataques cíclicos de angustia. Lloraba profusamente y de cuando en cuando gritaba de impotencia y de culpa. Ni siquiera se ocupó de consolar a sus hijos; libraba una fuerte batalla con sus demonios internos, con su conciencia.

Argenis la mantuvo abrazada mientras que miraba a su alrededor la innumerable cantidad de personas que llegaban de todas partes para despedir a Nicolás. Esta vez estaba solo, sin guardias, ni tropas, lo que le causaba una enorme inseguridad; sentía que lo miraban para despreciarlo, para acusarlo. Trató de acercarse a David pero no pudo, era como si una fuerza invisible se lo impidiera. Comenzó a mirar por todos lados, estaba ansioso. Se veía rodeado de todos los que consideraba sus enemigos y sin aguantar más, decidió terminar más temprano con las exequias funerarias y proceder al traslado de los restos de Nicolás a su última morada.

Fue una despedida corta para un gran hombre que sin miedo a las consecuencias, defendió los derechos civiles de todo el pueblo de Venedicta, un luchador incansable para la restitución de la democracia perdida, por la libertad, la justicia y la dignidad de todas las personas sin distinción.

—David, hijo, lo siento mucho —dijo Rodrigo al acercarse para darle el pésame.

—Gracias por haber venido. Sé que mi abuelo lo quería mucho.

—Y yo a él. Necesito hablar en privado contigo e Irina, debo cumplir con su voluntad.

—¿A qué se refiere? —preguntó desconcertado.

—No puedo decirte nada ahora. Vengan a mi oficina mañana en la tarde, si pueden.

David no podía pensar en nada más que en el dolor por la pérdida de su abuelo. Sin embargo, la duda acerca de ese accidente que le causó la muerte estaba en su pensamiento; tenía que averiguar. Al terminar el sepelio, decidió quedarse un rato más en el sitio donde reposarían los restos de Nicolás. Victoria sabía que necesitaba apoyo y decidió quedarse, aunque a cierta distancia.

—Tata, tata, tata… —lloró inconsolablemente— fuiste lo mejor que me ha pasado en la vida, me llenaste de amor —expresó antes de que el llanto le impidiera pronunciar más palabras—. No es justo lo que te pasó, te arrancaron de nosotros, sé lo que te dije hace rato pero me siento solo, destruido, perdido —estaba de rodillas, con las manos entrecruzadas, cabizbajo.

—No estás solo, tienes a Irina, me tienes a mí, a Rubén, Luz y muchos más que te amamos, sentimos tu dolor, estamos contigo y te necesitamos —dijo Victoria cuando se acercó poco a poco, quería consolarlo. Ambos se unieron en un prolongado abrazo, se acariciaron, miraron y lloraron juntos —David, desahógate, estoy contigo y siempre lo estaré porque te amo.

—Lo sé, Victoria, y yo a ti, gracias por estar conmigo, a mi lado. Eres muy buena y tendrás que soportarme porque estoy muy golpeado, hasta que logre controlar este cúmulo de sentimientos que me están atormentando —dijo mirando a lo lejos a Sierra Grande—. Sé que a mi abuelo lo mandaron a matar y quiero saber quién fue el asesino. No descansaré hasta averiguarlo.

—Lo sé, David, no tienes nada más que decir. Estaré siempre contigo para lo que necesites y si quieres trabajamos juntos para investigar lo que pasó —dijo mientras lo acariciaba con ternura.

—Vámonos —le respondió luego de pasar un rato juntos, en silencio.

—Ve a tu casa, tienes mucho que pensar pero trata de descansar.

—Sí, es verdad. Además, tengo que hablar con Irina.

—Estaré pendiente de ustedes. Dile a Irina que no se preocupe por las clases.

—Gracias, Victoria. Voy a estar un poco ausente de las reuniones estudiantiles. Por favor, Rubén y tú háganse cargo —dijo al despedirse con un abrazo y un beso.

—Tranquilo, nos encargaremos de todo.

David decidió ir a la casa de su abuelo, deseaba estar solo con su tristeza. Era duro enfrentar la ausencia de Nicolás, tenía un gran vacío en su interior. Los recuerdos iban y venían, no se imaginaba la vida sin su tata, no sabía cómo afrontar su duelo, sobre todo al pensar que fue atropellado intencionalmente.

—¿Por qué? ¿Quién te apartó de nosotros cuando más te necesitábamos? Juro que voy a descubrir lo que pasó —pensó al recorrer la casa y los lugares donde más le gustaba estar.

—David, hijo, no encuentro que decir, estoy muy triste —dijo Luz al verlo.

—Yo también, es un golpe tan fuerte como si me hubieran arrancado el alma.

—Tu abuelo estaba orgulloso de ustedes. Se dedicó a cuidarlos, protegerlos y educarlos, fueron su tesoro —expresó al abrazar a David y llorar en su hombro—. Te prepararé un té.

—Fue tan repentino todo, que me niego a creer que ya no está con nosotros. Ahora deseo estar solo para recordarlo y tratar de sentir su compañía.

David se dirigió al estudio de Nicolás. Al entrar, encontró muchas hojas de papel con anotaciones de su próximo artículo, otras con pensamientos suyos o análisis jurídicos. Comenzó a recogerlos para leer sus trabajos. Luego encontró sobre el escritorio el último artículo que publicó, con una nota que decía «archivar en mi diario».

—Mi tata llevaba un diario, tengo que encontrarlo —pensó

Sin perder tiempo comenzó a buscar, revisó su escritorio, los archivadores, la biblioteca, hasta que encontró un compartimiento secreto, una pequeña gaveta en un mueble secreter antiguo. Para abrirlo necesitaba la llave. Buscó por todos lados hasta que encontró un manojo de llaves en otro compartimiento secreto de su escritorio. Comenzó a probar las que parecían más antiguas hasta que halló la que se ajustaba a la cerradura de la pequeña gaveta. La abrió y no encontró nada, estaba vacía, lo que le causó dudas, pero no se desanimó.

—¿Para qué pondría mi tata algo en esta gaveta que fuese tan fácil de conseguir? Debe haber algo más —reflexionó.

Después de varios intentos, decidió sacar la gaveta para revisarla y nada, hasta que se asomó para mirar el fondo del mueble y encontró otro compartimiento secreto. No lograba llegar con su brazo. Fue a la cocina y buscó unas tenazas largas que le sirvieron para llegar a la caja y abrirla. No veía lo que había, por lo que usó las mismas tenazas para sacar su contenido. Después de varios intentos consiguió dar con una libreta azul del tamaño de su mano, con informaciones sobre cuentas bancarias y claves. Una de ellas indicaba dos vueltas a la derecha hasta el número 15, una vuelta a la izquierda hasta el número 30, otra a la derecha hasta el 25 y dos a la izquierda hasta llegar al número 5. Era la clave de una caja de seguridad.

—Mi tata tenía una caja de seguridad. ¿Dónde estará? —se preguntó.

Buscó en todos los sitios posibles, movió los muebles, la biblioteca, tratando de encontrar quizás otro compartimiento secreto en donde se escondiera la caja de seguridad. Sus intentos fueron en vano. Estaba cansado de buscar, así que se recostó en el sofá.

—¿Cuál sería el lugar que mi abuelo escogería para colocar una caja de seguridad sin que nadie lo supiera?

Miraba por todos lados hasta que se fijó en la pared que tenía al frente; había una rejilla de retorno del aire acondicionado, más grande que la que estaba en la otra pared. Buscó una escalera y un destornillador, sacó la rejilla y encontró la caja de seguridad.

—Aquí está, la conseguí. Ahora tengo que seguir las instrucciones dos vueltas a la derecha hasta el 15, una vuelta a la izquierda hasta el 30, otra a la derecha el 25 y dos a la izquierda hasta el 5. Sonó algo, esta palanca la tengo que bajar: ¡La abrí, la abrí! ¡Sí! —expresó emocionado.

Estaba por conocer los secretos que escondió su abuelo por tantos años. Dentro de la caja, encontró documentos, dinero y varios diarios, uno continuación del otro y cada uno con títulos diferentes e indicación de períodos de tiempo. David comenzó a leer cada diario y al terminar los dos primeros, descubrió la nobleza de su abuelo y su templanza a pesar de las vicisitudes de su vida. Conoció quiénes fueron sus padres, la educación que le forjaron, su triste y dolorosa infancia, su supervivencia en un régimen militar dictatorial y su lucha por la superación.

—Si antes te amaba, ahora no sé con qué palabra expresar mis sentimientos por ti —dijo mientras que las lágrimas le hacían compañía.

Siguió leyendo los demás diarios, sus alegrías y tristezas, su matrimonio, el nacimiento, infancia y adolescencia de María del Pilar, el dolor que le causó la muerte de su esposa, sus primeros y siguientes artículos periodísticos, sus reflexiones sobre aspectos jurídicos y de la política, su lucha por la verdad, por la justicia. Había leído con tal concentración que no se percató de la hora.

—David, es muy tarde, son las 2 de la mañana, ve a recostarte —expresó Luz al tocar la puerta.

—Estoy bien, no te preocupes, después tendré tiempo para descansar, ahora no.

—Te traeré otra taza de té y algo de comer.

David no respondió; estaba profundamente enfrascado en la lectura, no tenía sueño, solo ganas de seguir conociendo más de la vida de su abuelo. Había leído tres de sus diarios y continuó con el cuarto, que comenzaba con la graduación de bachiller de María del Pilar. Entonces empezaría a conocer la historia que envolvía la vida de Nicolás con María del Pilar, Argenis y su lucha contra el régimen del Comandante y de Nicanor Mudor. Leía y releía detalle por detalle sin poder creerlo; quedó perplejo por lo que vivió su abuelo, por lo que había soportado.

—¿Cómo es posible que mi abuelo se haya guardado tantos secretos, sufrido enormemente y todavía fue tan bondadoso, bueno y especial con Irina y conmigo? —expresó en medio de un intensó sufrimiento que se convirtió en rabia e impotencia.

—David, mi niño, estás sufriendo mucho y me duele tanto —dijo Luz al verlo.

—¿Sabes todo lo que sufrió mi abuelo?

—Sí, claro que sí, y sin embargo lo que más quería era protegerlos, darles el amor que necesitaban y trató de hacerles la vida más fácil.

—Tengo que seguir leyendo, no puedo parar, ya no.

—Pero come algo, si no te vas a enfermar.

—No, no puedo. Déjame solo, te lo pido.

—Está bien, sé que cualquier cosa que diga no te hará cambiar de idea —señaló antes de retirarse.

—Sigamos, abuelo, tu historia, la que ocultaste para no hacernos sufrir.

Leyó cada artículo publicado por Nicolás, era como un libro de la historia política de Venedicta y su lucha contra el régimen que dominaba el país desde hacía más de 18 años. Pronto descubrió muchas verdades, aquellas que nunca había querido que conocieran sus nietos, su confrontación con Argenis desde antes de la revolución, las tristezas que le causó, sus amenazas.

—¡No puedo creer esto! ¿Cómo se atrevió? —se preguntó alarmado—. Mi padre lo mandó a secuestrar y a golpear. ¡Oh, por Dios! ¿Qué pesadilla es esta? Es horrible lo que pasó mi abuelo. Mi padre es un diablo, un ser despreciable al que solo le interesa el dinero, el poder. A mamá no lo importó nada, ni siquiera sus hijos. ¡Me voy a volver loco! —gritó enfurecido mientras le pedía perdón a su Tata por el daño que sus padres le causaron.

Eran las 7 de la mañana cuando terminó de leer todos los diarios. Estaba confundido, agobiado por la pena. Los tomó y los puso nuevamente en la caja fuerte para resguardarlos, sobre todo de sus padres. Decidió enfrentar a su padre y ponerlo al descubierto, pero antes fue al cementerio, a la tumba de Nicolás para desahogar todo lo que tenía dentro y manifestar su decisión de continuar su lucha, no solo por convicción, sino también para hacer justicia a su deseo de ver una Venedicta libre.

—Jovencito, ¿me puedes ayudar? —preguntó una anciana que se le acercó por la espalda.

—No puedo, no puedo, señora —dijo sin mirarle el rostro.

—Estás sufriendo mucho —expresó la anciana poniéndole la mano en el hombro.

—Sí, es demasiado el dolor que siento, mi abuelo fue el mejor hombre del mundo, nos amó profundamente y ahora no lo tengo, no lo tendré más y ni siquiera sé cómo pedirle perdón —dijo sin mirarla—. Por favor, perdóneme, no la puedo ayudar.

—Eres un joven con buenos sentimientos, sé que sufres mucho. Él fue un hombre puro, no se dejó tentar por el diablo. Tu Tata está bien. Continúa tu camino, hijo.

—¿Quién eres? —preguntó al darse vuelta para mirar a la anciana, pero sorpresivamente había desaparecido en cuestión de segundos—. ¿Será que recibí un mensaje divino o me estoy volviendo loco? Es hora de irme.

—Irina, necesito hablar contigo —dijo al llamarla al celular.

—David, ¿dónde estás? Estoy muy preocupada por ti y me siento tan sola.

—Tenía un encuentro con el pasado.

—¿Qué dices? No te entiendo

—Tranquila, ya entenderás. ¿Está Argenis en la casa?

—¿Por qué lo llamas así?

—Ya lo sabrás, Irina. Tengo tantas cosas que hablar contigo...

—¿Quieres que nos encontremos?

—No, voy a la casa. Es la hora de enfrentarlo, no aguanto más.

—Está bien, te espero.

María del Pilar no podía controlar sus nervios, estaba consciente de que la causa de la muerte de su padre no fue un accidente de tránsito, como tampoco que había sido un asalto el incidente anterior. Lidiaba entre su conciencia y su obsesión por Argenis, convirtiéndose en su cómplice silente sin medir las consecuencias de sus actos, el daño a su padre, a sus hijos, a personas inocentes de un país que eran víctimas de la agresión de Argenis. De cuando en cuanto pedía perdón a solas. Inestable emocionalmente recurrió a sedantes que calmarán su ansiedad, su culpa.

Argenis decidió irse a otro lugar después del entierro, no estaba dispuesto a aguantar a María de Pilar. Había que seguir gobernando a un país que clamaba por cambios, por la salida de Nicanor Mudor. Tenía que poner orden a como diera lugar. Ya no importaba la manera en que se hiciera, solo aplicar la fuerza. A tempranas horas del día siguiente llegó a su casa y encontró a María del Pilar todavía aturdida por los sedantes.

—¿Dónde están mis hijos?

—No lo sé, me acabo de despertar. No tengo cabeza para nada.

—¡Qué cabeza vas a tener, con todo el pastillero que te tomas! No quiero que sigas con la lloradera, bastante que te consolé ayer, no más.

—Eres muy duro conmigo. ¿No ves todo lo que ha pasado?

—No me jodas, mi reina. Tengo muchas preocupaciones encima para aguantarte.

—Llamaré a David e Irina.

—Tenemos que hablar sobre lo que pienso hacer con la casa de Nicolás. Hablé con un abogado que se encargará de la sucesión.

—¿Qué se te ocurrió con la casa de mi papá?

—Es un buen terreno y se puede construir un edificio de apartamentos de lujo.

—Estás loco. No estoy de acuerdo.

—¿Cómo? No me importa si estas o no de acuerdo. Es conveniente hacerlo para darle paso a nuevos tiempos, para olvidar malos recuerdos. ¿Está claro? Tráeme el desayuno.

Ella no siguió discutiendo, estaba resignada, sometida al control de Argenis y no haría nada que lo disgustara, continuaría ocultándose en su mundo frívolo e insensible. Sin embargo, sufría cada vez más los maltratos verbales de él y el tormento de su silencio, de su complicidad.

Irina bajó al comedor donde se encontraban sus padres en el momento en que David llegó. Se le notaba el cansancio, sin embargo, la adrenalina corría por su sangre. No podía esperar más para enfrentar todo aquello.

—Caramba, hijo. Por fin te veo. Necesito hablar contigo.

—Y yo contigo.

—He tomado varias decisiones respecto a la casa y otros bienes de tu abuelo.

—Tú no tienes derecho a apropiarte de la casa de mi tata. Quieres acabar con todo lo que te recuerde a Nicolás González. No dejaré que lo hagas —dijo furioso comenzando a levantar la voz.

—A mí no me alces la voz, David, porque me olvidaré de que eres mi hijo.

—Y ¿qué vas hacer? ¿Ordenarás asesinarme como lo hiciste con mi abuelo?

—¿Qué coño estás hablando? Yo no le hice nada a Nicolás. Él fue mi enemigo, pero no lo asesiné, nadie lo asesinó, fue un accidente.

—¡Mentira! ¡Tú sabes lo que pasó! ¡No lo niegues!

—Tu abuelo se buscó muchos problemas desde antes de que nacieras —gritó enfurecido—. Traté de protegerlo lo más posible pero el viejo era compulsivo, aferrado a lograr una gran conspiración contra el gobierno. Podría decirse que Nicolás se suicidó, ¡él mismo se mató con sus artículos!, se metió con quien no debía, con un poder que traspasa fronteras…

—¡Que cínico eres!, ¡me das asco!, tú mandaste a secuestrar a mi abuelo y a darle una golpiza. Tú le hiciste la vida imposible, ¡niégalo, a ver! —exclamó—. Te desprecio, te odio y juro que pagarás por todo el daño que has causado.

Argenis no se contuvo más, lo golpeó en la cara con fuerza y David cayó al piso. Irina se abalanzó sobre su padre para defender a David, pero él la empujo, lo mismo que a María del Pilar cuando trató de calmarlo. Lleno de rabia David logró levantarse para enfrentar nuevamente a su padre, pero él lo agarró por la pechera.

—¡Me iré de la casa, soy mayor de edad y no podrás impedirlo!

—¡Vete!, a ver si te haces hombre —dijo desafiándolo—. Pero eso sí, no te llevas nada, ni tu ropa, ni el carro, ni dinero, nada. Vete antes de que te dé otro golpe por faltarme el respeto.

—¿Tu pides que te respete? No, Argenis, no te respeto. ¡Te odio!, ¡te odio por todo lo que has hecho! Te desprecio.

—¡Largarte de mi casa! —gritó Argenis al tiempo que abría la puerta y empujaba a David afuera de la casa.

David lo miró sintiendo una combinación de amargura, indignación, rabia, dolor. Irina trató de irse con él pero Argenis se lo impidió.

—Hijo, es tu padre, no puedes tratarlo así —dijo María del Pilar tratando de interceder entre ambos.

—¿Cómo quieres que trate a un asesino? ¿Cómo puedes vivir con él?

—¡Lárgate, David! ¡No te quiero ver! Tendrás que venir a pedirme perdón para que te acepte en mi casa de nuevo. ¡Vete de aquí ya! —gritó Argenis después de intentar golpearlo nuevamente y culpar a María del Pilar de lo ocurrido por haber dejado el cuidado de sus hijos a su padre—. ¡No es posible que aún después de muerto todavía me hechas vaina, Nicolás!

David se fue de la casa de Argenis, a la que nunca sintió como su hogar. Caminaba por las calles sin rumbo fijo; en su subconsciente había un torbellino de pensamientos negativos que lo atormentaban, era una pesadilla, empezó a sentir una sensación de náuseas y luego nuevamente vino a su mente la imagen de su padre, hasta que su repulsión lo indujo al vómito.

—¡Qué horrible! Necesito controlarme, no puedo perder la calma.

Llegó a un parque y se sentó para tratar de tranquilizarse. Tenía consigo su teléfono celular, que no le entregó a su padre. En la memoria de contactos tenía muchos nombres, mensajes y conversaciones de sus amigos que podrían resultar en peligro.

—¡Victoria, estoy muy mal!

—David, ¿dónde estás?

—Estoy en el parque cercano a la redoma La Estrella.

—Salgo para allá, espérame.

David volvió a ensimismarse; los diarios de su abuelo revoloteaban en su mente de mil maneras.

—Tengo que llamar a Irina —pensó—, tenemos que ir a la oficina del señor Rodrigo. Quiero saber lo que nos tiene que decir.

—Irina, hola.

—David, ¿estás bien? Estoy muy preocupada. Mi papá está furioso, tirando todo al piso, gritando y peleando con mi mamá.

—No me importa. Tengo que hablar contigo.

—Me tienen encerrada en la casa. No quieren que salga.

—Tienes que buscar la manera de salir, tenemos que ir a un sitio. Dentro de una hora nos encontraremos en la entrada del centro comercial Villa Madrid. Victoria viene en camino.

—¿Qué pasa? Ahora estoy más preocupada y con la cabeza llena de tantas inquietudes, asombrada de todo lo que ha pasado.

—No puedo calmarte, yo mismo estoy en *shock*, pero ahora tenemos que estar más unidos.

—Sí, David. No te preocupes. Esperaré que mi papá se vaya como siempre y mamá vuelva a su cuarto y se tome sus píldoras.

Argenis no controlaba la ira, pensaba en el enfrentamiento con David, en su acusación por la muerte de Nicolás. No podía quitarse de la mente sus palabras, su rabia, y sobre todo, que fuera capaz de desafiarlo de la manera en que lo hizo.

—¿Quién le dijo todas esas cosas? —pensó—, voy a averiguarlo, esto no termina aquí. Por lo pronto dejaré que se calme y también que pase necesidades, así aprenderá a ser hombre y a no volver a faltarme el respeto. ¡Parece mentira!, no sirvió de nada llevarlo al Palacio Presidencial y enseñarle lo que hago y cómo se gobierna. Ya es suficiente por hoy, tengo un país con las patas arriba y tengo que controlar al grupo de buitres del gobierno de Nicanor Mudor que quieren gobernar.

Irina logró escapar de la casa y fue al encuentro de su hermano. Cuando le vio la cara golpeada por el puño de su padre, lo abrazó y lloró.

—No llores, estoy bien —dijo al abrazarla fuertemente—. Tata llevaba unos diarios de toda su vida, estuve leyéndolos toda la noche, las cosas que decía, todo su sufrimiento, lo que le pasó y quién es nuestro padre, todo lo que ha hecho.

—¡David! ¡Quiero leerlos!, ¡me hago tantas preguntas!

—Todas las respuestas las encontrarás del puño y letra de nuestro tata. Pero antes tenemos que reunirnos con el señor Rodrigo y luego ir a comprar una nueva línea telefónica.

Victoria los miraba y discretamente se secaba las lágrimas al verlos sufrir, huérfanos de afecto. Sin más demoras fueron al encuentro con el señor Rodrigo.

—Muchachos, me duele mucho lo que ha pasado; yo también perdí un gran afecto, perdí a mi amigo Nicolás —dijo con pesar Rodrigo.

—Es muy duro todo —expresó David.

—¿Qué te pasó en la cara? ¿Quién te golpeó?

—Fue Argenis, lo culpé de la muerte de mi abuelo, lo llamé asesino.

—¿Cómo se atrevió? Disculpen, pero no dudo que haya sido él, o Nicanor Mudor, o mejor dicho todos ellos. Siéntense, por favor, y hablemos.

—Leí los diarios que llevaba mi abuelo y me enteré sobre todo de quién es mi padre —dijo tomando un sorbo de agua—. Fui a reclamarle, a gritarle que era un asesino.

—Hijo, qué duro y repentino es todo esto y lo que les toca vivir. Apenas están saliendo a la vida y tienen que enfrentarse a una situación tan delicada...

—Argenis merece el peor castigo del mundo por todo el daño que ha causado —manifestó contundente David.

—Es cierto, algún día lo pagará. Los mandé a llamar para cumplir la voluntad de Nicolás. Su abuelo cuidó en vida de ustedes dejándoles su patrimonio, y no existe manera legal para impugnar sus actos y decisiones al respecto. Sus bienes están a buen resguardo y yo soy el ejecutante. Les dejó la casa, cuentas bancarias, efectivo, inmuebles y un fideicomiso. Nicolás les aseguró el futuro a los dos, y yo soy el encargado de que eso se cumpla.

—Mi abuelo nos protegió una vez más —dijo David visiblemente conmovido—. Cuánto nos amó, pensó en todo, sabía que su vida corría peligro y aun así cuidó de nosotros y tuvo el valor para seguir denunciando las maldades del régimen del Comandante, de Nicanor Mudor e incluso de Argenis.

—David, ahora podremos separarnos de nuestros padres. No quiero volver a la casa.

—Recuerda, Irina, que aún eres menor de edad. Tienen que pensar bien, les toca madurar antes de tiempo y estoy aquí para aconsejarlos —expresó Rodrigo—. Quiero decirles que además, y esto va a sonar muy duro, Nicolás declaró la indignidad de su hija María del Pilar para sucederlo. Así que nadie puede ir en contra de lo que está hecho. Con el tiempo, me encargaré de transferirles a un fideicomiso todas las propiedades. Por lo pronto, disponen de la casa y del dinero que necesiten. También, se aseguró de cumplir con las ayudas de estudio para Rubén y cierta cantidad de dinero para socorrer a las personas del barrio La Fe. En cuanto a Luz, le dejó una cantidad de dinero que le servirá para su retiro y permanecerá en la casa el tiempo que ella quiera, recibiendo su sueldo.

—Parece un cuento de fantasía todas las cosas que hizo el abuelo. Nos aseguró a todos. Gracias por ayudarnos, señor Rodrigo. Mi abuelo me hablaba mucho de usted y en su diario narró todas sus aventuras de jóvenes, sus amores y la sólida amistad de tantos años que compartieron

—Nicolás fue mi hermano —dijo con lágrimas en los ojos.

—Argenis pretende apropiarse de la casa de mi abuelo y tumbarla.

—No podrá hacerlo, eso te lo aseguro. Quisiera verle la cara cuando busque el título de propiedad, que no está a nombre de Nicolás sino a mi nombre. Muchachos, nuevamente les digo, cuentan conmigo para lo que necesiten, quiero que me mantengan al tanto de lo que hacen.

—Así lo haremos.

—Vayan con Dios.

David, Irina y Victoria se dirigieron a la casa de Nicolás para leer y releer los diarios. Irina no salía de su asombro, estaba afligida al saber del sufrimiento de su abuelo, fue un golpe muy duro para ambos. David tomó los artículos de Nicolás y les sacó copia para aprender de ellos. Su último artículo relacionado con el gobierno forajido le llamó la atención sobremanera; su contenido marcaba de manera directa su posición respecto a la situación política de Venedicta dominada por un régimen ajeno a los principios democráticos. Parecía que ese era el motivo por el cual perdió la vida. Decidió conservarlo en su cartera para leerlo cada cierto tiempo y comentarlo con todos los jóvenes que se reunían a debatir las soluciones a los problemas del país.

Los tiempos de conflicto en Venedicta continuaban sin remedio; al contrario, la crisis que se agravaba día a día y afectaba todos por igual, excepto a los privilegiados del régimen que se apropiaban del dinero del país para su uso personal y de su familia. El narcotráfico fue una actividad de buenos dividendos incluso manejado desde la presidencia y por militares del alto rango. La pobreza se presentó a la luz de los ojos del mundo; a un sinnúmero de personas apenas le alcanzaba para una sola comida, otras se lanzaban a los camiones de basura o hurgaban entre los desechos buscando qué comer y otras tantas morían por falta de medicinas o por atención hospitalaria.

La Constitución se manchó de sangre ante el abuso desproporcionado de la Fuerza Militar en la represión de las protestas contra el régimen de Nicanor Mudor. Ya no importaba nada, solo avanzar para tomar el país de una vez por todas.

David pensó que era el momento de actuar, de unirse a las protestas que se intensificaban en todo el país, provenientes de todos los sectores de la vida nacional, para luchar ante la ruptura del hilo constitucional por parte del régimen de Nicanor Mudor y la Magistratura y con el permiso de la Fuerza Militar comandada por Argenis Manrique.

—Compañeros, me dirijo a ustedes para hacerles una confesión. Durante estos dos meses he luchado contra mí mismo para no morir de tristeza y de vergüenza —expresó David ante sus compañeros de la universidad y los muchachos del barrio—. Cuando tenía 12 años me tocó enfrentarme a mis compañeros del colegio que me juzgaron por los actos de mi padre. Quiero decirles que soy hijo de Argenis Manrique, el hombre que mató a mi abuelo Nicolás González, el hombre que ha maltratado a todo el pueblo de Venedicta, que tiene en sus manos la sangre de personas inocentes. No me parezco a él, gracias a Dios. Irina y yo fuimos criados por mi abuelo. Desde siempre hemos luchado por lo que consideramos son injusticias. Me duele cómo destruyen a nuestro país, no soporto cómo se burlan del sufrimiento de las personas. Por eso, no descansaré hasta que Venedicta sea libre, hasta lograr el sueño de mi abuelo, por lo que luchó y por lo que fue asesinado. Quiero decirles que me quito el apellido Manrique y me coloco el apellido González. De ahora en adelante me llamaré David González, el nieto de Nicolás González.

Los jóvenes escucharon con atención a David. Rubén se levantó y comenzó a aplaudirlo, siguió Victoria y todos se levantaron para honrarlo.

—¡Así se habla, David! Estamos contigo —gritaban—, la lucha es de todos.

Así fue como los jóvenes comenzaron con más fuerza a ser protagonistas de la historia política de Venedicta, incluyendo el grupo que lideraba David, jóvenes que nacieron con la revolución y cuyas familias sufrieron las consecuencias de un régimen que buscaba quebrar definitivamente la voluntad de la población con un futuro previsible que sería la sumisión al poder. Ya no se trataba ni siquiera de una ideología política, ya no. Era un país cuyos intereses, riquezas y poder se peleaba el grupo del difunto Comandante y el de Nicanor Mudor, el sector militar e incluso otras esferas en otros territorios.

El 18 de abril de 2017 fue convocada por los sectores de oposición una gran protesta en la autopista Francisco Limardo y en otros lugares de Venedicta. David con el grupo de jóvenes del barrio La Fe y de los estudiantes de la Universidad, decidieron participar una vez más para hacer sentir su posición firme de acabar con el régimen de Nicanor Mudor. Pretendieron hacer valer su derecho a la protesta, a exigir el respeto de los principios constitucionales, el cese de la usurpación de los poderes públicos, el derecho de todos a vivir en paz, en libertad, soñando en una Venedicta próspera.

Los jóvenes se prepararon para la protesta. En su inocencia obviaron la intensidad de violencia de la que era capaz el régimen de Nicanor Mudor. Todo estaba preparado para atacar sin piedad a los manifestantes, esa fue la orden de Argenis Manrique. Así, una desgracia ocurrió ese día. Muchas personas fueron heridas, aprehendidas por la Guardia Militar, era como si el diablo se hubiera apoderado de las mentes de los militares. Ahí se encontraba David y su grupo de jóvenes, primero protestando y luego tratando de defenderse de la represión brutal contra ellos.

—¡Así es que se gobierna, con mano dura! Miren a esos bobos estudiantes que creen que van a tumbar un gobierno! —vociferaba Argenis con los miembros del tren ministerial y de la Fuerza Militar—. Miren cómo caen al pavimento —dijo sarcásticamente con satisfacción.

—General, le informo que son muchos los heridos y están siendo llevados a la Clínica Ciudad Mariana. La protesta fue dispersada, ¿qué hacemos? —preguntó el teniente coronel a cargo de la represión.

—Al terminar su misión vuelvan a su comando, estos coños de su madre recibieron una buena dosis de castigo —expresó Argenis complacido con el daño causado a personas inocentes.

—General, su esposa insiste en hablar con usted, dice que es muy importante —informó su secretaria.

—Hasta cuándo me fastidia, ya le dije que no me pasara la llamada —gritó—. Pronto se acabará la protesta, espero que esta vez entiendan a lo que se enfrentan, no hay vuelta atrás, ya no, hemos recorrido un largo camino —pensó—. ¿Quién coño me llama ahora? No conozco ese número. ¿Quién es?

—Es Irina.

—Este no es tu número de teléfono. Tu mamá anda angustiada por ti y estoy harto de sus llamadas telefónicas. Estoy muy ocupado para atender sus estupideces. ¿Dónde carajo andas metida? —preguntó furioso Argenis.

—Solo te llamo para comunicarte que tu hijo David estaba protestando contra el régimen de Nicanor Mudor al que tú perteneces y tus militares le dispararon, lo están operado —dijo enfurecida, luego colgó el teléfono y lloró sin poder contenerse.

—¿Qué? —Argenis se puso pálido, quedó paralizado sin poder reaccionar ante la noticia mientras que su celular se desprendía de su mano y cayó al piso.

David y Rubén estaban en la sala de operaciones. Los cirujanos, cardiólogos y enfermeras se afanaban por curar sus heridas. El ruido de los monitores en la sala de operaciones alertó al equipo médico de un paro cardíaco, el cirujano comenzó a aplicar el RCP, luchaban por salvar la vida de Rubén.

—Sin cambios —volvió a decir el anestesiólogo al segundo intento.

—¡Carguen!—dijo el cirujano—. Hijo, no te rindas. ¡Descarga!

Luego de ese tercer intento se volvió a escuchar aquel agudo e intermitente sonido del monitor, Rubén no resistió.

—Hora de la muerte, 5:00 p.m. —indicó el cirujano. Cumplan con el protocolo. Informaré del deceso a la estación de enfermería —señaló visiblemente conmovido.

Los jóvenes escucharon la noticia y de inmediato pidieron información. El cirujano preguntó si estaba algún familiar de Rubén.

—Somos sus padres —se escuchó el grito de Manuel Felipe Rojas.

—Lo siento mucho, hicimos lo que pudimos —dijo el cirujano.

—¡No! ¡No! ¡No! ¿Dios, por qué? ¿Por qué? —gritaba con dolor Lali.

—¿Dónde está mi hijo? —gritó Argenis al llegar a la clínica.

Los jóvenes al verlo comenzaron a gritarle ¡asesino!, ¡asesino! El padre de Rubén trató de golpearlo pero sus escoltas lo impidieron.

—¡Asesinaste a mi hijo! ¡Desgraciado! ¡Mal parido! —exclamó Manuel mientras fue contenido por los escoltas.

Argenis comenzó a sentir angustia, veía a su alrededor a los jóvenes, muchos de ellos heridos, esperando sus compañeros en sala de operaciones. Sentía la mirada penetrante de las personas acusándolo.

—María del Pilar, ¿dónde tienen a mi hijo? ¿David está bien? —dijo esta vez asustado, temeroso, su voz se quebraba, ya no era el mismo.

—Lo están operando, no sé nada más.

—Irina, hija, esto no puede estar pasando, no, no, no.

—¡No me toques! Estás manchado con la sangre de David y de muchos más. No quiero saber de ti, eres un asesino —vociferaba Irina.

Argenis se negaba a creer lo que sucedía. Comenzó a sudar frío, su cuerpo temblaba, su corazón comenzó a latir más rápido, más fuerte y un nudo en la garganta le impidió hablar. Se sentó a esperar, en tanto las miradas de las personas lo culpaban, lo juzgaban.

En la sala de operaciones estaba David mirándose a sí mismo, al equipo médico que afanosamente intentaba salvarle la vida.

—Tata, abuelo, no puedo creer que te esté viendo, pero ¿por qué estás aquí? ¿Por qué tienes mi escudo? ¿Será que estoy soñando? —se preguntó al escuchar la algarabía de los médicos y enfermeras y el pito intermitente de los monitores.

—Es hora, David —dijo Nicolás.

—Sí, entiendo ahora, vamos Tata.

Sin poder hacer nada más, el cirujano se dirigió a la estación de Enfermería e indicó la hora de la muerte, 5:05 p.m. y luego preguntó por los padres de David.

—Yo soy su padre. Dígame que está bien —expresó Argenis conteniendo el pánico.

—Lo lamento, tratamos de hacer lo posible, pero sus heridas fueron letales.

—¡No, no puede ser!, David, ¡tú no puedes estar muerto! —lloraba desconsolada Irina.

—Quiero ver a mi hijo, por favor —pidió Argenis. Estaba perturbado, se negaba a creer.

—Vengan conmigo —dijo el cirujano haciéndoles una concesión.

—David, hijo —el llanto le impedía hablar—. Soy culpable de tu muerte, quise ser poderoso, tener a todos bajo mis pies y sin pensarlo me convertí en tu verdugo. Soy culpable de tu muerte, de todas las muertes, ¡soy culpable de todo! Este es el peor castigo que pueda recibir. ¡David, te ruego me perdones!

—Hijo, el miedo invade mi alma, soy culpable de tu desgracia —dijo María del Pilar antes de sufrir una crisis nerviosa. Comenzó a gritar incoherencias y solo se le entendía una palabra, «perdón».

—Te amo, David, mi héroe, mi guerrero del planeta, ¿te recuerdas? Ayúdame a superar tu pérdida, esto es muy fuerte. Mi tata y ahora tú —Irina lo acarició y besó. Luego salió atontada, golpeada emocionalmente y fue rodeada por el abrazo de los jóvenes que lloraban la pérdida de David y Rubén. Irina decidió encargarse del funeral de su hermano.

Argenis estaba destruido, su valentía y coraje quedaron sepultados por el dolor y la tristeza, había perdido la batalla más importante. Su codicia lo llevó a alcanzar el poder, lujos y placeres a cambio de la vida de su hijo. Agobiado por la pena y el remordimiento, salió con María del Pilar de la clínica hacia su casa. Apagó su teléfono celular, indicando antes a todas las personas que llamaron, que no asistieran al funeral de David. Su hijo sería velado en la intimidad de la familia.

—Victoria, David murió —dijo Irina al llamarla por teléfono para darle la noticia.

—¿Qué? No es verdad, ¡me estás mintiendo!, dime que es una broma.

—No, Victoria. David murió en la operación.

Victoria quedó desconcertada, aturdida por la noticia, gritó, lloró, buscó la foto de David, lo acarició. El dolor de no volverlo a ver desató sus reacciones de impotencia y rabia. Tiró al piso todo lo que encontró. Sus padres trataban en vano de consolarla pero no era posible, comenzaba para ella su duelo. Después de un rato se calmó, y vinieron entonces los recuerdos de los buenos ratos vividos con David, rememoró cuando lo conoció, su amor por él, sus ideales, lo que quería para el futuro.

—David no quería morir, quería ser feliz, luchar por su país —dijo a sus padres—. Él era bello, altivo, alegre, me miraba con ternura y yo sentía su calidez, no podré olvidarlo jamás.

—Hija, estamos contigo, llora en mi hombro —dijo su madre conmovida.

Irina tuvo que enfrentarse a la experiencia más dolorosa de su vida, el sepelio de su hermano David. Recibió la ayuda de personas que ni siquiera conocía, lo que le facilitó hacer más rápido ese desagradable trámite. Todo quedó listo y por efecto de la causalidad, las exequias funerarias se efectuaron en la capilla siete de la funeraria El Consuelo del Señor, la misma capilla en que fue velado su abuelo Nicolás. Irina estaba agotada y algunos de sus amigos que estaban con ella, la llevaron a la casa de su abuelo.

—No puedo creer lo que ha pasado —pensó—. Es horrible, mi padre mató a David.

Al tiempo que Irina reflexionaba sobre lo que pasó, tocaba a la puerta Victoria y al verse ambas se abrazaron y lloraron juntas.

—Estoy contigo, no me separaré de ti —dijo Victoria—, mi casa es tu casa pero hay algo muy importante que tenemos que hablar.

—No me digas que son más noticias malas porque no puedo resistir más.

—No, no son malas noticias. David tenía un ideal de lucha, consideró que todos estábamos obligados a salir a reclamar lo que considerábamos injusto, no aceptar discriminaciones, ni humillaciones y menos ver perder la libertad y democracia de Venedicta —expresó entre sollozos.

—Es verdad, Victoria, y ahora con más fuerza, con valentía, nos toca continuar la lucha, nada ni nadie podrá acabar con lo que iniciamos, gritaremos nuestras verdades e impulsaremos que todos los habitantes del país se levanten y asuman su responsabilidad con ellos, su familia, nuestros muertos y con el país.

—Quiero entregarte el escudo de David, lo rescaté de la protesta y lo mostré a los medios para que lo vieran sus asesinos y todo el mundo. Te pertenece —dijo ella al desenvolverlo.

Irina recibió el escudo de cartón. Estaba hecho con la forma de un escudo medieval y pintado a semejanza de ellos. Tenía en la esquina derecha superior la figura de Jesús, en el otro extremo la foto de su abuelo, y más abajo decía «Venedicta será libre lo juro, David González».

Al sepelio asistieron innumerables jóvenes de todos los estratos sociales y de diferentes partes del país para rendirle honor a un joven guerrero, auténtico, un líder diáfano de profunda convicción democrática. Amó a su país por encima de su propia vida; puro de alma se entregó a su lucha, convirtiéndose en ejemplo de valentía, de coraje para enfrentar sin miedo los retos que impuso el destino.

Todos los jóvenes se pusieron en fila para llevar sobre sus hombros el ataúd a su última morada al lado de su abuelo Nicolás. Cantaron canciones e hicieron discursos. Antes de terminar Irina se dirigió a los presentes.

—Mi hermano era especial, único, mi mejor amigo, mi confidente. Recuerdo sus travesuras, los líos en los que nos metíamos, nuestras peleas con otros niños. David luchó por Venedicta contra la maldad de un régimen porque creía que era posible lograr la libertad y rescatar la democracia —dijo y continuó luego de secarse las lágrimas—. Muchas veces me dijo, «quiero un presente con esperanzas de poder alcanzar un futuro de gloria». Nosotros tenemos un compromiso con el país, un compromiso con David y todos los David que se sacrificaron para alcanzar la esperanza, la paz, la unión de todos los venedictinos. La lucha continúa y como dice este escudo de cartón con el que se defendió David, «Venedicta será libre, lo juramos». David, llévate tu escudo y donde estés, estoy segura de que nos protegerás.

Argenis y María del Pilar escucharon a Irina, estaban destruidos, se retiraron sin pronunciar palabra. Al llegar a su casa, María del Pilar fue llevada a su cuarto, perdida en el tiempo y en el espacio, hablando incoherencias. Irina tuvo que hacerse cargo de ella.

Argenis era como un autómata con la mirada pérdida, cabizbajo. Sin pronunciar palabra fue a su despacho y cerró la puerta. Nana Josefa, el personal encargado de la casa y los escoltas se encontraban reunidos comentando tristemente lo ocurrido

—No puedo creer que mi niño David esté muerto —dijo desconsoladamente Nana Josefa sin poder contener sus lágrimas—. Desde que nació cuidé de él, lo vi crecer. Cuánto me reía de sus ocurrencias, era tan noble. Dios mío, ¡qué horrible!

—El general ya no es el mismo, en apenas horas se ha empequeñecido, está tembloroso, como viendo fantasmas —comentaron los escoltas cuando fueron sorprendidos con el sonido de un disparo. Corrieron al despacho y al abrir la puerta encontraron a Argenis Manrique tendido en el piso con su pistola 9 milímetros. Su disparo fue certero, no había nada que hacer. No pudo lidiar con su conciencia, con ese sentimiento de culpa que con cada segundo se hizo más intenso, más pesado, como si fuera una pesadilla interminable en donde aparecía él como el verdugo de su propio hijo.

Habían transcurrido cuatro meses del fallecimiento de David. Irina lo recordaba con dolor, sentía un vacío en su interior que solo daba lugar a la tristeza. Sin embargo, decidió continuar con Victoria lo que David había comenzado, incentivar a los jóvenes y en general, a todas las personas a seguir en la lucha por la libertad y la dignidad de todos sin exclusión. Estaba sentada en la oficina de Rodrigo, el director del diario *La Capital*, recordando con él cada reflexión de Nicolás y David.

—Irina, es muy lamentable todo lo que ha pasado, es muy duro tener que afrontar esta situación y además continuar con lo que inició tu hermano y defendió siempre Nicolás, la democracia y el libre pensamiento.

—No sabe cuánto. Mi mamá está en tratamiento psiquiátrico, perdida en el tiempo. He tenido que ocuparme de ella. Pronto cumpliré la mayoría de edad y podré disponer del dinero que Argenis robó para devolverlo al país. No necesito esos recursos, mi abuelo me dejó lo suficiente para mantenerme y además, tengo suficiente para esta lucha. Es mi deseo y mi obligación continuar hasta lograr vencer a estos tiranos que se han apoderado del país.

—Y yo estoy para ayudarte. ¿Qué puedo hacer por ti?

—Estos son los diarios de mi abuelo y sus artículos periodísticos. Él fue un hombre de principios, valores y un gran corazón. Fue un hombre sereno, puro de alma, que nos amó profundamente. Su historia y sus reflexiones son un legado y una advertencia para el futuro. Sufrió en carne propia el dolor causado por un régimen despótico que no pudo quebrar su espíritu, su bondad, su lealtad, su amor a este país. Nos enseñó que debemos alzar la voz contra las injusticias y la miseria humana, y no perder las esperanzas. No es posible vivir en paz si no hacemos lo que nos corresponde. Sus artículos tienen vida y nos hablan de alcanzar la victoria en la lucha por la democracia, el renacer de una Venedicta libre, en donde se hagan realidad los sueños de millones de personas que quieren vivir en paz, ilusionándose con un futuro para todos. En sus enseñanzas, su legado y sus escritos, que inspiraron a David, está la vida de un gran hombre que se dedicó a defender la Constitución y peleó contra un gobierno de forajidos. Nos enseñó a no cerrar los ojos porque el problema es de todos y nos afecta por igual. Mi abuelo y David lucharon y alzaron su voz para hacer verdad una Venedicta libre y es nuestro deber terminar lo que ellos empezaron. David es un ejemplo de la valentía, coraje y bondad que tenemos que asumir para alcanzar un mañana de libertad.

—Irina, estoy conmovido escuchándote. Es verdad, necesitamos publicar sus memorias y artículos como inspiración para no decaer en esta lucha hasta alcanzar la victoria y hacer honor a quien honor merece, a Nicolás y David —dijo Rodrigo—. ¿Escogiste un título para el libro?

—Sí. Es un título simple y claro.

—¿Cuál es?

—*El Escudo de David.*

MEL PROJECTS
MP
PUBLISHING &
ENTERTAINMENT.